Der längste Abschiedsbrief der Welt

ein Roman von

Manuel Gozzi

Manuel Gozzi

Der längste Abschiedsbrief der Welt

Roman

Impressum

Bibliografische Information der Deutschen Nationalbibliothek:
Die Deutsche Nationalbibliothek verzeichnet diese Publikation in der Deutschen
Nationalbibliografie; detaillierte bibliografische Daten sind im Internet über
http://dnb.dnb.de abrufbar.

Lektorat: www.mentorium.de
Korrektorat: www.mentorium.de

Herstellung und Verlag: BoD – Books on Demand, Norderstedt

ISBN: 9783750434868

Prolog

Thomas Höbarth zog den Schlüssel seines Hyundai Accent, der seine besten Jahre schon hinter sich hatte, aus dem Zündschloss. Mit einigem Wischen an seinem Smartphone vergewisserte er sich ein letztes Mal der Richtigkeit der Adresse.

Er zögerte kurz, die Fahrertür zu öffnen, um auszusteigen, doch all seine Vorbereitungen und das sorgsame Sammeln der Informationen waren zu langwierig, um jetzt einen Rückzieher zu machen.

Drei Mal stand er an fremden Wohnungen, um überrascht festzustellen, nicht die Person anzutreffen, die er erhofft hatte.

Doch dieses Mal würde er es sein. Es hatte Monate gebraucht, um endlich den entscheidenden Hinweis zu bekommen, nach dem er sich so sehr gesehnt hatte.

Er hatte dutzende Personen nach dem Aufenthalt dieses Mannes befragt und dutzende Antworten bekommen, manche waren plausibel, manche so skurril, dass er sich zusammenreißen musste, nicht einfach das Gespräch zu beenden und das Weite zu suchen.

Manche sagten, er sei in ein anderes Land, meist Spanien, umgezogen, weil die Tabletten dort nicht verschreibungspflichtig sind.

Andere meinten, er wäre vor Jahren verstorben, manche behaupteten sogar, seine Leiche zwischen Mülleimern gesehen zu haben. Doch Thomas wusste, worauf er sich einließ, wenn er bei Prostituierten, Drogensüchtigen und deren Gleichen nachfragte.

Der schmutzige Stadtschnee Wiens schmatzte unter seinen Schritten, als er sich der Gemeindewohnung näherte.

Seine neuesten Informationen waren wasserdicht, rief er sich ins Gedächtnis.

Er hatte sich so lange auf diesen Moment gefreut. Es war wie eine Geschichte, die wie mit vereinzelten Puzzleteilen auf den Straßen und durch Dokumente auf etwas so viel Größeres deutete. Aber was wäre, wenn, fragte er sich. Was, wenn das Legenden sind und seine Geschichte gar wertlos ist? Nicht auszudenken, wenn dieser Mann infolge des jahrelangen Konsums in seiner eigenen Welt lebt?

Thomas schob diese Gedanken beiseite und stand vor der besagten Anlage. Wie erwartet ein grauer Block mit einem einfachen grün gestrichenen Tor. An der rechten Seite des Eingangs die Namen mit den dazugehörigen Klingelknöpfen.

Thomas' Kontaktperson hatte ihm gesagt, er solle einfach die Klingel mit dem leeren Namen betätigen.

Er läutete.

Die Stille der Nacht legte sich über seine Anspannung.

Hallo, dröhnte es rau aus dem Lautsprecher.

Grüß Sie, begann Thomas das Gespräch. Mein Name ist Thomas, Thomas Höbarth, ich…

Der Hörer wurde aufgelegt. Natürlich.

Thomas wusste, dass es nicht einfach werden würde, doch für ihn war es keine Option, zu gehen, bevor er sein Vorhaben erläutern konnte.

Also läutete er erneut.

Sekunden vergingen, als wären es Minuten.

Ein weiteres Läuten.

Du willst spielen, fragte sich Thomas. Dann lass uns spielen.

In diesem Moment rauschte die Lautsprechanlage kurz auf.

Es rauschte, aber es war nichts zu vernehmen.

Thomas' Geduld war zu Ende und er trat nah an den Lautsprecher.

Mark hat mir Ihren Aufenthaltsort genannt, sagte er.

Nichts.

Doch Thomas nahm das ständige Rauschen wahr, das ihm sagte, dass nicht aufgelegt worden war.

Hören Sie, Herr Meisl, versuchte er es erneut.

Lassen Sie mich doch erstmal von meinem Vorhaben erzählen.

Wieder nichts.

Markus, erwiderte die Sprechanlage.

Wie bitte?, fragte Thomas.

Markus, sagte die Stimme erneut, nur Freunde kennen ihn unter Mark.

Der Freund meines Freundes ist auch mein Freund, oder etwa nicht?, versuchte es Thomas diplomatisch.

Es dauerte einige Sekunden, bis der Mann wieder etwas sagte.

Der Feind meines Freundes ist auch mein Feind.

Chapeau, er scheint immer noch seine silberne Zunge zu haben, die man ihm nachsagte.

Ich kenne Mark, sagte Thomas, also Markus, und er vertraut mir. Zu sagen, wir wären Freunde, wäre eine Übertreibung, dennoch, denke ich, sind wir gute Bekannte.

Ihm war klar, dass sein Gegenüber vielleicht gar nicht richtig zuhörte, aber welche andere Wahl hatte er?

Dann zog sich ein langes Schweigen durch die kalte Nacht, das so zermürbend war wie die Wartezeit im Wartezimmer bei einem Zahnarzt.

Plötzlich – Thomas erschrak – ein lautes durchdringendes Läuten.

Die Eingangstür öffnete sich, als Thomas zog und dahinter erstreckte sich ein schmaler, düsterer Gang, der zu beiden Seiten hin von Stiegen gesäumt wurde.

Natürlich, dachte sich Thomas, kein Fahrstuhl.

Er schlenderte die alten steinernen Treppen empor.

Halbparterre, Hochparterre und schließlich in den ersten Stock.

Thomas ging die Reihen an Türen ab und prüfte ihre Nummern. 31, 32, 33, 34.

Einige Schritte weiter stand er vor der Tür 37. Nicht irgendeine Tür, wie ihm bewusst war. Nein, die Tür. Die Tür, die alles oder aber auch nichts sein konnte.

Er holte tief Luft und schloss ein letztes Mal seine Augen, um sich zu besinnen.

Und dann klopfte er.

Kapitel 1

Daniel H. Meisl öffnete die Tür.

Er war ein mittelgroßer Mann mit leichten Geheimratsecken und kleinen blaugrauen Augen hinter runden Gläsern.

Seine Wangenknochen ragten nur wenig aus seinem ovalen Kopf hervor.

Er war nicht abgemagert oder schlank, nicht beleibt oder fettleibig, sondern ein Mann mit einer Figur, die kein Training oder zu viel Fastfood gesehen hatte.

Thomas hatte mit Vielem gerechnet, dennoch war er nach all den Geschichten überrascht, einen Mann zu sehen, der einem Grashalm unter Tausenden ähnelte.

Daniel H. Meisl begutachtete Thomas genau wie er ihn.

Dann streckte der Mann die Hand aus und stellte sich vor.

Meinen Namen kennst du wohl bereits, dennoch der Form halber – Daniel Meisl.

Thomas erwiderte den Händedruck.

Thomas Höbarth, ich bitte nur um einen Augenblick, um mich zu erklären.

Einen Tee, sagte Daniel H. Meisl.

Wie bitte?, fragte Thomas verdutzt.

Ich habe ihn bereits aufgesetzt, antwortete der Mann. Blutorange, falls du einen willst, mache ich dir ebenfalls einen.

Gerne, aber ich bin eigentlich gekommen, um mit Ihnen über das Anliegen zu sprechen, sagte Thomas.

Wie gesagt, begann der Mann. Eine Tasse Tee und das war's. Du kannst mir jede Frage stellen, wenn du meine zuerst beantwortest. Doch sobald die Tasse leer ist, werde ich dich wieder hinausbegleiten, ich habe ungern Besuch. Und bitte lassen wir dieses Herr und Sie und diesen albernen Müll. Ich heiße Daniel, du Thomas, das genügt vollkommen.

Thomas nickte.

Schön, dass wir uns verstehen, sagte Daniel.

Er führte Thomas durch die kleine Wohnung und deutete ihm, sich auf einen der Sessel um einen Tisch zu setzen, er selbst ging einen weiteren Raum weiter in die Küche.

Die Wohnung war weder unordentlich noch war sie stickig. Nicht die Wohnung, die ich mir vorgestellt hatte, dachte Thomas.

Alles Jalousien waren verdunkelt. Die Luft roch nach kaltem Zigarettenrauch, bestimmt deshalb waren alle Fenster gekippt.

Daniel, ein Mann, den viele nie ohne einen Glimmstängel zwischen seinen Fingern gesehen hatten, kam mit zwei Tassen Tee in der einen und einer jener Zigaretten in der anderen Hand an den Tisch.

Zucker?, fragte Daniel.

Nein, danke.

Daniel schüttelte belustigt den Kopf, während er sich selbst seinen Tee reichlich zuckerte.

Ich habe das nie verstanden, sagte Daniel zwischen zwei Zügen an seiner Zigarette.

Wie bitte? Was haben Sie, ich meine, was hast du nie verstanden?, fragte Thomas.

Daniel lächelte.

Ich meine, ich habe wirklich hunderte Tees in meinem Leben getrunken, doch noch nie schmeckte ich einen Geschmack, wenn ich keinen Zucker benutzte. Das ist alles.

Zu meinem Anliegen, begann Thomas und griff in seinen kleinen Rucksack. Daniel unterbrach ihn.

Zuerst meine Fragen.

Natürlich? Dennoch holte er den Brief, den er bereits in seinen Händen hatte, hervor und legte ihn neben seine Tasse.

Daniel schlürfte seinen Tee, nahm einen langen Zug von seiner Zigarette und blies den Rauch beiseite.

Woher kennst du Markus?, fragte er.

Thomas sah die Tasse, an der Daniel nippte, und dachte, wie viel Zeit ihm noch bleiben würde. Er musste seine Antworten kurz und dennoch informativ halten.

Er, begann er schnell, arbeitete als Streetworker, da sind wir uns als erstes begegnet.

Daniel nickte und sagte, keine Sorge, ich werde meinen Tee schon nicht hinunterwürgen, nur um dir keine Zeit für deine Fragen zu geben.

Er schenkte Thomas ein leichtes Lächeln.

Mark ist also Streetworker geworden, wie geht es seiner Freundin? Wie hieß sie noch schnell?

Thomas war sich bewusst, dass Daniel mit ihm spielen würde, wenn er die Gelegenheit hatte. Und diese Frage war natürlich eine, die er geschickt gestellt hatte. Doch Thomas wusste, was ihn erwartet, und hat seine Hausaufgaben ebenfalls gemacht.

Melanie, und ihnen beiden geht's gut, außer, dass sie auch gerne mal von dir hören würden, antwortet er prompt.

Daniels Gesicht wurde einen Ton blässer und er musste kurz seine Augen schließen. Ein weiterer Zug von seiner Zigarette.

Thomas wusste, dass seine erste Frage eine Fangfrage war, denn Melanie war bereits seit Jahren Markus' Frau und nicht seine Freundin.

23. März 2015, sie bedauern es sehr, dass du ihre Einladung zu ihrer Hochzeit nicht wahrgenommen hast.

Thomas sah, wie Daniels Augenlieder und seine glasigen Augen dahinter zuckten.

Einen Moment später hatte er sich wieder gefasst und würdigte seine zu Ende gerauchte Zigarette mit einem abschätzigen Blick. Daniel klopfte sich eine weitere Zigarette, Marlboro Rot, aus der Schachtel, befeuchtete sie der Länge nach mit seiner Zunge und zündete sie mit der anderen noch schwach glühenden Zigarette an.

Rauchfäden umgaben sein Gesicht.

Er kratzte sich an seiner rechten Wange.

Seine hochgezogenen Augenbrauen waren das einzige, was er Thomas an Verwunderung zugestand.

Daniels Tasse war halb geleert, während Thomas seinen nicht angerührt hatte.

Es wurde kurz still und Thomas bemerkte, dass der Mann in alten Erinnerungen schwelgte.

Er nutzte diese kurze Stille und sagte: Wegen meines Anliegens…

Doch Daniel stoppte ihn erneut, diesmal mit einer sanften Handgeste.

Eine Frage habe ich noch, sagte er. Seine Stimme zitterte ein wenig.

Thomas hätte es kaum gemerkt, wenn er es nicht erwartet hätte.

Daniel tippte auf den Brief, der vor Thomas lag, und fragte:

Ist dieser Brief wirklich von Mark?

Thomas nickte. Er fühlte einen Stich in seinem Herzen.

Plötzlich fragte er sich selbst, warum er diesen vom Leben gezeichneten Mann nicht einfach in Ruhe gelassen hat. Warum war er so darauf versessen, ihn ausfindig zu machen?

Doch die Antwort lag tiefer, als er es in Worte fassen konnte.

Es war eine Art von starker Neugier, doch gleichzeitig ein eigener Profit, den er sich davon erhoffte.

Plötzlich plagten ihn Gewissensbisse, er hätte Daniel sein Leben lassen sollen und nie nach Strohhalmen greifen sollen.

Doch nun war es zu spät. Die Wahrheit ist und war immer dieselbe, er musste es tun. Es war ein Zwang, Daniel war seine Droge und er war süchtig nach mehr.

Daniel seufzte.

Wenn es so ist, weiß ich bereits, was darin steht.

Mark, sagte er, er ist ein besonderer Mensch, ich stehe in einer Schuld, der ich nie und mit keiner Geste nachkommen könnte.

Ich weiß, was sein größter Wunsch war und bestimmt immer noch ist.

Obwohl, wie ich zugeben muss, ich nie verstanden habe, warum ich.

Es gibt Tausende wie mich, warum ich?, fragte er, mehr zu sich selbst als zu Thomas.

Dieser sah ihn überrascht an. Natürlich, sagte Daniel, du hast keine Ahnung, was darin steht, aber das musst du auch nicht.

Wirst du ihn öffnen?, fragte Thomas.

Vielleicht, aber eher nicht. Oder doch, wer weiß das schon. Die Frage ist nicht, werde ich ihn öffnen, die Frage ist, werde ich ihn lesen.

Thomas nickte verstehend.

Daniel zündete sich seine dritte Zigarette an, die bereits leere Tasse stellte er behutsam vor sich.

Die Zeit ist wohl vorüber, sagte er in sich gekehrt.

Meine Tasse ist noch voll, entgegnete Thomas.

Außerdem hast du mir erlaubt, meine Angelegenheit offenzulegen.

Daniel schüttelte den Kopf, bei dieser Geste schwang eine kleine Verärgerung mit.

Daniel deutete während eines Zugs an seiner Zigarette in Richtung des Briefes.

Der hier, sagte er bestimmt, erklärt mehr als deine Angelegenheit.

Ich weiß, was du, was Mark verlangt. Doch jetzt ist es spät, ich werde dich jetzt hinausbegleiten.

Just in diesem Moment erhob sich Daniel von seinem Stuhl und dämpfte seine Zigarette in seinem übergehenden Aschenbecher aus.

Thomas blieb sitzen. Er konnte es nicht glauben, wie Daniel ihn behandelte. So als sei er ein Kind oder eine Schachfigur an Daniels Seite, ein Bauer, den er einfach opfern würde, wenn die Gelegenheit dazu gegeben war.

Daniel stand bereits im Vorzimmer und wartete ungeduldig.

Weißt du. Ärger klang zum ersten Mal aus Thomas' Worten.

Was ich alles tun musste, um dich zu finden. Was ich tun musste, um mich auf all dies vorzubereiten.

Er kam näher, bis er einen halben Meter vor Daniel stand.

Dieser sah ihm regungslos an, während Thomas fortsetzte. Vielleicht stimmt es, was die anderen sagen. Die Drogen haben deinen Kopf komplett zerstört. Thomas' Stimme wurde lauter und lauter.

Dieser Brief, er hielt ihn nur wenige Zentimeter vor Daniels Gesicht, er bedeutet dir nichts.

Natürlich erkannte er, wenn auch nur kurz, Daniels Emotionen, aber dies war seine einzige Chance, das zu bekommen, was er wollte.

Mark, Melanie, sie bedeuten dir nichts. Und weißt du, was, nicht nur, dass du seine Hochzeit absichtlich verpasst hast, so hast du auch die Geburt seiner Zwillinge verpasst.

Thomas dachte, Daniel würde ihn auf der Stelle ohrfeigen.

Nichts dergleichen passierte.

Daniel sah ihn an, studierte seinen Wutausbruch.

Ich habe nie gesagt, sagte Daniel, dass du diesen Brief wieder mitnehmen sollst.

Er griff nach dem Brief, der immer noch vor seiner Nase tanzte, und legte ihn behutsam auf eine kleine Kommode.

Wir fangen morgen an, sagte Daniel so ruhig, als wäre es nie lauter geworden.

Thomas sah ihn perplex an.

Mit was anfangen?, fragte er.

Du willst meine Geschichte, meine Autobiographie, die sollst du bekommen, aber auch diese wird seinen oder eben meinen Regeln entsprechen.

Thomas wollte widersprechen, doch Daniel schüttelte kaum merkbar den Kopf.

Ich vertraue Mark, sagte dieser. Er wird seine Gründe haben, dich zu schicken, auch wenn ich diese selbst erst ergründen möchte. Komm morgen um dieselbe Zeit oder lass es. Und stelle dich auf Fragen ein, die ich dir stellen werde, manche privat, manche belanglos, beantworte sie mit reinem Gewissen und ich entscheide, ob du es wert bist, in meiner Vergangenheit zu stochern.

Thomas schluckte seinen Ärger herunter. Hatte er gewonnen oder verloren und spielte das überhaupt eine Rolle? Er hatte schon mehr, als er eigentlich erwartet hatte.

Thomas reichte Daniel zum Abschied die Hand.

Daniel nahm sie entgegen, stärker als beim ersten Mal und sagte: Enttäusche mich nicht.

Und dann nach einer kurzen Stille.

Bitte.

Kapitel 2

Es kam Thomas wie ein Déjà-vu vor, als er am nächsten Abend wieder vor der grünen Tür stand und die Klingel neben dem namenlosen Schild betätigte.

Das Läuten kam einige Sekunden später und er machte sich auf den Weg.

Nach einer neutralen Begrüßung setzte er sich auf den gleichen Stuhl wie am Vortag.

Daniel, der außer ein paar Worten nichts von sich gab, tippte den Teebeutel in seiner Tasse auf und ab. Als er zufrieden war, schlang er ihn um den Löffel, presste die restliche Flüssigkeit daraus heraus und legte den Beutel auf ein Küchenpapier daneben.

Viel Zucker und das Anzünden einer Zigarette folgten.

Thomas' Blick fiel für einen Bruchteil einer Sekunde auf den Brief am Tisch. Er war immer noch verschlossen.

Rauchschwaden bildeten sich an der Glut der Zigarette und stiegen langsam in die Höhe.

Warum, begann Daniel endlich das Gespräch, denkt Mark, dass du dieser Aufgabe gewachsen bist?

Thomas zuckte mit den Schultern und sein Blick glitt wieder zu dem Brief.

Vergiss den Brief, meinte Daniel. Ich will es von dir hören.

Ich denke, sagte Thomas, dass ich aufgrund meiner Erfahrung als Streetworker ein Händchen dafür habe, das Leid und die Gründe einer Sucht zu verstehen.

Daniel nickte ein wenig.

Lass mich die Frage anders formulieren, sagte er. Warum denkst du, dass du es schaffen könntest, meine Biographie wahrheitsgemäß niederzuschreiben?

Thomas war auf diese Frage natürlich vorbereitet.

Ich habe Journalismus studiert, ich habe ein unendliches Verlangen, das nie gestillt wird.

Also willst du mein Einverständnis, meine Geschichte als was zu benutzen?

Ein Buch, antwortete Thomas schnell.

Ein Buch?, fragte Daniel lächelnd. Das wievielte wäre das denn, wenn mir diese Frage erlaubt ist?

Thomas ballte seine Hände unter dem Tisch zu Fäusten.

Mein erstes, sagte er resigniert und leicht verärgert.

Das sind nicht viele, meinte Daniel. Wieso hast du noch keins veröffentlicht?

Thomas musste schlucken, um seinen trockenen Hals etwas zu befeuchten.

Es ist wie eine Partie rhetorisches Schach, dachte er.

Nur dass Thomas keine Ahnung davon hatte und Daniel darin Profi war. Ein falscher Zug von seiner Seite und sein König würde fallen, noch bevor er irgendetwas erfahren hatte.

Ich habe dutzende Bücher geschrieben und sie fertiggestellt, sagte er dann. Aber ich veröffentliche nichts, was nicht meinen Perfektionismus befriedigt.

Daniel neigte seinen Kopf leicht zur Seite und ein leichtes Lächeln huschte über seine eisige Miene.

Du kannst mich nicht leiden, stimmt's?, fragte er.

Nein!, schoss es aus Daniels Mund, bevor er sich dessen bewusst war.

Jetzt lachte Daniel. Kein arrogantes, nein, ein echtes Lachen, das seine Augen verengte.

Ich mag dich, sagte er nach seinem Lachanfall.

Willst du gar nicht wissen, weshalb?

Weil du mit mir Katz und Maus spielen kannst und du mich in deinen Händen hast wie einen Stressball?

Daniel schüttelte den Kopf und sagte: Nein, um Gottes Willen, nein. Du erinnerst mich an mich selbst. Diese Sturheit, dieser Drang nach Antworten, dieses Temperament. Langsam verstehe ich Mark und seinen Humor – den ich besser als jeder anderer kenne – warum er dich zu mir geschickt hat.

Wer sonst könnte es schaffen, meine Geschichte zu erzählen, wenn nicht eine Person, die mir so ähnlich ist?

Thomas entspannte sich wieder.

Dann zündete Daniel eine zweite Zigarette an.

Der Geruch von Rauch und Blutorange drang in Thomas' Nase.

Du musst wissen, ich liebe es, zu spielen, sagte Daniel.

Es ist wie bei dir, dieser Drang alles zu wissen, zu wollen, obwohl wir beide wissen, dass dies unmöglich ist.

Wäre es okay für dich, wenn ich dir ein paar Fragen stelle, die du nur mit Ja oder Nein beantworten musst?

Thomas sah Daniel tief in die Augen, jetzt erkannte auch er eine Verbindung zu diesem Mann, für den er plötzlich eine Art Empathie empfand.

Bekomme ich meine Geschichte?, fragte er.

Als Antwort bekam er ein einfaches Lächeln und ein bestimmtes, ehrliches Nicken.

Bitte, forderte Thomas ihn auf, mit dem Kreuzverhör zu beginnen.

Daniel dämpfte seine Zigarette aus.

Du bist ein Einzelkind, sagte er.

Ja, sagte Thomas.

Deine Eltern sind geschieden.

Ein weiteres Ja.

Du hast keine Partnerin, keine Frau.

Thomas nickte.

Okay, sagte Daniel. Alles 50/50-Chancen. Ich glaube, ich sollte den Schwierigkeitsgrad etwas erhöhen.

Du bist arbeitslos, verdienst dein Geld durch verschiedenste und schlecht bezahlte Nebenjobs.

Thomas sagte Ja.

Dir geht es nicht ums Geld, sondern um die Anerkennung, weil dir diese in deiner Familie fehlt.

Jetzt schüttelte Thomas den Kopf.

Verdammt, fluchte Daniel in sich hinein.

Es schien ihm Spaß zu machen.

Okay, sagte er und kratzte sich an seiner Wange.

Du denkst, dass meine Geschichte deine einzige Chance ist, die deine Karriere in Gang bringen wird.

Thomas wollte schon antworten, doch dann durchschaute er das Spiel. Daniels Fragen würden endlos weitergehen, natürlich würden ihm irgendwann die Fragen ausgehen, doch dann würde er einfach die Satzstellung von alten Fragen verändern. In Wirklichkeit spielte es keine Rolle, ob er Ja oder Nein antwortete, schlussendlich würde er all seine Antworten haben.

Erst jetzt bemerkte er, dass er seine Frage einige Minuten nicht beantwortete.

Daniel schlürfte seinen Tee und nahm einen Zug von seiner bereits vierten Zigarette.

Er nickte Thomas anerkennend zu, sein Spiel durchschaut zu haben.

Ich würde sagen, begann Daniel, wir beginnen mit dem Wie und dem Ziel. Und dann habe ich wie bei jedem Vertrag Bedingungen. Wenn das erledigt ist, können wir beginnen.

Bedingungen?, fragte Thomas verdutzt.

Nichts Aufregendes, sieh es als eine Art Absicherung meinerseits.

Wie du dir denken kannst, ist es das erste Mal, da ich meine Geschichte noch niemanden erzählt habe. Natürlich gibt es Legenden, so nenne ich sie, oder Bruchstücke meiner verschiedenen Lebensabschnitte. Also wie hast du vor, meine Geschichte wiederzugeben?

Thomas griff in seine Hosentasche und zückte ein Smartphone hervor.

Hiermit, sagte er, werde ich unsere Gespräche aufzeichnen, selbstredend, dass nur wir davon wissen und Gebrauch davon machen werden.

Daniel begutachtete das Handy kurz und äußerte seine Bedenken: Was, wenn es in falsche Hände gerät oder zum Beispiel gestohlen wird?

All die Daten, seien es Fotos, Videos und eben auch Audioaufnahmen, werden in eine Cloud gespeichert, die auf dich laufen wird. Wenn ich Zugriff auf die eine oder andere Aufnahme haben möchte, musst du ihn mir genehmigen.

Daniel nickte überzeugt.

Und zu dem Ziel, sagte Thomas, das kennst du bereits, ich will einen Roman schreiben. Das Manuskript werde ich selbst dutzende Mal auf Rechtschreibfehler durchschauen. Dann wird es ebenfalls in deiner Cloud landen und du bestimmst, ob es deinen Vorstellungen gerecht wird oder nicht.

Wieder ein überzeugtes Nicken.

Das klingt zu gut, um keinen Haken zu haben, wo ist dieser?, fragte Daniel.

Die Technik ist ein unberechenbarer Haken, Daten können verschwinden, ansonsten ist es sicher.

Daniel nickte.

Dann zu den Bedingungen, begann er.

Thomas machte sich auf eine endlose Liste gefasst. Diese Bedingungen würden den ganzen Aufwand und das Ende bestimmen.

Keine Sorge, besänftigte Daniel ihn.

Ich will, dass alles, was ich sagen werde, im Buch, wenn es je veröffentlicht wird, genau so wiedergegeben wird.

Es wird Stellen geben, die anfangs keinen Sinn machen, oder Ausschweifungen, die so aussehen werden, als würden sie ins Nichts führen. Ich bin informiert, was Dramaturgie betrifft. Ich will, dass nichts ausgeschmückt oder beschönigt wird. Immerhin ist es mehr als ein Buch, es ist eine Autobiographie. Und das echte Leben schreibt oft bessere Geschichten als jedes Buch der Welt. Glaube mir, dir wird es an nichts fehlen, Drama, Melancholie, Liebe, Hass, Krisen und ein bittersüßes Ende. Einverstanden?

Thomas hatte mit so vielen Haken gerechnet, mit mehr als Daniel wahrscheinlich. Doch seine Argumentation war klar und verständlich. Er erwischte sich dabei, ein komplett anderes Bild von Daniel zu bekommen. Er sah in ihm nicht den Drogensüchtigen, von dem jeder in der Straße sprach, sondern einen Mann, mit dem er einen fairen Vertrag vereinbart hat, bei dem keiner von beiden verlieren konnte.

Thomas und Daniel besiegelten den Vertrag mit einem Handschlag.

Er beobachtete, wie Daniel in der Küche verschwand und mit einer großen Kanne Tee und einer verschlossenen Packung Zigaretten zurückkkam.

Er zupfte an der Schachtel herum, um das obere Plastikteil zu entfernen.

Daniel war kein Kettenraucher, er war ein Raketenraucher, erinnerte er sich an ein Gespräch mit einem Obdachlosen vor einigen Wochen.

Jetzt verstand er, warum.

Daniel schenkte nun auch Thomas, ohne zu fragen, Tee in eine Tasse.

Er war dankbar dafür, seine Kehle brauchte unbedingt etwas Flüssiges.

Ich schätze, wir brauchen wohl einen Titel, oder?, fragte Daniel.

Ja, oder wir kümmern uns erst darum, wenn wir bereits einen Teil der Geschichte haben.

Doch Daniel unterbrach seinen Satz mit einer Handbewegung und sagte: Wie wäre es mit „Der längste Abschiedsbrief der Welt"?

Ein guter Titel, musste Thomas zustimmen. Aber er ist dann doch wohl etwas zu…

Er suchte nach einem Wort dafür.

Melancholisch, dramatisch, dachte, darauf kommt es heutzutage an.

Schon, aber irgendwie hat es sowas Endgültiges, sagte Thomas.

Daniel zuckte mit den Schultern und meinte: Passt doch ziemlich gut, würde ich sagen.

Wie gesagt, sagte Thomas gleichgültig, wir können ihn noch immer ändern oder auch nicht, wichtiger ist die Geschichte.

Er wartete ab, bis sich Daniel die Zigarette anzündete, und betätigte dann die Record Taste seines Smartphones.

Kapitel 3

Eine Biographie, soweit es mich betrifft, veröffentlichen Personen, die denken etwas zu sein, etwas gewesen zu sein.

Ich dachte und denke, nie etwas Wesentliches geleistet zu haben. Natürlich habe ich ein Leben hinter mir, das Höhen und Tiefen aufweist, aber hat das nicht jedes Leben?

Wie dem auch sei, das ist meine Geschichte. Es wird viel über mich erzählt: Ich sei der einzige Mann, der von einem Tag auf den anderen jede Droge ohne Entzug absetzen kann, ich habe mehr Zigaretten geraucht als ein Sechzigjähriger, der seit seinem sechzehnten Lebensjahr raucht, ich habe die Begabung, jedem Richter, jedem Polizisten mit nichts als meinen Worten die Wahrheit so zu verdrehen, dass sie zu meinen Gunsten steht. Ich könnte etliche dieser Geschichten erzählen, doch sage ich nur dies: Zwischen Legenden und der Realität liegen Welten.

Die Chance, von einem Blitz getroffen zu werden, liegt bei eins zu mehreren Millionen, die Chance, im Lotto oder Euromillionen zu gewinnen, liegt bei eins zu mehreren Hundertmillionen. Dennoch gibt es Menschen, die mehr als einmal von einem Blitz getroffen wurden, oder Menschen, die im Lotto und dergleichen den Jackpot zwei oder mehrere Male geknackt haben.

Und genauso, zumindest sehe ich es so, verhält es sich mit Schicksal und Karma. Versteht mich nicht falsch, denn ich bin alles andere als gläubig, dennoch glaube ich an diese zwei Faktoren. Um diesen Glauben zu erlangen, bedarf es einiger Schicksalsschläge oder Situationen, die Karma implizieren. Und ich habe sie überlebt, auch wenn sie Narben hinterlassen haben, die ich bis heute trage.

Aber genug der Einleitung... Ich denke, was ihr lesen oder wissen wollt, ist meine Geschichte.

Meine Geschichte beginnt im Leib meiner Mutter.

Es war die Nacht des 30. Dezember, meine Großeltern hatten meine Mutter ins Krankenhaus Mödling gefahren.

Die Ärzte und Hebammen redeten von einem Neujahrskind.

Früher bekam man dafür eine Art Prämie, wenn ein Kind an einem 1. Jänner geboren wurde. Ob das heute noch der Fall ist, weiß ich nicht und es spielt auch keine Rolle.

Doch nach 42 Stunden in den Wehen war es dafür sowieso schon zu spät.

Als die Ärzte durch Ultraschall feststellten, dass mein Körper in einer Schieflage war, wurde ich einige Stunden später durch einen Kaiserschnitt entbunden.

Mein Vater hatte es vorgezogen, zu tarockieren und zu trinken, während meine Mutter mich endlich am 2. Jänner 1985 in ihren Armen hielt.

Natürlich kann ich mich nicht daran erinnern, das ist die Erinnerung meiner Mutter.

Ich war ein Einzelkind. Kein verwöhntes, natürlich bekam ich vieles und meine Eltern verdienten auch nicht schlecht. Doch der Alkohol und vor allem die Spielsucht meines Vaters schränkten uns ein. Ich liebte ihn, ich war ein Vaterkind.

Ich hörte mir seine Geschichten an, die er als Jugendlicher so erlebt hatte.

Wir lebten in einer einfachen, 60m2 großen Wohnung am Rande Wiens. Schimmelbefallenes Badezimmer, schlecht aufgeteilte Zimmer. Aber ich mochte es so, ich kannte nichts anderes.

Meine Mutter – natürlich bekam ich das früher alles nicht mit, dafür war ich zu jung – hasste die Gegend. Sie hatte keine richtigen Freunde und wenn lebten diese in anderen Ortschaften. Tägliche Streite waren an der Tagesordnung. Es gab viele Auslöser wie Schulden, Seitensprünge, Alkoholismus und mehr.

Im Kindergarten lernte ich meine ersten Freunde kennen, doch wie jeder weiß, verlaufen sich diese Freundschaften oft in die verschiedensten Richtungen.

Mit sechs Jahren ging ich an die ortsansässige Volksschule. Meine erste Vier hatte ich bei einem Deutschtest in der dritten Klasse.

Zu dieser Zeit begann ich zu realisieren, dass es meiner Mutter nicht so gut ging, wie ich immer gedacht hatte.

Oft kam mein Vater nach seiner Arbeit als Maurer nicht nach Hause und meine Mutter gab ihr Bestes, mir ihre Trauer und Besorgnis nicht anmerken zu lassen.

In manchen Nächten wachte ich auf und stellte fest, dass ich ganz alleine war. Natürlich hatte ich Angst und so etwas wie ein Handy gab es zu dieser Zeit nicht.

Ich bat meine Mutter, mich, wenn Vater wieder Mal nicht nach Hause kam, nicht alleine zu lassen. Meine Mutter wusste von all dem, was Vater so trieb. Ich steige ins Auto und suche ihn, sagte sie mehr als einmal.

Sie hätte alles für mich getan, aber jetzt, da ich das Leben verstehe, verstehe ich ihre Beweggründe.

Wir stritten ständig, ich und meine Mutter, wegen nicht gemachter Hausaufgaben oder Einträge im Mitteilungsheft.

Mein Vater war, wenn er Zeit mit mir verbrachte, alles, was ich mir zu wünschen hoffte. Er sorgte sich um mich, kochte, spielte, zeigte Nähe.

Ich wünschte, ich könnte die Zeit zurückdrehen und meiner Mutter die Liebe geben, die sie verdient hat.

Ich beendete die Volksschule mit Einser und Zweier.

Die Hauptschule, die ich besuchte, war durchwegs als okay zu bezeichnen.

Bei den Elternsprechtagen, die natürlich nur meine Mutter besuchte, fiel immer der gleiche Satz: Ihr Sohn ist durchschnittlich, was nicht daran liegt, dass er Durchschnitt ist, nein, er ist einfach zu faul, um zu lernen.

Dem konnte ich nichts entgegensetzen, mein Wissensdurst kam tatsächlich nach meiner Pubertät.

Ich war nun zwölf, die Situation zu Hause hatte sich verschlimmert. Die Tage, an denen mein Vater nicht nach Hause kam, häuften sich, die Streits mit meiner Mutter wurden lauter.

Ich rauchte meine erste Zigarette im gleichen Jahr, außerhalb der Schule in einem Park. Ich trank meinen ersten Alkopop und stellte fest, dass mir der Geschmack von Alkohol, egal wie süß er auch verkauft wird, nicht schmeckte.

Meine erste Liebe war ein Mädchen namens Nina.

Sie war, wie auch meine späteren Partnerinnen, blond mit einem runden Gesicht und einem wunderschönen Lächeln.

Es folgte der erste richtige Kuss. Wir waren ganze zwei Wochen ein Paar, bis sie sich aus mir bis heute unbekannten Gründen von mir trennte.

Ein Jahr später waren wir wieder zusammen. Wie lange diese Liebe andauerte, weiß ich nicht mehr so genau, aber es war nicht viel länger als das erste Mal.

Mein Alltag bestand aus frühem Aufstehen, Frühstücken, Schule, Hausaufgaben und Warten, bis meine Mutter nach Hause kam.

Im dritten Jahr der Hauptschule war die Situation zu Hause so angespannt, dass es jeden Moment zu einem nuklearen Desaster ausarten konnte, was es auch tat.

Ich schlief, als mich ein Geräusch aus meinen Träumen riss.

Wie eine Sprungfeder hüpfte ich aus meinem Bett und folgte dem Geheule bis in die Küche.

Das erste, was ich sah, waren auf dem Boden verteilte Holzsplitter.

Das zweite, was ich sah, war meine Mutter, wie sie in Embryostellung am Boden kauerte.

Langsam näherte ich mich meiner wimmernden Mutter.

Ich kann nicht mehr!, heulte sie.

Ich konnte kein Wort sagen.

Ich will nicht mehr!, flüsterte sie schniefend.

Ahnungslos und jung, wie ich war, wusste ich nicht, was ich tun konnte.

Ich setzte mich neben sie, meine Mutter, wie ich sie in meinem ganzen jungen Leben noch nie gesehen hatte, und umarmte sie.

Sie sagte etwas, das ich nicht verstehen konnte. Es war mehr ein Weinen und Ringen nach Luft als tatsächliche Worte oder Sätze.

Ich griff um sie, umarmte sie und sagte das einzige, was ich hatte sagen können: Ich liebe dich!

Ihre Haare hingen verklebt an ihren Wangen, ihre Backen waren rot wie Tomaten.

Ich liebe dich!, wiederholte ich noch einmal.

So, nebeneinandersitzend, verbrachten wir Stunden, bis sie sich einigermaßen beruhigt hatte.

Gemeinsam gingen wir in ihr Schlafzimmer. Und nachdem ich mich vergewissert hatte, dass sie tatsächlich schlief, übermannte mich meine Müdigkeit.

Die einfachste und schwerste Entscheidung folgte keine Woche später, als meine Mutter und mein Vater sich gegenüberstanden. Ich in ihrer Mitte. Sie würden sich scheiden lassen, das wusste ich, doch ich wusste nicht, dass ich derjenige sein werde, der sich entscheiden musste. Gehe ich zu meinem Vater, den ich trotz seiner Fehler liebte, oder würde ich mit meiner Mutter zurück ins Haus ihrer Eltern ziehen?

Und dann geschah das, was mir bis heute unbegreiflich erscheint. Obwohl ich immer noch an das Gute in meinem Vater glaubte und ich ihn verehrte, musste ich mir selbst zusehen, wie ich in die Arme meiner Mutter lief.

Wir zogen noch an diesem Tag aus und doch fühlte es sich für mich irgendwie nicht endgültig an.

Kapitel 4

Meine Großeltern nahmen uns erwartungsgemäß freudig auf. Aus irgendeinem Grund verarbeitete ich die Trennung meiner Eltern ohne Probleme.

Ich weinte nicht, ich lag niemals schlaflos neben meiner Mutter auf einer Ausziehcouch.

Im letzten Hauptschuljahr waren meine Noten durchschnittlich, Einser, Zweier, Dreier und keinen einzigen Vierer.

Hier und da klaute ich meiner Mutter Zigaretten, um sie nach der Schule zu rauchen. Bis ich eine Trafik entdeckte, die mir in vollem Bewusstsein meines Alters welche verkaufte.

Meine Mutter hätte einen Oscar verdient für ihre schauspielerischen Leistungen, die sie an den Tag legte.

Ich dachte tatsächlich, sie würde das Ganze so einfach wegstecken, wie ich es tat.

Ich denke, diese Scheidung, die nach einem Monat folgte, war der Auslöser, dass wir uns plötzlich so gut miteinander verstanden wie noch nie zuvor.

Ich war nun in einem Alter, in denen ich die Sachen verstand und obgleich meine Mutter wirklich versuchte neutral zu bleiben, erklärte sie mir, mit wem mein Vater denn nicht so im Bett war.

Dass meine Oma mir ihre Liebe so oft bewies, war schön.

Mein Opa war in der Hinsicht eher subtil, er hätte alles für mich getan, aber er war ein Mann mit dem Stolz einer heroischen Statue.

Ich hatte meine acht Jahre Schulzeit hinter mir und konnte mich nun entscheiden, was ich mein Leben lang machen wollen würde. Ich hätte in diverse Schulen gehen können, die vier oder fünf Jahre dauern würden mit Matura. Danach wäre sogar ein Studium möglich gewesen. Doch ich hatte genug von dem ganzen Schulkram. Lernen konnte ich nie gut, dafür war ich einfach zu faul. Deshalb entschloss ich, in meinem letzten neunten Pflichtschuljahr in eine Fachmittelschule zu gehen. Da meine Mutter und ich aber nun am Rande Wiens wohnten, musste ich eine Schule in eben diesen Ort besuchen.

Ich denke, es wird für den Leser leichter sein, dies, so gut es mir möglich ist, abzukürzen.

Ich war mittlerweile vierzehn, blass wie Schnee, dünn wie ein Soletti und klein, in einer mir bis dahin unbekannten Stadt.

Die Noten waren nebensächlich, nicht gut, nicht schlecht.

Meine Freunde aus Kindergarten, Volksschule und Hauptschule waren in alle Winde verstreut. Ich hatte keine Freunde, mit denen ich etwas unternahm, wurde von all den Größeren und Stärkeren um Geld erleichtert. Schläge und die ständige Angst waren das Schlimmste. Ich lernte, in der Masse unterzugehen, versuchte, mich aus allem herauszuhalten, denn diese Schule war für mich kein Ort, an dem ich Freunde kennenlernen konnte und wollte.

Also tat ich das, was jeder Junge in meinem Alter und in meiner Situation tun würde. Ich flüchtete in die digitale Welt, Videospiele, diverse Foren und anonyme Chats.

Ich denke, das war der Beginn meiner Ängste, die sich in mein Leben schlichen. In etwa so, wie ein einfaches Erdbeben am Meeresgrund Wellen an der Oberfläche erzeugt. Am offenen Meer sind sie harmlos, aber je näher sie an die Küstengebiete gelangen, desto höher werden sie.

Ich schaffte es, angeschlagen, aber die Schule hatte ein Ende.

An manchen Tagen hörte ich meine Mutter weinen, still in sich hinein, nur um mir ihre Schwäche nicht zu zeigen. Ich wollte helfen, wusste aber nicht, wie. Wie kann man einem Menschen helfen, wenn man dessen Gefühle nicht kennt?

Etwas Gutes brachte die Trennung dennoch mit sich: Wir wurden Freunde. Ich konnte ihr alles erzählen und sie war die beste Zuhörerin.

Ich schrieb genau an zwei Lehrstellen, nicht mehr. Eine Absage und eine Zusage, das war's.

Eine Doppellehre, deren Fachausdrücke ich versuchen werde zu umgehen. Nennen wir es der Einfachheit halber Grafiker. Ein Begriff, den ich hasse, aber zumindest kann sich jeder darunter etwas vorstellen.

Wo ich arbeitete, spielt keine Rolle, jedoch möchte ich euch nicht im Ungewissen lassen und verrate nur so viel: Wien.

Meine Lehre dauerte vier weitere Jahre, nichts Außergewöhnliches. Einmal in der Woche in der Berufsschule, die restlichen Tage arbeiten.

Versteht mich nicht falsch, ich liebte diesen Beruf. Ich konnte mich kreativ ausleben und verdiente nicht schlecht.

Tatsächlich war die Berufsschule ein angenehmer Ausgleich zu meiner Arbeit. Auch die Leute, die ich kennenlernte, nutzten meine Schwäche nicht aus, immerhin war ich immer noch der zierliche Junge. der sich immer zurückzog.

Da ich nie Partys, Diskotheken oder andere nächtliche Tätigkeiten besuchte, hatte ich so viel Geld zur Seite gelegt, dass ich mir ein schönes Auto leisten konnte. Kein Luxuswagen, aber es würde mich verlässlich von A nach B bringen und das für einige Jahre.

Der Führerschein war keine allzu große Herausforderung für mich und ich hatte ihn sieben Tage nach meinem achtzehnten Geburtstag.

Zu dieser Zeit hatte ich bereits mein eigenes Zimmer und war kurz vor meiner Lehrabschlussprüfung.

Und es war auch die Zeit, in der ich das Interesse an exzessiven Videospielen verlor. Ich sehe es bis heute nicht als Fehler, dies durchgemacht zu haben.

Ich besuchte in meinem Leben vier Mal eine Diskothek und hasste es. Menschen, die alle gleich aussahen, sich sinnlos betranken, und Mädchen und Jungs, die versuchten, sich ins Bett zu bringen. Kurz gesagt: Das war nicht meine Welt.

Mein erster Rausch nach gerade mal drei Tequilla, war etwas, das mir nichts gab.

Natürlich hatte ich trotz meines zurückgezogenen Lebensstils die eine oder andere sexuelle Beziehung. Nie etwas Ernstes und an einer Hand abzählbar. Viele Chancen habe ich nie genutzt, dafür war ich zu feige oder einfach zu blind.

Zu Hause ging jeder seinen Alltagsdingen nach, meine Mutter arbeitete mehr, als sie sollte, meine Großeltern waren pensioniert und ich war der brave, arbeitende Junge.

Doch die Geschichte wäre nicht erzählenswert, wenn sie so enden würde. Ich wünschte wirklich, es wäre alles so einfach gewesen. Ich wünschte, ich hätte meinen Beruf bis zu meiner Pension ausgeübt, ich wünschte, ich hätte die Frau meines Lebens kennengelernt und wir würden heute auf der Terrasse sitzen, während wir unseren Kindern beim Spielen im Garten zusehen, ich wünschte, ich hätte meiner Mutter mehr Liebe schenken können und noch viel mehr.

Von Tag zu Tag ging es mir immer schlechter, vor allem starke Bauchschmerzen quälten mich. Es folgten häufige Krankenstände, die mein Opa so kommentierte: Als ich in deinem Alter war, fuhr ich bei Minusgraden mit meinem Rad in die Arbeit. Das waren Sätze, die ich öfter, als ich es verdient hätte, über mich hingehen lassen musste. Doch am schlimmsten war dieser eine Satz, der sich in mir so sehr eingebrannt hat, dass ich heute noch davon träume oder es in meinem Kopf höre. „Du bist genauso wie dein Vater!"

Aber ich tue meinem Großvater unrecht, wenn ich all dies sage.

Er war ein Mann aus einer ganz anderen Generation und obwohl seine Miene versteinert war, waren seine Wutausbrüche doppelt so harsch.

Ich liebe ihn, ich liebe meine Oma und meine Mutter über alles und das bis zum heutigen Tag.

Die Lehrabschlussprüfung bestand ich, ohne je dafür gelernt zu haben. Meine Bauchschmerzen wurden schlimmer. Als wäre das nicht genug, begannen gleichzeitig Symptome, die mir so bizarr erschienen, wie sie auch klingen. Ich konnte kaum noch Essen schlucken, manchmal drehte es mir urplötzlich den Magen um oder mein Herz schlug von einer zur nächsten Sekunde doppelt so schnell.

Weitere Krankenstände folgten, bis mich meine Mutter dazu überredete, eine Gastroskopie durchführen zu lassen.

Ich hatte chronische Gastritis und irgendein Problem mit der Refluxklappe.

Die Behandlung erfolgte mit Magenschutztabletten, die nicht halfen.

Meine Mutter hatte inzwischen an Esoterik Gefallen gefunden. Es folgten mehrfache alternative Therapien mit skurrilen Diagnosen, die so unterschiedlich waren wie Tag und Nacht.

Diese Leidensgeschichte zog sich über die Musterung bis zu meinem Zivildienst.

Die ersten Tage als Zivildiener waren die Hölle, da allen Beschwerden auf einmal auftraten.

Nach der zweiten Woche war damit Schluss. So gut hatte ich mich seit Jahren nicht mehr gefühlt und dann kam das, was ich seit meiner Jugend hoffte erleben zu dürfen. Doch auch der hellste Stern leuchtet nur so lang, bis er irgendwann erlischt.

Zwischenspiel 1

Daniel hörte auf zu reden und stoppte selbst die Aufnahme.

Ich sehe, dir liegt etwas auf der Zunge, meinte er. Rück schon raus damit.

Thomas musste zugeben, dass er ihn mehrmals unterbrechen wollte, was er aber nicht tat.

Es ist, sagte er, nichts. Seine Stimme verriet, dass dahinter mehr steckte, das wusste er selbst.

Daniel zündete sich erwartungsvoll eine Zigarette an, als hätte er während des Erzählens seiner Geschichte nicht schon genug geraucht.

Mir fehlt, begann Thomas vorsichtig, doch Daniel unterbrach ihn.

Es ist meine Geschichte vom Anfang bis zum Ende, genau das willst du doch.

Schon, lenkte Thomas ein, aber mir fehlen die Emotionen, deine Gedanken und Dialoge.

Dass meine Mutter vor mir zusammenbrach und ich bis etwa 20 kein richtiges Leben führte, ist nicht emotional genug? Die Geschichte jedes Menschen beginnt mit der Geburt und endet mit dem Tod. Ich denke, du hast die Befürchtung, dass ich hier einfach mein Leben herunterrattere bis zu dem heutigen Tag, doch ich kann dir versichern, dass dies erst der Anfang war. Wie sollen die Menschen verstehen, wie sollst du verstehen, wie ich zu dem Menschen geworden bin, der heute vor dir sitzt? Ich könnte jedes Ereignis bis ins kleinste Detail erzählen, aber ich selbst muss abwägen, was relevant genug ist, um erzählt zu werden. Meine Kindheit und meine Jugend haben mich geprägt, doch es gibt viel wichtigere Sachen, die zu erzählen sind, als diese kleinen Abenteuer.

Thomas nickte zufrieden.

Du hast Recht, sagte er. Es tut mir leid.

Bitte entschuldige dich nicht für etwas, das du nicht vollständig verstehst, das kann und konnte ich noch nie leiden.

Es folgte ein langes Schweigen. Der Geruch von kaltem Rauch und süßem Tee lag in der Luft. Nur das Geräusch von vereinzelten vorbeifahrenden Autos war zu vernehmen.

Wer bist du?, fragte Daniel plötzlich.

Wie bitte, fragte Thomas.

Du kennst einen Teil meines Lebens und ich denke, es ist nur fair, dich besser kennenzulernen, erwiderte Daniel.

Ich dachte, das haben wir bereits durch. Ich will mich nicht wieder in eine Sackgasse aus Fragen begeben.

Daniel lächelte.

Ach ja, stimmt. Entschuldige bitte diese miese Falle, aber ich musste wissen, ob du den Geist dafür hast, mich ein wenig zu verstehen. Ich hasse Naivität, wahrscheinlich weil ich selbst lange genug naiv war. Aber zurück zu dir. Ich mach dir einen Vorschlag, sagen wir, einer stellt eine Frage und dann der andere, bis ich eine Frage nicht beantworten will oder kann.

Thomas dachte kurz darüber nach und schüttelte dann seinen Kopf.

Das ist wieder eines deiner Spiele, ich bin hier, um deine Geschichte in etwas Brauchbares umzuwandeln, sagte er dann.

Daniel nahm einen tiefen Zug von seiner Zigarette und lehnte sich belustigt an die Rückenlehne seines Stuhls.

Er fuhr sich mit der Zunge über die Lippen.

Komm schon, sagte er lässig. Du hast doch bestimmt Fragen, die meine Geschichte nicht beantworten wird. Ich sehe es in dir, wie ich es in mir damals sah.

Thomas blieb stumm, doch schüttelte nach einer kleinen Pause dennoch den Kopf.

Du darfst diese Informationen in deinem Werk gebrauchen, sagte Daniel so, als würde er seine letzte Karte ausspielen.

Und Thomas musste unfreiwillig feststellen, dass diese Karte Daniels Trumpf war, mit dem er ihn am Haken hatte.

Er weiß, dass es Sachen gibt, die er ohne seinen Einsatz nicht erfahren würde.

Dann sind wir im Geschäft, sagte Daniel heiter und beugte sich wieder vor, sodass seine Ellenbogen auf dem Tisch abgestützt waren.

Wie alt bist du?, fragte er wie aus der Pistole geschossen.

Thomas spürte förmlich, wie es Daniel gefiel, mehr über ihn erfahren zu können.

23, sagte er.

Daniel lachte auf und sagte: Verdammt! 23, im Ernst? Ich hätte dich älter geschätzt, vielleicht 27 oder 28. Wie dem auch sei – deine Frage? Thomas suchte sich eine angenehmere Position auf dem Stuhl, gab aber nach wenigen Versuchen auf, der Stuhl war einfach nicht für langes Sitzen gedacht.

Bist du jetzt gerade high?, fragte er dann.

Die Frage ließ Daniel schmunzeln. Die Frage ist schwer zu beantworten, aber auch leicht zugleich. Stell dir eine Linie vor, die deinen Normalzustand zeigt. Dieser Normalzustand ist der, den jeder Mensch hat, der keine Substanzen zu sich nimmt. Und stell dir jetzt eine weitere Linie über dieser vor. Das ist die Linie des Highseins. Wenn eine Person, zum Beispiel du, Drogen konsumiert, steigt dein Zustand in einem Bogen auf diese Linie an. Und irgendwann, je nach Art der Droge, senkt sich dein Zustand wieder auf den Normalzustand. Wenn du aber einem Drogensüchtigen gegenübersitzt, musst du dir die obere Linie wegdenken und eine weitere unter den Normalzustand setzen. Ich nenne sie der Einfachheit halber die Entzugslinie. Das ist die Linie, auf der du die üblichen Entzugserscheinungen hast und es dir verdammt mies geht. Wenn sich eine Person, nehmen wir jetzt mich als Beispiel, auf dieser Entzugslinie befindet und Drogen konsumiert, kommt sie auf den Normalzustand. Die High-Linie existiert natürlich weiterhin, aber sie ist immer schwerer zu erreichen, weil der Körper sich an jede Droge gewöhnt und mehr braucht als zuvor, um denselben Effekt zu erzielen. Deshalb ist meine Antwort Jein. Ich stehe unter Drogen, aber ich fahre auf der Linie des Normalzustands. Aber genug davon. Hast du eine Freundin?

Thomas nickte schlicht.

Wie lange seid ihr zusammen?, fragte Daniel mit einem ehrlichen Lächeln.

Thomas war bewusst, dass es zwei Fragen waren, aber er sah darüber hinweg, weil er eine Art Sympathie in Daniel entdeckte. Vor all den Geschichten bis zu den ersten Sätzen, die sie wechselten, war er ein fremder kalter Mann. Doch nach der Erzählung über seine Kindheit und diesem ernstgemeinten Lächeln wusste er, dass er ein Mann war, dem das Leben einfach nur übel mitgespielt hatte, was ihn nach außen hin verwitterte.

In zwei Monaten werden es drei Jahre, antwortete er.

Ich wünsche euch alles Gute, möge es ewig halten, sagte Daniel und sah dabei das ungeöffnete Kuvert an.

Als ich dir von den Zwillingen erzählt habe, die Markus bekommen hat, hast du nichts gesagt. Warum?, fragte Thomas.

Daniels Blick war nun wieder bei ihm, aber sein Gesicht zierte nun eine neutrale Miene.

Eine Lüge, wie wir beide wissen. Spielen wir uns doch nichts vor, du wolltest deine Geschichte und hättest dafür alles Mögliche gesagt oder getan.

Thomas wurde kleiner. Natürlich war es eine Lüge, aber wie konnte sich Daniel dabei so sicher sein? Seines Wissens hatten sie seit Jahren keinen Kontakt mehr.

Er schon den Gedanken beiseite.

Wann wirst du den Brief lesen?, fragte er, um den Ausgleich bei den Fragen beizubehalten.

Das habe ich dir doch bereits beantwortet. Ich weiß, was darin steht, ich brauche ihn nicht zu lesen. Und wenn ich es tue, dann nur um mich zu bestätigen.

Alles in Thomas' Magen zog sich zusammen. Entweder er sagte die Wahrheit oder... Oder was?

Kannst du mich leiden?, fragte Daniel und riss Thomas damit aus seinen Gedanken.

Ich schätze schon, antwortete er verwirrt. Ich mein, ich weiß es nicht. Würde es denn einen Unterschied machen?

Thomas Blick verriet, dass mehr hinter dieser Frage steckte als die tatsächliche Frage.

Daniel nahm die letzte Zigarette aus der Packung, zündete sie an und zerdrückte die nun leere Packung. Kurz danach zauberte er ein weiteres, noch verschlossenes Päckchen unter dem Tisch hervor und befreite es von seiner Folie.

Mein ganzes Leben über, sagte er dann, begegnete ich Menschen, die mich entweder hassten oder liebten. Es ist sehr selten vorgekommen, dass es etwas dazwischen gab. Das macht dich noch interessanter. Aber es spielt keine Rolle, du bekommst deine Geschichte, die wahre Geschichte, egal wie du mich siehst.

Du hast einen zweiten Namen, sagte Thomas nun. Auf der Straße hattest du viele Namen, aber niemand kennt deinen zweiten Namen. Daniel H. Meisl, das ist alles. Wie lautet dein zweiter Vorname?

Daniels Gesicht wurde zuerst bleich und dann knallrot.

Seine Augen wurden feucht, aber nicht aus Trauer, sondern aus Wut.

Ich denke, sagte Daniel schwer, du hast das Spiel gewonnen.

Gut gespielt.

Dann stand er auf mit der Begründung, sich erleichtern zu müssen und sich einen neuen Tee aufzukochen.

Als er zurückkam, entschuldigte er sich und sagte, dass es ihm nicht gut ginge und sie morgen fortfahren würden.

Thomas hatte nicht mit so einer intensiven Reaktion gerechnet. Er bedankte sich und verabschiedete sich drei Minuten später.

Daniels zitternde Hand war das letzte, was er von sich sah, bevor sich die Tür hinter ihm schloss.

Kapitel 5

Am nächsten Tag war Thomas früher als die letzten Tage bei Daniels Wohnanlage. Ein Wind mit spitzen Eiskristallen prasselte gegen sein Gesicht, als er die Gasse entlang ging.

Die Wärme von Daniels Wohnung war ein Segen für seine kalten Glieder. Was Daniel anging, schien es so, als wäre gestern nichts vorgefallen. Er begrüßte ihn mit einem Lächeln, bot ihm etwas zu trinken an und hatte nun einen bequemeren Stuhl für Thomas bereitgestellt.

Das Schlürfen von Tee und das Auspusten des Rauches waren zu vernehmen.

Wo war ich stehen geblieben?, fragte Daniel, als Thomas auf Record drückte.

Ich habe mir das Aufgenommene letzte Nacht nochmal angehört, also das in meiner Cloud. Irgendwie ein guter Abschluss des vagen Erzählens. Heute werde ich tiefer in die Materie gehen. Ich will versuchen, Menschen ein Gesicht und Tiefe zu geben. Mehr innere Dialoge und Gedanken. Aber ich schweife ab, verdammt, lass uns anfangen, auf meiner Zunge liegen Sätze, die erzählt werden wollen.

Daniel nahm einen Zug von seiner Zigarette, ein schiefes Lächeln auf den Lippen, und begann zu erzählen.

Also nun war ich da, frische 20 und mir ging's tatsächlich besser. Die Übelkeit und die Angstzustände waren weg, ohne noch zu wissen, dass diese eigentlich nur Kopfsache und nicht körperlich bedingt waren.

Aber ich nahm dieses gute Gefühl an und befreundete mich mit einem anderen Zivildiener, der einige Monate vor mir dort begann. Auf die Arbeit, die ich dort verrichte, gehe ich nicht weiter ein. Ich fuhr mit einem Dienstauto umher, brachte Sachen von A nach B, das sollte genügen. Zusammengefasst waren es wenig Arbeit und viel Zeit, die vergehen musste. Dort lernte ich Chris kennen. Ich verstand mich auf Anhieb mit ihm. Er teilte meinen Humor, hatte ihn jedoch nicht. Er war ein gutaussehender Junge, trainiert und nach Erzählungen ein guter Fußballer. Er war naiv wie ein Neugeborenes, jedes Thema, das sexueller Natur war, brachte ihn dazu, rot zu werden. Sozial war ich, wie gesagt, eher ungeschickt, dennoch fingen die dort Angestellten an, mich aus Gründen, die ich nicht benennen kann, zu lieben. Ich habe nie geschleimt, nie irgendwas getan, als ich selbst zu sein, und das reichte offensichtlich.

Hast du Lust, am Abend mitzukommen, fragte mich Chris, als wir gerade mit Flipflops und einer Papierkugel als Ball Tennis spielten.

Wohin?, fragte ich und mir gelang es, den Papierball, kurz bevor er den Boden berührte, zurückzuschlagen.

Chris erwischte den Ball nicht und ließ ihn auf der Tastatur liegen. In eine Bar, wenn man es so nennen kann, sagte er. Ich meine, wir sind hier ja nicht in Wien, also ist es eher so etwas wie ein Gast- oder Wirtshaus, aber es gibt Billardtische, Dartsscheiben, Spielautomaten und Alkohol.

Ich dachte nach. Wieso nicht?, antwortete ich schulterzuckend.

Aber vorher will ich noch meinen Matchball spielen. Wir lächelten uns an.

Am Abend fuhr ich über die Autobahn zum genannten Treffpunkt. Ich kann mich wirklich nicht mehr an den Namen dieses Lokals erinnern. Ich hatte vor Aufregung nichts gegessen und eine leichte Übelkeit saß mir zwischen Magen und Rachen. Ach, wie vermisse ich die Zeiten, als wir in geschlossenen Lokalen noch rauchen konnten. Ich selbst war zu dieser Zeit Gelegenheitsraucher. Im Hintergrund spielte eine alte Jukebox vor sich hin, nicht zu laut oder zu leise.

Die Gäste waren dem Anschein nach Stammkunden, die sich hier ihren täglichen Rausch abholten, nur um am nächsten Tag mit einem weiteren Bier den Morgen zu beginnen. Ich sah aus dem Augenwinkel Chris, wie er auf sich aufmerksam machte. Er fuchtelte wild mit den

Händen an einem der Tische, die weiter hinten standen. Mit einem mulmigen Gefühl bewegte ich mich auf ihn zu. Dabei stieß ich mit einer Kellnerin, die ein volles Tablett in der Hand hielt, zusammen. Mit viel Geschick schaffte sie es, dass sie nichts verschüttete oder noch schlimmer das Tablett ganz hinunterfiel. Unsere Blicke trafen sich und was soll ich sagen, sie war hübsch. Natürlich hatte ich in einem Bruchteil einer Sekunde erotische Gedanken. Wie es sich anfühlen würde, sie zu küssen oder mit ihr leidenschaftlich zu schlafen. Ich war jung und diese Gedanken sind ganz normal, darf ich behaupten.

Sie trug eine Jeansjacke, die ihr viel zu groß war. Blondes langes Haar zu einem Messie-Dutt zusammengebunden, sodass einige Strähnen über ihre Ohren und ihr Gesicht fielen. Sie war kaum geschminkt; Eyeliner und ein bisschen Lidschatten. Große blaue Augen, eine kleine Stubsnase und volle Lippen. Ihre Beine wirkten durch ihre Abätze länger, als sie tatsächlich waren. Viele würden sagen, sie sah etwas mollig um die Bäckchen und die Hüften aus, doch dieser Meinung war ich ganz und gar nicht.

Ich dachte sofort an mich und daran, wie ich aussah. Ich war zwar bereits gewachsen, aber war dennoch gerade mal 55kg schwer. Meine Klamotten waren passabel, aber sahen durch meine Größe und das fehlende Gewicht eigenartig aus.

Verzeihung, sagte ich und griff aus irgendeinem instinktiven Grund mit einer Hand nach dem Tablett und mit der anderen um ihre Hüfte. Zu spät bemerkte ich, wie das wirken musste, und zuckte dann errötet zurück.

Sie schenkte mir ein Lächeln.

Danke, geht schon. Ich habe eine Wirbelsäule, die mich stützen kann, sagte sie eher belustigt als ernst gemeint.

Sie ging, als wäre nichts gewesen, um die Getränke an die Tische zu servieren. Ich näherte mich, immer noch leicht beschämt, dem Tisch, an dem Chris und vier weitere Freunde saßen. Er stellte mich ihnen vor. Ein Pärchen, von dem er mir schon öfter erzählt hat. Eine langjährige On-Off-Beziehung, wie ich durch ihn wusste. Ein weiterer

Freund von Chris, dem ich schon hin und wieder mal nach der Arbeit begegnet war. Er war groß, hatte für sein Alter schon unheimliche Geheimratsecken, war aber ansonsten ein netter Typ. Doch die letzte Begleitung kannte ich nicht. Weder aus seinen Erzählungen noch von irgendwelchen Bildern von Freunden, die er mir gezeigt hatte. Ein Mädchen mit wunderschönen naturroten Haaren. Blasses Gesicht mit Sommersprossen; verdammt, wie ich Sommersprossen liebe. Was sie in meinen Augen noch interessanter machte, war ihre Zahnspange. Ich kannte niemanden in unserem Alter, der noch eine trug. Später erfuhr ich, dass sie einfach schöne gerade Zähne haben wollte und deshalb eine trägt.

Ein Kellner brachte mir nach der Bestellung ein Coke, während alle anderen an Bier oder Cocktails schlürften.

Kein Alkohol?, fragte die Rothaarige, ihr Name war Rebecca.

Bin mit dem Auto da und außerdem trinke ich keinen Alkohol, sagte ich so beiläufig, dass mich alle und auch Chris erstaunt anstarrten.

Du willst mir sagen, du hast in deinem Leben noch nie einen Schluck Alkohol getrunken?, fragte Julian, der männliche Part des Pärchens.

Ich schüttelte den Kopf, während ich einen Schluck von meinem Getränk nahm.

Nein, begann ich zu erklären. Alkohol interessiert mich nicht. Es schmeckt beschissen und der nächste Morgen ist im Arsch.

Also ich verzichte nicht darauf, meinte Chris und nahm einen tiefen Schluck seines Biers.

Und außerdem, sagte nun Larissa, der weibliche Part des Pärchens, ist mir scheißegal, wie er schmeckt, ich trinke, um betrunken zu sein. Und wenn ich morgens aufwache, übergebe ich mich, spielt keine Rolle.

Ich fühlte mich irgendwie fehl am Platz. Ich hatte nie wirkliche Freunde, mit denen ich viel unternahm.

Hey!, durchbrach Chris die Stille. Da ist eben ein Billardtisch freigeworden. Wer hat Lust zu spielen?

Wir steigen aus, sagte das Pärchen fast schon einstimmig.

Dann fiel Chris Blick auf den Rest und letztendlich auf mich.

Ach kommt schon, sagte er. Es geht um nichts außer um die Ehre.

Ich spiele mit Daniel, sagte Rebecca aus dem nichts.

Gut dann spiele ich wohl mit... Chris machte eine kurze Pause.

Mit mir… ergab sich Kilian.

Ich war immer noch perplex, wie zielstrebig Rebecca mich als Spielpartner ausgewählt hatte.

Jeder kennt die Regeln?, fragte Chris nun, als er die Kugeln platziert hatte.

Das Runde muss ins Loch, sagte Rebecca und ich musste feststellen, wie sie mich schelmisch angrinste.

Ach egal, meinte Chris darauf. Ladies first.

Rebecca nahm den Queue in die Hände und tat sich schwer, ihn still mit ihrem Anfängergriff zu halten. Im Nachhinein betrachtet konnte das Ganze auch vorgespielt gewesen sein, um mir ein Zeichen zu geben, ihr zu helfen. Blind, wie ich war, tat ich natürlich nichts dergleichen.

Ihr Stoß erwischte eine der seitlichen Kugeln so leicht, dass sie nicht weit von der Mitte wegrollten. Mit einem Schulterzucken reichte sie mir den Queue.

Das war, sagte Chris, bescheiden.

Beschissen, korrigierte Rebecca schlagfertig.

Chris stieß, so stark er konnte, einfach in die Masse an Kugeln, sodass eine durch reinen Zufall in eines der mittleren Löcher rollte.

Voll, sagte er laut. Das bedeutet, ihr spielt auf die Halben.

Als nächstes war sein Freund Kilian an der Reihe, der zwar eine Kugel traf, aber nicht versenkte.

Jetzt war ich an der Reihe. Ich hatte hin und wieder Billard gespielt und ja auch ein wenig lieben gelernt, aber das kam einige Zeit später, als ich auf Entzug war.

Ich denke, es ist langweilig zu hören, wer einlochte und wer nicht, deshalb springe ich in der Zeit vorwärts. Tatsächlich konnte ich die letzte Halbe einlochen, sodass beide Teams nur noch die Schwarze über hatten. Plötzlich packte mich der Ehrgeiz des Gewinnens. Ich konzentrierte mich, so gut ich konnte, und stieß die Weiße sanft an, sodass die Schwarze mitten aufs Loch zurollte. Sie verhungerte kurz vor dem Loch.

Scheiße, schrie Rebecca auf.

Chris lächelte wissend, dass es ein Leichtes sein wird, die Kugel einzulochen.

Eine kleine Wette, fragte er mich.

Chris, sagte ich ermüdet, diese Kugel zu verfehlen, ist physikalisch unmöglich, wofür soll ich da wetten?

Nicht, wenn ich die Weiße über die gegenüberliegende Bande spiele.

Der Einsatz?, fragte ich.

Ein halbes Monatsgehalt, schoss er sofort heraus.

Doch was er nicht wusste, war, dass es mir nicht schaden würde, die Hälfte davon zu verlieren. Wie gesagt, ich lebte bei meinen Großeltern, zahlte nur Autoversicherungen und das war's. Außerdem war ich mir, obwohl Chris so stolz auf sein Können war, sicher, dass er es nicht schaffen würde.

Also besiegelten wir den Deal mit einem Handschlag.

Chris markierte sich mit der blauen Kreide einen Punkt auf der gegenüberliegenden Bande, nachdem er den Queue zigmal hier und dort auf den Tisch legte; wahrscheinlich um irgendetwas abzumessen.

Als er mit seinen Vorbereitungen fertig war, machte er sich endlich für den Stoß bereit. Er traf die weiße Kugel sehr akkurat und zu meinem Erstaunen genau die Stelle, die er an der Bande markiert hatte. Die Weiße traf auch die Schwarze, aber streifte sie nur seitlich, sodass sie irgendwo nahe der Mitte zum Stehen kam.

Here goes my money, sagte er mit einigen darauffolgenden Flüchen.

Ich klopfte ihm auf die Schulter und flüsterte ihm ins Ohr.

Ich brauch dein Geld nicht, behalte es.

Nein, beharrte ich, noch bevor er etwas erwidern konnte.

Ich brauche es nicht, wirklich.

Dann schlugen wir erneut ein und klopften uns wie Freunde auf die Schultern.

Nun gut, sagte er nun lauter. Rebecca, wie sieht's bei dir mit einer Wette aus?

Sie nickte kurz.

Aber nicht mit dir, wir wissen ja, was da rauskommt.

Chris musste lachen. Hey, ich wusste wirklich nicht, dass es um diese Uhrzeit noch Idioten gibt, die am See spazieren gehen.

Aber nun gut, mit wem willst du sonst wetten?

Ihr Blick war auf mich gerichtet und ich bildete mir ein, ein Zwinkern erkannt zu haben. Jetzt erst fielen mir ihre grünen Augen auf. Sie war attraktiv, keine Frage, aber ich war im Flirten so etwas wie ein Neuling; wenn überhaupt.

Wenn ich die Schwarze versenke, meinte sie ruhig, musst du mich ausführen.

Jetzt hätte selbst der größte Idiot die Anspielung verstanden.

Ich musste ziemlich perplex ausgesehen haben und rot angelaufen sein.

Und wenn du nicht einlochst,? fragte ich vorsichtig.

Nichts, sagte sie so ruhig, als wär sie sich zu eintausend Prozent sicher, die Schwarze zu versenken.

Da habe ich wohl nichts zu verlieren, sagte ich.

Die Schwarze war ohne jeden Zweifel für kein Loch gut am Tisch platziert.

Machen wir es interessanter, sagte nun Chris. Lass mich das Loch vorgeben und du bekommst den Rest meines Gehalts. Wenn du es nicht schaffst, gehst du von hier zu Fuß nach Hause.

Rebecca willigte einfach ein, ohne einen Gedanken daran zu verschwenden.

Jetzt stand auch das Paar neben dem Tisch. Kilian sah nur skeptisch zu, welche Wetten gerade auf den Tisch gelegt wurden.

Natürlich wählte Chris das schwierigste Loch, in diesem Fall das rechte Mittelloch.

Und da sah ich dann, Rebecca war keine Beginnerin, sie wusste, wie man dieses Spiel spielte und noch dazu wie man Leute um den Finger wickelte. Ich hätte mir in den Arsch beißen können, dass ich die ganze Runde darauf reingefallen bin und vor allem ihre Annäherungsversuche nicht sah.

Sie rannte nicht um den Tisch oder versuchte, sich irgendetwas mit Winkeln zu berechnen, sondern legte sofort den Queue an.

Diesmal war ihre linke Hand so verschränkt, dass nichts verrutschte oder wankte. Vier Banden später versenkte sie die Kugel und das alles in weniger als zehn Sekunden.

Sie lächelte mich an, als sie mir den Queue in die Hand drückte.

Vergiss nicht, mich auszuführen, Daniel.

Verdammt, die Frau hat Zähne wie ein Hai, murmelte ich.

Das Gesprächsthema nach diesem Spiel war natürlich, warum Rebecca so gut spielen konnte.

Ihr Vater war ein Landmeister in Snooker und sie spielte, seit sie über den Tisch sehen konnte.

Es wurden Geschichten erzählt, lustige und peinliche, die ebenfalls lustig erzählt wurden.

Als wir bezahlten, kam die Kellnerin von vorhin zu unserem Tisch.

Sie las die Liste der Getränke herunter und wir bezahlten. Ich verabschiedete mich von den Chris und seinen Freunden, da ich noch pinkeln wollte und ihr Taxi bereits draußen wartete.

Als ich das Lokal verlassen wollte, rief mir eine Kellnerin nach.

Ich glaube, du hast deine Rechnung vergessen, sagte sie mit einem freundlichen Lächeln.

Ich vertrau dir, es waren zwei Cokes, da kann man nicht viel falsch machen, sagte ich belustigt.

Doch ich glaube schon, meinte sie und drehte die Rechnung um.

Ich musste gar nicht so genau hinsehen, um zu wissen, was es war. Ihre Telefonnummer, natürlich.

Ich nahm die Rechnung entgegen.

Doch bevor ich hinaus zu meinem Auto ging, rief ich ihr etwas nach.

Wie ist dein Name?

Ruf mich an und vielleicht verrate ich ihn dir dann an.

Der Abend war wie ein Traum, ich erinnere mich an alles, aber begreifen konnte ich es nie. Ich fuhr mit dem Auto nach Hause.

Kapitel 6

Ich weiß, es klingt alles so surreal. Aber ich will die Geschichte wahrheitsgemäß erzählen. Bis zu diesem einen Tag und auch danach wurde ich nie von zwei Frauen so angebaggert. Aber das ist die Wahrheit und ich möchte anmerken, dass diese zwei Frauen Dreh- und Angelpunkte in meinem Leben waren. Um die Spannung nicht zu schmälern, werde ich nicht verraten, welche Rolle die Kellnerin und Rebecca in meinem Leben spielen werden. Ich will, dass ihr miterlebt, wie ich es zu dieser Zeit machte.

Erst Tage später konnte ich mich überwinden. mich bei der Kellnerin zu melden. Natürlich war ich zu feige, anzurufen, deshalb schrieb ich eine SMS. Ich schäme mich, zuzugeben, wie einfallslos und unkreativ diese war, aber was bleibt mir anderes übrig.

Hey, schrieb ich. Ich bin der, dem du die Nummer gegeben hast. Wie geht's? Was machst du?

Verdammt, wie peinlich, aber es ist die Wahrheit.

Es wunderte mich nicht, dass keine Nachricht zurückkam, ich meine, es wäre doch viel zu schön, um wahr zu sein.

Doch eine halbe Stunde rief mich eben diese Nummer an.

Sollte ich es länger läuten lassen oder sofort abheben? Ich war nervös, seit ich ihr Gesicht sah.

Ich atmete tief durch und nahm ab.

Hallo?, fragte ich.

Ich sagte doch, du sollst mich anrufen, sagte sie spielerisch gereizt.

Oh. Antwortete ich. Das habe ich wohl falsch verstanden.

So versuchte ich, mich aus diesem Unbehagen zu retten.

Ich hörte ein leichtes Lachen auf der anderen Seite.

Jasmin, sagte sie.

Ich hatte Schmetterlinge im Bauch. Endlich konnte ich diesem Mädchen einen Namen zuordnen.

Daniel, verriet ich ihr meinen Namen.

Wir telefonierten über dies und das – und das stundenlang.

Sie war Studentin in der Hauptuniversität, jobbte hier und da, wenn es sich ergab. Sie war eine gute Zuhörerin, obwohl es mir schwerfiel, etwas Interessantes über mein tristes Leben zu erzählen. Es muss etwa ein wenig nach Mitternacht gewesen sein, als sie sagte, sie müsse jetzt schlafen gehen, ansonsten könne sie am nächsten Tag nicht aufstehen. Aber, meinte sie, sie würde sich freuen, sich mit mir zu treffen.

Mein Herz setzte einen Herzschlag aus. Die Antwort auf ihre Frage war nicht schwer, natürlich würde ich mich gerne mit ihr treffen.

Wann und wo?, fragte ich nur.

Hmm, hörte ich sie nachdenken.

Wie wäre es nächsten Samstag, Wienerberg, ein Kinobesuch, etwas essen und danach entscheiden wir, wie der Abend ausgeht?

Ich sagte ohne nachzudenken zu.

Nach einer Minute war das Gespräch vorbei.

Ich lag in meinem Bett, die Stille der Nacht, die durch das offene Fenster hereinkroch, konnte meine Ephorie nicht lindern. So etwas hatte ich noch nie gefühlt. Eine Mischung zwischen Angst, dass es nicht funktionieren würde, und, ja, ich sage es, Verliebtheit.

Tatsächlich konnte ich es einfach nicht glauben, dass eine Frau wirklich in Betracht ziehen würde, mit mir eine Beziehung einzugehen. Was hatte ich schon zu bieten? Ich mochte mich selbst nicht, hasste mich jeden Tag aufs Neue, wenn ich in den Spiegel schaute, dafür, wie ich aussah. Ich war nicht schlank, ich war mager, ich war nicht hübsch, ich war Durchschnitt. Was würde ein so schönes Mädchen wie Jasmin mit einem wie mir machen? Was würden die Leute denken, wenn wir als Pärchen Hand in Hand spazierten? Schau dieses wunderschöne Mädchen an. Was findet sie nur an dem hässlichen Entchen als Anhang.

Diese und tausend weitere Fragen stellte ich mir, bis ich endlich irgendwann einschlief.

Am nächsten Tag erzählte ich Chris schwärmend von diesem Telefonat. Chris hörte sich es bis zum Schluss an.

Du bist ein verdammt glücklicher Idiot, aber mehr ein Idiot, sagte er, als ich fertig war.

Wir saßen gemütlich auf einem Bürostuhl, die Beine auf dem Schreibtisch.

Danke, erwiderte ich. Ich weiß, aber womit verdiene ich diese Ehre?

Chris gähnte und stellte seine Füße wieder auf den Boden, bevor er sich mit seinem Bürostuhl zu mir rollte.

Rebecca?, fragte er.

Rebecca was?, fragte ich verwirrt.

Du hast ihr versprochen, mit ihr dieses Wochenende etwas zu unternehmen.

Plötzlich folgte ich seinem Beispiel und suchte den Boden unter meinen Füßen.

Verdammte Scheiße, fluchte ich. Das habe ich total vergessen.

Ich könnte es verschieben und…, setzte ich an, doch Chris unterbrach mich.

Weißt du eigentlich, wie sie mich per SMS terrorisiert?

Er machte ihre Stimme nach, er versuchte es zumindest.

Daniel ist so ein Lieber, ich freue mich schon so sehr, mich mit ihm zu treffen. Verdammt, ich glaube, ich habe mich ein wenig verknallt.

Chris, unterbrach ich ihn, warum sagst du mir das erst jetzt? Ich meine, du hattest jeden Tag die Möglichkeit, es mir zu sagen.

Er zuckte mit den Schultern, doch ich wusste, wieso.

Du Penner bist eifersüchtig, schlussfolgerte ich.

Chris' Miene verriet, dass ich ins Schwarze getroffen habe.

Ich habe dir absichtlich nie von ihr erzählt, gab er zu.

Ich meine, ich kann ja nicht einfach meins sagen und dir damit das Recht nehmen, sie kennenzulernen.

Ich fühlte mich schuldig. Ich fühlte, ich schuldete ihm eine Entschuldigung. Ich konnte Chris nicht in die Augen sehen.

Sie ist so scheu wie ein Rehkitz, sagte er leise. Klar, wenn sie etwas getrunken hat, löst sich ihre Hemmung ein wenig, dennoch kennst du ihre Geschichte nicht.

Wie auch er nicht, wie ich in seinen Augen lesen konnte.

Sie ist so, begann er, so geheimnisvoll. Gibt nichts bis wenig von sich preis. Stellt man die falschen Fragen, kann es leicht passieren, dass sie sich für Tage oder Wochen zurückzieht. Eine Blume, die nicht zum Pflücken gedacht ist, sondern zum Bewässern und Pflegen.

Ich fuhr mir mit der Hand über meine Augenbrauen bis zu meinem Kinn hinunter.

Verdammte Friendzone, sagte ich und klopfte auf Chris' Schulter.

Ich suchte nach Worten, die dieses entstandene Chaos lösen hätten können, doch fand keine.

Ich rede mit Rebecca, sagte ich sanft zu ihm, meine Hand ruhte immer noch auf seiner Schulter.

Das würde nichts bringen, bedauerte er gekränkt.

Ich werde mich mit Jasmin treffen und werde Rebecca eine Notlüge präsentieren. Bitte gib nicht auf, Chris. Du sagst doch, du stehst in Kontakt mit ihr, pflege ihn weiterhin und vielleicht klappt es ja und wenn nicht, sollte es eben nicht so sein.

Ein kleines, fast schon unmerkliches Lächeln blitzte auf seinen Mundwinkeln auf. Ich wusste nicht, was es aussagte. Vielleicht eine Aussicht auf eine Chance oder das Bewusstsein, dass ich es zwar nett meinte, aber dass es die Situation nicht verändern würde.

Du bist ein guter Freund, sagte er dann und setzte sich wieder gerade hin.

Ich musste mit dem Kopf wackeln.

Ich bin ein miserabler Freund, der sein Bestes gibt, erwiderte ich.

Dann mussten wir beide lächeln.

Nach der Arbeit schrieb ich sofort Rebecca, ob sie kurz Zeit hätte, um ein wenig zu sprechen. Ich versuchte, sie mit meiner Tonlage schon auf das, was kommen würde, vorzubereiten.

Sie meinte, wir könnten uns gleich treffen, nicht weit weg von meiner Dienststelle, in einem schmalen Feldweg, in dem man sich leicht Stunden aufhalten könnte, wenn man die richtigen Abzweigungen nahm. Doch mein Ziel war es, ihr alles so schnell wie möglich und vor allem schonend beizubringen, und ich war nicht darauf erpicht, von den Dutzenden Wegen Gebrauch zu machen.

Als ich sie wiedersah, das erste Mal, seit dem Abend in der Schenke, konnte ich erkennen, was Chris meinte. Sie sah nicht mehr so selbstbewusst aus, ihre Haltung tat sogar meinem Rücken weh.

Ich bemerkte, dass sie sich herausgeputzt hatte, was mich nur noch trauriger stimmte.

Es waren die letzten Herbsttage, sollte ich erwähnen.

Sie trug einen zu dieser Zeit modischen olivgrünen Trenchcoat, einen langen dreifärbigen Wollschal und ihre zum Markenzeichen gewordenen Doc Martens mit Pelz.

Ich müsste lügen, wenn ich sagte, sie war nicht wunderschön.

Wir begrüßten uns mit einer kleinen Umarmung, die mein Herz zum Klopfen brachte.

Schön, dich zu sehen, sagte sie verlegen.

Ihre geröteten Wangen ließen ihre Sommersprossen nur noch mehr aus ihrem herzförmigen Gesicht herausstechen.

Der Eyeliner und ihre kleinen Pupillen ließen ihre smaragdgrünen Augen leuchten.

Schön, dich zu sehen, gab ich ehrlich erfreut zurück.

Konnte ich wirklich diesem Mädchen das Herz brechen? Ich wollte nie sein wie mein Vater, ich wollte immer nur eine Frau und mit ihr mein Leben verbringen. Doch noch war ich in keiner Beziehung. Dennoch machte ich mir Gedanken, vor allem nach dem, was Chris mir erzählt hatte. Ich mochte Rebecca, ja, ich hatte sogar ein gewisses Gefühl ihr gegenüber entwickelt. Doch sie vermochte es nicht, mir den Kopf zu verdrehen, wie es Jasmin getan hatte.

Lass uns doch ein Stückchen gehen oder willst du hier Wurzeln schlagen, sagte sie lächelnd. Grübchen bildeten sich über ihrem liebevollen Lächeln.

Und so spazierten wir über den Feldweg. Hier und da mussten wir Pfützen oder Schlamm ausweichen. Ich fragte sie nach ihrer Zahnspange und sie beantwortete mir diese Frage beschämt.

Also ich finde, sie passt zu dir, sagte ich und meinte es ehrlich.

Trotzdem bemerkte ich, dass sie, seit ich das Thema anschnitt, versuchte, ihre Zahnspange zu verstecken.

Sie erzählte mir, wie sie Chris kennengelernt hatte, etwas, das mir Chris nie erzählt hatte.

Es war aber auch ziemlich unspektakulär.

Kilian, der nette Typ mit den Geheimratsecken, war ihr Cousin und nahm sie einmal zu einem Essen in der Stadt mit.

Kilian ist dein Cousin?, fragte ich verwundert.

Hat dir das Chris nicht erzählt?, fragte sie nachdenklich.

Ich schüttelte nur den Kopf und dachte an Chris' Worte.

Als wir zu einer Bank an einem Seeufer gelangten, ließ sich Rebecca spielerisch erschöpft darauf fallen.

Lass uns doch ein bisschen ausruhen, meinte sie.

Ich wusste, dass ich das Thema jetzt anschneiden musste. Ich setzte mich mit einem kleinen Abstand neben sie.

Lange sagte keiner von uns ein Wort. Der Wind rauschte durch das hohe Herbstfeld, kleine Wellen bildeten sich am See vor uns und hier und da schwamm ein Enterich oder eine Ente mit ihren Kindern vorbei.

Du hast dich nicht ohne Grund mit mir treffen wollen, sagte Rebecca, als sie sich offensichtlich überwinden konnte.

Ich musste tief einatmen.

Also ja, schloss sie mit belegter Stimme.

Weißt du, begann ich und versuchte, das gesamte Gespräch im Kopf durchzugehen.

Chris mag dich sehr.

Das weiß ich, sagte sie gekränkt. Mädchen spüren so etwas, während ihr Männer bei so etwas einfach zu blöd seid, um zwischen Freundschaft und wirklichem Interesse einen Unterschied zu erkennen.

Autsch, machte ich und versuchte, das Gespräch zu entschärfen.

Chris ist ein attraktiver, netter Junge.

Rebecca verschränkte ihre Arme und sah auf den See hinaus.

Und?, fragte sie. Was hat das eine mit dem anderen zu tun? Ich habe ihm gesagt, ich habe kein Interesse.

Rebecca sah mich mit glasigen Augen an.

Hat Chris dich geschickt, um das Date abzusagen?

Nein!, sagte ich bestimmt.

Er hat mir nur gesagt, dass er Interesse hat, aber er hätte es nie gewagt, uns zu verbieten, uns zu treffen.

Was ist es dann?, fragte sie trotzig.

Ich machte eine nachdenkliche Geste mit meinen Händen.

Ich bin vielleicht ein wenig naiv, sagte Rebecca und wurde dabei lauter. Aber ich bin nicht dumm. Ich merke, wenn man mich belügt, und du lügst nicht, du sagst die Wahrheit, es ist nicht Chris' Schuld. Aber bitte, und sei ehrlich zu mir, was ist der wahre Grund?

Und da war er, der Moment, der den Stein ins Rollen bringen würde. Eine Weggabelung wie die auf diesem Feld. Nehme ich den linken oder rechten? Wohin würde mich jeder der beiden bringen? Eine Sackgasse? Ein Leben mit Kindern und einem Haus?

Das Problem war nicht nur, dass ich zwischen zwei Wegen stand, sondern auch dass ich mich bereits entschieden hatte. Auf dem Schild zwischen den Wegen war nur ein Wort, ein Name, eingraviert: Jasmin.

Ich treffe mich mit einer anderen, brachte ich endlich heraus.

Die Kellnerin an dem Tag, als wir uns kennenlernten, sie hat mir ihre Nummer gegeben.

Rebecca schniefte und nickte lange mit geschlossenen Augen von mir abgewandt. Ich hörte, wie ihr Atem schneller wurde und sie mit all ihrer Kraft dagegen ankämpfte, zu hyperventilieren.

Ich griff instinktiv nach ihrer Schulter, um sie näher an mich heranzuziehen. Doch Rebecca schob meinen Arm zu Seite.

Geh, stotterte sie zwischen ihren Atemzügen, bitte, geh.

Rebecca, versuchte ich, aber sie winkte nur ab und ich erhaschte einen kurzen Blick auf ihr von Tränen überströmtes Gesicht. Mein Herz blutete ein wenig, sie so zu sehen. War ich ein schlechter Mensch? War ich mein Vater?

Als ich es nicht länger ertragen konnte und jeder Versuch, Rebecca zu beruhigen, fehlgeschlagen war, wandte ich mich zum Gehen.

Das Weinen und Schniefen wurde leiser, je weiter ich mich entfernte.

Und als ich weit genug entfernt war und die Stille über mich kam, kullerte eine Träne über meine Wange runter zum Kinn, wo sie dann in eben dieser Stille unterging, so als hätte es sie nie gegeben.

Kapitel 7

Ich suchte meine besten Kleider zusammen. Ich machte am Tag davor extra einen Ausflug in die Shopping City Süd.

Ich hatte keine Ahnung von Mode, sollte ich anmerken. Ich wanderte ziellos umher, bis ich vor einem riesigen Geschäft, das von einem Mann in Schwarz flankiert war, stand. Peek & Cloppenburg. Natürlich kannte ich den Laden, war aber selbst vielleicht zweimal drinnen, um mich umzusehen. Vom endlos erscheinenden Sortiment wir erschlagen, wanderte ich einen Gang entlang. Und da sah ich das perfekte Outfit, nicht etwa an Ständern oder in den Auslagen, sondern an einem der Mittarbeiter.

Kann ich Ihnen helfen?, fragte er mit übertriebener Höflichkeit. Der Mann war vielleicht ein paar Jahre älter als ich, trug eine beige Chino-Jeans mit einem braunen Gürtel und ein blaues Hemd mit kleinen weißen Stickereien.

Ja, sagte ich. Ich suche genau nach dem, was Sie anhaben.

Eine halbe Stunde später besaß ich eine passende Hose, den passenden Gürtel, das blaue Hemd und eine Packung Marken-Socken und Unterhosen, die er mir angedreht hatte.

Wie gesagt, ich hatte mir durch meinen Rückzug in Sachen Lifestyle genügend Geld zur Seite gelegt, sodass mir der Preis nichts bedeutete.

Ich bezahlte, doch diesmal ließ ich mir keine weiteren Sachen von der Kassadame andrehen, und ging nochmal zurück zu dem Verkäufer.

Sind Sie mit Ihrer Auswahl zufrieden?, fragte er.

Ähm, ja, antwortete ich. Nur eine kurze Frage: Wo bekomme ich diese Schuhe, die Sie tragen? Hier habe ich sie nicht gefunden.

Die Schuhe hießen Chelsea Boots und ich kaufte nach Anweisung vielleicht zwei Geschäfte weiter mein Paar, deren Farbe der Farbe meines Gürtels ziemlich nahe kamen t. Als ich auf dem Rückweg war, enddeckte ich an einer Schaufensterpuppe einen Mantel. Ohne zu zögern, betrat ich das Geschäft und kam mit eben diesem und einem passenden Schal Minuten später hinaus.

Dann ging ich in die Parkgarage in Wienerberg, um mich endlich mit Jasmin zu treffen.

Ich hatte Sorgen, dass sie nicht kommen oder mir nach 20 Minuten Verspätung absagen würde.

Doch meine Befürchtungen waren umsonst gewesen. Sie stand gerade draußen und rauchte eine Zigarette, als ich ihr entgegenkam.

Daniel, sagte sie erfreut. Ich dachte, du lässt mich hier sitzen. Gut siehst du aus. Jasmin begutachtete mich von unten bis oben.

Sie war mehr geschminkt als bei unserer ersten Begegnung und trug einen für meinen Geschmack fast schon zu roten Lippenstift.

Ihre Kleidung überraschte mich, ich hatte mit etwas Elegantem gerechnet, doch sie trug weiße Sneaker, schwarze Leggins, ein bauchfreies weißes Top mit einem verwaschenen Aufdruck und die gleiche zu große Jeansjacke.

Versteht mich nicht falsch, diese Frau hätte in Lumpen besser ausgesehen als ich in einem in Mailand maßgeschneiderten Anzug. Wieder verspürte ich dieses unangenehme Gefühl, verschossen zu sein.

Du bist wunderschön, dachte ich laut.

Einen Augenblick dachte ich, sie würde mich widerwillig ansehen, doch sie drehte sich bloß einmal im Kreis, so als würde sie sich mir präsentieren, und lachte dann.

Direkt und ehrlich, gefällt mir, sagte sie.

Sie dämpfte die Zigarette aus und wir begaben uns zum Eingangsbereich des Kinos ein Stockwerk tiefer.

Und welchen Film würdest du gern sehen?, fragte Jasmin strahlend.

Sie tänzelte über die Fliesen unter uns und versuchte dabei, nicht die Fugen zu berühren. Die Leute, die sie dabei beobachteten, schienen sie nicht zu stören.

Ich musste zugeben, dass ich eigentlich keine Ahnung hatte, was momentan im Kino lief. Ich war eine halbe Ewigkeit nicht mehr im Kino gewesen.

Ein Thriller oder Horror?, fragte ich sie.

Jasmin verzog das Gesicht und meinte, sie bekäme dadurch nur Albträume.

Ein Drama?, fragte ich hoffnungsvoll.

Bis heute liebe ich diese Melancholie von Dramen, aber mir war klar, dass Jasmin so etwas nicht gern sah.

Lass uns doch einfach den schauen, sagte sie und deutete auf ein Display über dem Kinoschalter. Das Filmcover, eine Frau und ein Mann, die Rücken an Rücken standen, wie wirklich bei fast jeder Liebeskomödie.

Ich hatte keine Lust, diesen Film zu sehen, ich hatte eigentlich gar keine Lust, einen Kinosaal zu betreten, dennoch nickte ich.

Als wir uns in der Schlange anstellten legte Jasmin einen Arm um meine Schulter.

Ich zahle mein Ticket und Essen selbst, flüsterte sie in mein Ohr. Ich hasse das. Sie verstellte ihre Stimme etwas tiefer. Oh, Baby, ich zahl das schon, das gehört sich so. Totaler Bullshit, sagte sie nun lauter und eine Frau vor uns drehte sich zu uns um.

Ich bin eine Frau und ich habe und nehme Anspruch auf mein Recht, selbst für meine Kosten aufzukommen.

Ich wusste nicht, was ich darauf erwidern sollte. Es war – wie soll ich sagen – Jasmin überraschte mich von Minute zu Minute mehr.

Ich hätte kein Problem damit gehabt, meinte ich.

Natürlich. Sie nahm ihren Arm weg von meiner Schulter.

Deshalb sag ich es ja jetzt, Daniel.

Sie grinste mich mit ihren perfekten geraden, weißen Zähnen an.

Der Film war entweder schon lange im Kino oder einfach nicht gut besucht. Auf jeden Fall hatten wir ohne Probleme einen Platz in der hinteren Mitte bekommen. Jasmin hatte sich Popcorn und ein stilles Wasser bestellt, während ich nur ein Coke nahm.

Als wir den Saal betraten, liefen bereits die Werbungen und der Saal war noch leicht beleuchtet.

Jasmin seufzte, als sie sich in ihren Sitz plumpsen ließ.

Ahhhh, stieß sie hervor, ich glaube, ich habe mich noch nie so sehr auf eine Sitzgelegenheit gefreut.

Kurze Zeit später wurde das Licht im Saal gedimmt.

Der Film an sich war ganz okay, hier und da musste ich leicht auflachen. Jasmin schien den Film in vollen Zügen zu genießen und gab öfter als einmal leise Kommentare von sich und lachte an einigen Stellen. Dabei aß sie ihr Popcorn so scheu, dass ich das Gefühl hatte, dass die Tüte immer gleich voll blieb.

Magst du nichts essen?, fragte sie mich irgendwann.

Ich schüttelte den Kopf und meinte, ich würde mir den Appetit für später aufheben. Jasmin zuckte lediglich mit den Schultern.

Meine Hände waren feucht vor Aufregung, ich hatte hie und da, wie gesagt, Bekanntschaften, aber nie etwas Ernsteres und somit keine Erfahrung, wie ich mich verhalten sollte.

Manchmal, wenn Jasmin eine Szene besonders lustig fand, griff sie mit ihrer Hand nach meinem Arm und lachte.

Waren das Andeutungen oder nur zufällige Berührungen?

Ihre Hand lag ansonsten immer auf der Zwischenlehne neben mir, wenn sie nicht gerade aß oder einen Schluck nahm.

Dann war da diese Szene, in der die Frau von dem Mann sitzen gelassen wurde, und Jasmin beugte sich zu mir hinüber, um mir etwas ins Ohr zu flüstern.

Ich dachte, jetzt kommt wieder ein Kommentar wie zuvor bei anderen Szenen, weit gefehlt.

Könntest du bitte endlich meine Hand nehmen? Fragte sie unverblümt.

Mein Gesicht musste rot wie Ketchup gewesen sein, aber zum Glück war es im Saal dunkel.

Und noch bevor ich es realisierte, nahm sie meine Hand in ihre, als wäre es das Normalste auf der Welt.

Was soll ich sagen, der Film hatte mich schon zuvor nicht wirklich interessiert, doch jetzt war er mir vollständig egal.

Meine Hand schwitzte wie in einer Sauna, aber Jasmin schien es nicht zu stören, im Gegenteil, sie schien nun auch etwas gelassener zu sein.

Der Film endete mit einem Happy End, wie auch sonst. Manchmal ist es ein schönes Gefühl, doch manchmal brauche ich diese Bittersweet Ending. Aber ich konnte mich nicht beschweren, ich hatte schon mehr, als ich mir je erhofft hatte, Jasmins Hand in meiner.

Wir verließen den Saal erst nach dem Abspann und erst dann lösten wir unsere Hände.

Ich hab Lust auf Chinesisch, meinte sie dann auf der Rolltreppe. Wie sieht's bei dir aus?

Die Schmetterlinge in meinem Bauch ließen kein Hungergefühl zu, aber das würde ich ihr gegenüber niemals zugeben.

Klingt gut, meinte ich nur.

Am Weg zum Restaurant, es muss etwa Zehn am Abend gewesen sein, ergriff ich zu meinem eigenen Erstaunen das erste Mal die Imitative und nahm ihre Hand.

Ohne zu zögern, glitten unsere Finger ineinander und meine Aufregung legte sich ein wenig.

Es war ein All you can eat Restaurant, wie man es eigentlich überall finden konnte, doch Jasmin meinte, dass dieses wirklich aus der Masse stach.

Es war etwas hochgegriffen zu sagen, dass es wirklich so speziell war, aber das sagte ich ihr natürlich nicht.

Es war nicht viel los und wir hatten einen schönen Platz abseits der anderen Gäste gefunden, an dem wir uns unterhalten konnten.

Ich will dich etwas fragen, sagte Jasmin zwischen zwei Bissen.

Erstens: Warum stocherst du gefühlt eine halbe Ewigkeit in deinem Essen herum? Und Zweitens: Was sind deine Absichten?

Ich sah benommen zu ihr hoch und erkannte erst jetzt, dass ich tatsächlich keinen einzigen Bissen genommen hatte.

Kein Hunger, sagte ich entschuldigend.

Ich nehme das mal als Kompliment, meinte Jasmin. Es war nicht meine Absicht, dir deinen Appetit zu rauben.

Sie zwinkerte mir zu.

Nein, ruderte ich zurück, es ist nur so, ich bin etwas aufgeregt.

Ist mir gar nicht aufgefallen, sagte sie und die Ironie darin war so stark, dass ich selbst lachen musste.

Ich werde dich nicht zwingen, zu essen, mir genügt deine Gesellschaft, meinte sie dann. Doch du schuldest mir noch eine weitere Antwort.

Was waren meine Absichten, fragte ich mich. Was wohl? Ich hatte kein Interesse an etwas Kurzfristigem. Davon hatte ich genug und dadurch würde ich nicht glücklich werden.

Etwas Festes, antwortete ich.

Etwas festes Festes oder etwas ernstes Festes, was nicht jeder dahergelaufener Schnösel sagt, um mich rumzukriegen?

Etwas festes Festes, sagte ich, ohne überlegen zu müssen.

Jasmin nahm einen Schluck von ihrem Wasser.

Warum glaube ich dir das tatsächlich?

Ich zuckte mit den Schultern.

Ich meine, ergriff sie das Wort erneut. Ohne dich jetzt verletzten zu wollen und ohne, dass du ein falsches Bild von mir hast. Ich habe immer dieses Pech, an die falschen Männer zu geraten. Sie spielen mir wochenlang die Liebe ihres Lebens vor, schenken mir ständig Dinge, doch wenn ich sie nach zwei Wochen nicht ranlasse, machen sie eine 180 Grad-Kehre.

Ich hörte ihr aufmerksam zu, endlich erfahre ich mehr von ihr. Ich hoffte, langsam den Schleier zu lüften, der über ihrer Vergangenheit lag.

Das tut mir leid, meinte ich vollends ehrlich, aber geht es nicht jedem so, dass man oft an die Falschen gerät? Vielleicht gibt es auch einen Grund, warum das passiert, vielleicht ist es das Zeichen, dass die Zeit noch nicht für so etwas bereit ist?

Jasmin presste die Lippen zusammen.

Vielleicht hast du Recht, aber vielleicht bist du genau so wie die anderen. Und das Schlimme ist, dass ich es erst erkenne, wenn es bereits zu spät ist.

Erzähl mir von dir, bat ich sie.

Ich rede nicht gern über meine Vergangenheit, da gibt es einfach Dinge, über die ich nicht sprechen will.

Dann bleiben wir bei den Dingen, über die du reden willst, erwiderte ich.

Jasmin musterte mich, wie ein Kommandant einen Rekruten mustert, ob er es wert ist, diese Informationen zu bekommen.

Meine Eltern sind getrennt, sagte sie nach einer kurzen Pause.

Mein Vater hatte eine wilde Jugend, die sich bis nach meiner Geburt fortsetzte. Seitdem lebe ich mit meiner Mutter alleine. Sie hat einen guten Job in einem Krankenhaus, verdient gut genug, um mir das Studieren zu ermöglichen, und kann hier und da größere Geschenke kaufen.

Ich nickte.

Jasmins Haltung und Miene zeigten, dass es ihr schwerfiel, mir das zu erzählen, dennoch setzte sie zu einem neuen Satz an.

Mein Vater war Präsident in einer Biker-Gruppierung in Wien.

Er konsumierte Drogen und verkaufte sie auch. Doch das auslösende Ereignis für die Trennung war, dass er bei einer Rauferei in einer Bar jemanden eine zerbrochene Flasche in den Magen rammte. Der Mann überlebte, doch mein Vater musste für einige Monate ins Gefängnis. Seitdem, das müssen acht Jahre sein, hatte ich keinen Kontakt mehr zu ihm, obwohl ich weiß, dass er nur etwa zehn Minuten Fußweg von unserer Wohnung entfernt wohnt.

Ich sagte nichts, hörte ihr nur zu, weil ich wusste, wie wichtig es ist, einem einfach nur zuzuhören, ohne etwas zu dem Gesagten zu sagen.

Meine Mutter bekam vor einigen Jahren starke Kopfschmerzen und die Diagnose Krebs hat mich in Depressionen geführt.

Er war bösartig, doch die Ärzte konnten ihn entfernen und seitdem muss sie jedes halbe Jahr zur Kontrolle. Er ist nicht mehr gewachsen und für meine Mutter ist er so gut wie vergessen. Doch ich weinte mich zu dieser Zeit jeden Tag in den Schlaf.

Jasmin schaute nun zu mir auf.

Oh mein Gott, es tut mir so leid, sagte sie schnell und ergriff meine Hand.

Ich wollte nicht…

Alles gut, beruhigte ich sie, alles gut. Jeder hat eine Vergangenheit. Wichtig ist die Zukunft, weil diese kann man ändern.

Jasmins Augen wurden feucht.

Mein Vater hat einen Zwillingsbruder, begann ich und bemerkte, dass ich Jasmins Aufmerksamkeit hatte.

Bevor er meine Mutter kennenlernte, war er bei einem Mädchen zu Hause und fickte sie. Als er fertig war, entschuldigte er sich und ging zur Toilette, öffnete das Fenster für seinen Bruder, der dann noch am selben Tag das gleiche Mädchen vögelte, während mein Vater bereits auf dem Heimweg war.

Du verarschst mich, schmunzelte Jasmin.

Wenn ich lügen sollte, soll mich der Blitz treffen, meinte ich.

Ich sah mit übertriebener Geste nach oben und zuckte dann mit den Schultern.

Jasmins traurige Miene wich einer belustigten.

Hör zu, wir verraten uns die Dinge, die uns belasten dann, wenn der Zeitpunkt der richtige ist, sagte ich und nahm ihre Hand. Ob heute, morgen, in einer Woche, in einem Monat oder in einigen Jahren –es spielt keine Rolle, wir sind jung, ich denke, wir haben noch ein langes Leben vor uns.

Und so entschärfte ich das Gespräch mit mehr Selbstbewusstsein, als ich dachte zu haben.

Wir redeten noch belanglos über den Kinofilm, aßen noch ein wenig, bezahlten und standen dann wieder draußen, wo ich sie an diesem Tag getroffen habe.

Wir rauchten eine Zigarette. Und wie es so ist, wurden aus einer zwei und endeten bei fünf.

Soll ich dich heimbringen?, fragte ich sie.

Nein, schon gut, ich wohne ganz in der Nähe.

Ich nickte lächelnd.

Was?, fragte sie.

Nichts, sagte ich.

Warum siehst du mich so an?

Wie kann ich dich nicht ansehen?

Ein verlegenes Lächeln ihrerseits.

Scheib mir, wenn du gut zu Hause angekommen bist, okay?, meinte Jasmin.

Mach ich, versprochen.

Dann wie aus dem Nichts umarmte sie sie mich und küsste mich auf die Wange.

Ich mag dich sehr, meinte sie.

Ich dich auch, gab ich zurück.

Und so endete einer meiner schönsten Abende meines Lebens.

Kapitel 8

Die nächsten Wochen vergingen so schnell, dass ich erst, als der erste Schnee fiel, bemerkte, dass es Winter war.

Chris liebte ihn. Jedes Mal erzählte er mir von seinen Ausflügen seiner Familie zu verschiedenen Bergen und schilderte, wie sehr er es liebte, Ski zu fahren.

Für mich war der Winter wie ein Tumor, der plötzlich kam und seine Metastasen bis in den Frühling verbreitete. Ich hasste alles an ihm, den Schnee am Auto in der Früh, die Kälte, den bräunlichen Schnee neben der Fahrbahn und vor allem die Ausfälle und Staus, die jeden Winter aufs Neue eintraten. Ich meine, der Winter kommt jedes Jahr, der Schnee kommt mit ihm – wie können die Verantwortlichen der verschiedenen Straßen, Zugverbindungen oder U-Bahnlinien damit nicht rechnen?

In den letzten Wochen gab es kaum eine Nacht, in der ich nicht mit Jasmin nicht telefonierte. Wir trafen uns in dieser Zeit drei weitere Male, einmal zum Eislaufen in Perchtoldsdorf, ein zweites Mal zu einem Spaziergang und ein letztes Mal lud sie meine Mutter zu uns zum Essen ein. Ich werde nie vergessen, wie sehr sich meine Mutter und auch meine Großeltern für mich gefreut haben.

Ich fragte Chris nach Rebecca, doch er schüttelte lediglich den Kopf. Anscheinend hatte sie sich bei niemandem gemeldet, nicht einmal bei Killian. Den Schmerz, den ich damals verspürte, als ich sie alleine am See zwischen Schilf und Herbstluft traf, war durch das Gefühl, das ich hatte, wenn ich Jasmin traf, wie weggeblasen.

Eines Nachts riss mich ein vibrierendes Geräusch aus dem Schlaf. Auf dem Display stand Jasmin und die Uhr zeigte kurz nach drei Uhr Früh.

Hey, sagte ich schlaftrunken.

Ich hörte sie weinen. Jasmin versuchte, irgendwas zu sagen, doch ich verstand kein Wort.

Erst, nachdem ich sie halbwegs beruhigen konnte, verstand ich, was sie sagte.

Sie war mit einer Freundin in einer Diskothek, wo sich ihr ein Typ aufdrängte, indem er sie am Hals packte und sie küsste.

Wo bist du?, fragte ich, mein Herz klopfte wild.

Sie hatte das Lokal verlassen und ist dann bis zu einem nahegelegenen McDonalds gelaufen und versteckte sich gerade auf der Toilette.

Auf einen Schlag war ich hellwach und ich ließ mir sagen, wo genau sie war, damit mein Navi mich zu ihr führen konnte.

Ich sprang förmlich in meine Kleidung und rannte hinaus zu meinem Auto.

Du bist jetzt auf Lautsprecher, ich fahr jetzt los, sagte ich außer Atem.

Beeil dich bitte, weinte Jasmin.

Alles ist gut, ich bin gleich bei dir.

Ich brauchte zwanzig Minuten, die mir wie Stunden vorkamen, bis ich auf dem fast leeren Parkplatz irgendwie einparkte.

Jasmins ständige Weinausbrüche und Aussagen, dass ich mich doch beeilen solle, waren nicht gerade einfach auszuhalten.

Ich rannte in den McDonalds und fragte eine Putzfrau, die gerade den Boden mit einem Mob wischte, wo die Toiletten waren.

Erster Stock.

Okay, ich stehe jetzt vor der Tür. Bitte komm raus und ich fahr dich nach Hause, sagte ich und legte dann am Handy auf.

Ich versuchte, eine ruhige und entspannte Miene aufzusetzen, denn das Letzte, was sie jetzt gebrauchen konnte, war eine weitere Person, die der Panik nahe war.

Zuerst öffnete sich die Tür einen Spalt, dann wurde sie aufgerissen und Jasmin sprang mir förmlich in die Arme.

Ihre Schminke war verwischt und die Wangen trotz Make-up rot.

Ich nahm ihre Hand und ging mit ihr zum Auto, in das ich sie sanft hineinbugsierte. Ich setzte mich ebenfalls ins Auto und erst jetzt bemerkte ich den Gestank von Alkohol, der von ihr ausging. Ich sagte nichts, schnallte sie nur an, nachdem ich das gleiche getan hatte.

Bitte gib mir deine Adresse, bat ich sie ruhig.

Ich sag dir den Weg an, nuschelte sie kaum verständlich in ihren Pullover.

Wir redeten nichts, außer dass sie mir sagte, wo ich abbiegen musste.

Sie wohnte tatsächlich nicht weit von Wienerberg entfernt.

Aber es war schwer, um diese Uhrzeit einen Parkplatz zu finden. Nachdem ich etwa vier Gassen weiter endlich erfolgreich eingeparkt hatte, sah ich sie an.

Ich weiß nicht, was ich sagen soll, sagte ich.

Ich wollte ihn nicht küssen, stotterte sie. Glaubst du mir?

Natürlich, meinte ich, obwohl ich mir nicht sicher war, was tatsächlich passiert war.

Ich werde die verdammten Aufnahmen anfordern, damit dieser Wichser seine Strafe bekommt, sagte Jasmin wütend

Dann schnallte sie sich ab und öffnete die Beifahrertür ein Stück, bevor sie mir in die Augen sah.

Du kannst eine Lady doch nicht um diese Uhrzeit alleine gehen lassen, sagte sie und ihr Ton wurde wieder lieblicher.

Ohne ihr zu antworten, zog ich den Zündschlüssel und zog die Handbremse an, bevor ich ausstieg.

Jetzt, wo das Adrenalin nachgelassen hatte, spürte ich die Müdigkeit meiner Knochen. Außerdem hatte ich lediglich eine Jogginghose, ein T-Shirt und einen Hoodie an und die Kälte suchte sich jeden Weg zwischen meiner Kleidung.

Als wir die winterliche Straße hinabgingen, schossen mir tausend Fragen durch den Kopf. Doch der Zeitpunkt konnte nicht schlechter sein als dieser Augenblick.

Du bist echt so schlecht darin, Zeichen zu lesen, oder?, fragte Jasmin mit einer forschenden Miene.

Bevor ich antworten konnte, nahm sie meine Hand in ihre und wir gingen weiter zu dem Wohnblock, in dem sie wohnte.

Ich hoffe, dir geht es besser?, fragte ich.

Mit dir an meiner Seite geht's mir immer besser, meinte sie.

Mit diesen Worten heizte sie mein Herz an.

Bist du Jungfrau?, fragte sie, als wir eine Minute schweigend dastanden.

Nein, Steinbock, erwiderte ich.

Der Schlag gegen meine Schulter war spielerisch.

Und ausgelutschte Witze kennt er auch noch, meinte sie.

Nein, sagte ich lachend, nein, ich bin keine Jungfrau.

Und weshalb bist du dann so schlecht darin, die Initiative zu ergreifen?, fragte Jasmin mich.

Welche Initiativen stehen mir denn zur Auswahl?, fragte ich schelmisch.

Du könntest mich küssen, aber da ich es erwähnen musste, ist dieser Funke von Romantik und Spontanität erloschen.

Du hättest mich auch fragen können, ob du mich bis in die Wohnung begleiten sollst.

Okay, unterbrach ich sie. Ich bin schlecht, ja, schon fast miserabel im Zeichen lesen, das gebe ich zu. Aber warst es nicht du, die meinte, du hast genug von diesen Snobs, die dich nur ins Bett bringen wollen.

Jasmin machte eine nachdenkliche Miene.

Ach, halt doch einfach deinen Mund, ich bin zu betrunken, um darüber nachzudenken, sagte sie und zog mich bis zu ihrer Wohnungstür.

Mit einem Finger deutete sie mir, leise zu sein, um ihre Mutter nicht aufzuwecken. Ich folgte ihr.

Es war eine schön aufgeteilte Wohnung mit einem weiteren Stockwerk, in dem auch ihr Zimmer lag.

Jasmin schloss leise die Tür hinter uns und ging auf das Fenster an der genüberliegenden Seite zu.

Ich sah kaum etwas außer schwarze Schatten, die mir nur verrieten, dass ihr Zimmer mehr als unaufgeräumt war.

Hier und da stolperte ich über Dinge auf dem Boden, als ich ihr nachging.

Der Mondschein schien dumpf durch den durchsichtigen Vorhang und ich sah, wie Jasmin ihren Pullover und ihr T-Shirt auszog. Es klickte kurz und dann schmiss sie ihren BH quer durch den Raum. Der silberne Schein schmiegte sich über ihre wunderschönen Rundungen. Sie hatte den Zopfgummi aus den Haaren gefischt und nun lagen ihre Haare über ihre schmalen Schultern. Ich werde nicht lügen, ich habe viele nackte Frauen gesehen, nicht in Echt, aber in Filmchen, die man leicht über das Internet erreichte, aber das hier war etwas ganz anderes.

Die Gefühle webten sich mit Jasmins nacktem Körper zu etwas zusammen, das nicht in Worte zu fassen ist.

Was?, flüsterte sie. Ich bin eine Frau, ich bin betrunken und ich bin verdammt müde.

Komm, zieh dich aus, also zumindest deine Hose und deinen Hoodie.

Ich machte, was sie verlangte und als sie sich ins Bett fielen lies, sah ich für einen Augenblick alles. Ich denke, ich brauche nicht zu erwähnen, was ich mit alles meine. Dann deckte sie sich zu und machte es sich bequem.

Komm ins Bett, sagte sie halb in den Polster.

Ist das kein Problem für deine Mutter?, fragte ich.

Komm einfach ins Bett und halte deinen Mund.

Ich will die Situation, in der du dich befindest, nicht ausnutzen, dafür bist du mir zu wichtig.

Jasmin schnaufte. Es ist alles okay, leg dich einfach in das verdammte Bett.

Meine Augen hatten sich ein wenig auf die Dunkelheit gewöhnt, sodass ich mich neben sie legte.

Ach Gott, sagte sie. Nimm mich verdammt nochmal in den Arm.

Ich rutschte näher an Jasmin heran, sodass wir in Löffelchenstellung dalagen.

Dann drehte sie sich kurz um und sah mich lang an, bevor sie mich küsste. Der Kuss war ohne Zunge und dauerte nur wenige Sekunden, dennoch war es mein erster richtiger Kuss, der mit Gefühlen verbunden war.

Jasmin drehte sich wieder um und sagte: Ich nehme das als Kompliment.

Es war eine Anspielung, die ich wohl nicht weiter erläutern muss.

Ich habe echt starke Gefühle für dich, sagte sie dann nach einiger Zeit. Ihre Stimme klang so müde, dass ich dachte, sie würde im Schlaf reden.

Ich auch für dich, antwortete ich und dann schliefen wir aneinander gekuschelt unter einer dicken Decke ein.

Ich war nie ein Langschläfer, müsst ihr wissen. Und jeder Mensch hat auch eine Blase, in diesem Fall eine volle Blase.

Ich schaute auf mein Handy, Sonntag 6.00 Uhr. Ich blickte zu Jasmin, wie sie schlief. Die Decke entblößte einen Teil einer ihrer Brüste. Ich bin ein Mann und ich schäme mich nicht, zu sagen, dass ich die Decke sanft anhob, um sie mir ungeniert anzusehen. Und was ich sah war, naja, jeder Mann weiß, wie es ist, die Brüste einer Frau zum ersten Mal zu sehen.

Ich ließ Jasmin ihren Schlaf und stieg aus dem Bett. Nachdem ich mich angezogen hatte, öffnete ich leise die Tür. Ich wollte sie – oder schlimmer noch ihre Mutter – nicht wecken.

Das WC fand ich im Erdgeschoss, wo ich zu meiner Überraschung auch eine Katze auffand. Sie streunte im Wohnzimmer umher, bevor sie sich mit einem zufriedenen Plumps auf eine zusammengefaltete Decke auf der Couch fallen ließ. Ich hoffte, dass die Spülung nicht so laut war, aber wie jeder weiß ist das Runterlassen am WC immer lauter, wenn andere schliefen.

Ich fluchte und wusch mir die Hände. Das kühle Wasser sammelte sich in der von meinen Händen geformten Schüssel, bevor ich es mir ins Gesicht klatschte.

Danach hatte ich eigentlich vor, mich wieder ins Bett zu Jasmin zu legen und zu warten, bis sie aufwachte, doch ein anderes Bedürfnis hinderte mich daran. Ich hatte seit Stunden nichts getrunken und meine Kehle war so trocken wie die Mondoberfläche. Also tapste ich zu der Katze ins Wohnzimmer. Die Küche war um die Ecke, wie ich dann bemerkte. Ein Wintergarten war neben einem winterlichen geschmückten Tisch. Er war nicht groß und es standen große Pflanzen darin, aber meine Aufmerksamkeit war auf das gemütliche Sofa darin gerichtet – oder besser auf die Person darauf, Jasmins Mutter, die mich mit einem Buch in der Hand ansah.

Ich werde ihre freundliche Miene nie vergessen, die so ehrlich und liebevoll war, dass man ihr nicht widerstehen konnte. Sie trug eine lange Strickjacke und war kleiner als ihre Tochter. Sie war schlank für ihr Alter und hatte lange braune Haaren mit leicht gräulichen Strähnen. Als sie aus dem Wintergarten trat, sah ich die Narbe und den haarlosen Bereich darum. Ich erinnerte mich an Jasmins Worte, dass ihre Mutter einen Tumor hatte.

Daniel?, fragte sie und reichte mir ihre Hand.

Ja, sagte ich, nahm ihre Hand entgegen und trat dabei unruhig herum.

Birgit, stellte sie sich vor, bevor sie mich mit einer Handbewegung zum Setzen aufforderte.

Trinkst du Kaffee, Daniel?, fragte sie und war bereits in der Küche, wo sie auf und ablief, um Sachen zusammenzusuchen.

Nein, danke ich, trinke keinen Kaffee, machen Sie sich keine Umstände, Wasser genügt vollkommen, antwortete ich.

Das sind doch keine Umstände, meinte Jasmins Mutter. Dann vielleicht einen Tee, der Wasserkocher ist bereits an?

Ja bitte, das wäre sehr nett.

Kurz darauf standen Gebäck, Käse, Schinken, Butter, Eier und mein Tee auf dem Tisch.

Sie setzte sich mir gegenüber.

Ich hab schon viel von dir gehört, Daniel, meinte sie und schenkte mir ein Lächeln. Bediene dich ruhig, Jasmin schläft bestimmt noch länger.

Ich griff nach einer Semmel und halbierte sie, bestrich sie mit Butter e und legte jeweils ein Blättchen Schinken darauf.

Danke für das Frühstück, ich hoffe, Sie haben nur Gutes gehört, sagte ich zu ihr.

Wenn, und das ist selten der Fall, mein Kind von einem Freund erzählt, dann ist es meistens positiv. Und bitte nenn mich Birgit.

Ich nickte dankend.

Du arbeitest also für die Stadt Wien?, fragte sie im Plauderton.

Mittlerweile hat sie sich selbst etwas zum Essen vorbereitet und einen Kaffee auf eine Untertasse abgestellt.

Ja, also momentan mache ich Zivildienst, sagte ich.

Schön, schön. Schmeckt es dir, brauchst du noch etwas?, fragte Birgit.

Ich winkte ab und sagte: Das ist schon mehr als genug, danke!

So saßen wir da und aßen, während sie mir hier und da Fragen stellte.

Ich genoss ihre Gesellschaft und hatte das Gefühl, dass sie es auch tat.

Nach etwa einer Stunde kam Jasmin die Treppen herunter und ich fragte mich, wie ein so zierliches Geschöpf so laute Schritte machen konnte.

Sie rieb sich den Schlaf aus den Augen und streckte sich, bevor sie sich nur mit einem langen Shirt ohne BH darunter zu uns setzte.

Wortlos schenkte sie sich Kaffee ein und nahm sich zu essen.

Guten Morgen, sagte ihre Mutter betont.

Ach ja. Jasmin schüttelte ihren Kopf. Guten Morgen, tut mir leid. Sie sah ihre Mutter und mich entschuldigend an.

Es ist einfach zu fucking früh.

Oder du hast einfach zu fucking viel getrunken, entgegnete Birgit.

Ich konnte mir das Lachen nicht verkneifen und fast wäre mir heißer Tee aus der Nase geschossen.

Jasmin nickte mit ernster Miene und dann wandte sie sich an mich.

Daniel, so gern ich dich auch bei mir hab, aber wäre es okay, wenn du heimfahren würdest? Es war weniger eine Frage als eine Bitte.

Sie traf mich wie ein Blitz und ich war kurz benommen, bevor ich sagte, dass es kein Problem ist.

Jasmin, bitte sei doch nicht so unhöflich, sagte Birgit.

Mama, du verstehst das nicht. Ich mag Daniel sehr, aber ich brauche heute meine Ruhe und meine es nicht böse.

Kurz darauf stand ich auf und suchte meine Sachen zusammen.

Jasmin saß mit den Händen auf ihr Gesicht gestützt am Esstisch, doch ihre Mutter begleitete mich zum Ausgang.

Sie meint es nicht böse, besänftigte sie mich.

Ich nickte mit zusammengepressten Lippen.

Du, Daniel, bist das Beste, was sie je mit nach Hause genommen hat.

Das sage ich nicht nur so, du bist jederzeit bei uns willkommen.

Schon okay, meinte ich und musste nach ihren Worten Tränen unterdrücken.

Jasmin, flüsterte sie jetzt, hat einiges miterlebt und manchmal ist es einfach nicht ihr Tag. Ich sehe, dass du ein kluger und netter Bursche bist, aber es braucht Zeit, bevor sie sich öffnen kann.

Ich verabschiedete mich von ihr, als sie mich aus dem Nichts umarmte. Fahr vorsichtig, scheußliches Wetter heute.

Ich bedankte mich nochmal für ihre Gastfreundschaft, bevor ich mich zum Gehen wandte.

Zwischenspiel 2

Daniel bedeutete Thomas mit einer Handbewegung, die Aufnahme zu beenden.

Lieg ich falsch oder sah ich da ein Aufblitzen deiner Augen bei dem Wort Kaffee?

Thomas musste zugeben, dass er tatsächlich leicht ermüdet war.

Ja, sagte er, ja bitte.

Daniel verschwand in der Küche.

Schwarz, zwei Würfel Zucker, bitte.

Als Daniel mit dem Kaffee zurückkam und Thomas an der Tasse nippte, sah dieser ihn nur lächelnd an.

Ist der Kaffee vergiftet oder warum siehst du mich so an?, fragte Thomas.

Daniel musste lachen.

Ja, antwortete er. Ich warte nur, bis es endlich anfängt zu wirken.

Haha, erwiderte Thomas wenig amüsiert.

Du hast was anderes erwartet, oder?, fragte Daniel dann, während er sich eine Zigarette anzündete.

Inwiefern?, fragte Thomas zurück.

Naja, meine Geschichte. Wo bleiben die Legenden, die Drogen, die Schicksalsschläge, wo bleibt die Kernessenz dieses Buches? Das fragst du dich doch, habe ich Recht?

Thomas dachte nach, bevor er antwortete.

Nein. Ich meine, eine Geschichte ist doch wie ein Eisberg, der sich immer weiter an die Oberfläche bewegt.

Ein mieser Vergleich, meinte Daniel.

Eine Geschichte lebt von ihrem Spannungsbogen. Sie lebt von den Cliffhangern und den gelegentlich eingebauten Belohnungen, die Antworten auf offene Fragen sind.

Der Leser soll immer im Ungewissen sein, was als Nächstes passiert. Eine Geschichte, die eine Frage aufwirft, soll gut gesetzt als Belohnung dienen. Wichtig ist es, den Leser an die Hand zu nehmen und ihm so viel zu verraten, dass er interessiert ist, wie es weiter geht. Dein Vergleich mit dem Eisberg klingt deshalb mies, weil er besagt, dass es die Spitze des Eisbergs ist und viel mehr darunter steckt. Das ist wohl wahr, aber es bedeutet auch, dass alles beantwortet werden kann – und eine Geschichte kann nie vollkommen alles erklären. Es gibt immer Grauzonen, die im Nebel liegen und das bis zum Schluss. Wenn ich wüsste, was alle Personen, denen ich je begegnet bin, getan haben, nachdem ich sie zum letzten Mal gesehen habe, würde der Vergleich besser passen.

Haarspalterei, sagte Thomas.

Vermutlich, gab Daniel zu. Aber mir ist es wichtig genug, um es zu erwähnen, meine Geschichte wird hier und da lose Fäden beinhalten.

Thomas blickte kurz auf sein Handy und startete im Geheimen eine weitere Aufnahme, die er natürlich nicht auf Daniels Cloud laden würde, und drehte es dann um.

Okay, sagte er, also was ist nun mit Jasmin?

Daniel lächelte, die Zigarette in einem Mundwinkel.

Siehst du, das ist die richtige Frage.

Natürlich traf ich sie wieder, natürlich hielten wir weiterhin Kontakt und ja, wir wurden ein Paar. Zwischen dem Tag am Frühstücktisch und der Entscheidung, ein Paar zu werden, vergingen gerade einmal zwei Wochen.

Und Thomas, sagte Daniel ernst.

Ja, bitte?, fragte dieser unruhig.

Ich weiß, dass du eine Aufnahme gestartet hast, ich habe auch kein Problem damit, aber du hättest es auch einfach sagen können.

Thomas musste resigniert nicken.

Kommt nicht mehr vor, versprach er.

Schon gut, ich will nur, dass zwischen uns eine Art Vertrauensbasis besteht, sonst macht all das, Daniel machte eine ausschweifende Geste, keinen Sinn. Aber ich muss dir danken, denn jetzt kann ich den sachlichen Kontext überspringen und weitererzählen.

Kapitel 9

Wie bereits erwähnt, war nach dem Tag, als ich Jasmins Mutter kennenlernte, meine Befürchtung, dass sie sich nie wieder melden würde, nicht eingetreten. Im Gegenteil, wir trafen uns danach fast täglich und jedes Mal entschuldigte sie sich für ihr Benehmen an diesem Morgen. Sie hat ihrer Mutter erzählt, was dazu geführt hat, dass ich bei ihr schlief, und ihre Mutter bedankte sich mehrmals dafür, dass ich ein so guter Freund bin.

Unser Zusammenkommen war nicht gerade spektakulär, wir sind hier eben in keinem Liebesfilm oder Roman.

Es war der Tag, als wir das erste Mal miteinander schliefen. Verschwitzt und befriedigt lagen wir nackt in ihrem Bett und sahen uns verliebt an, als sie die acht Worte sagte: Ich glaube, ich habe mich in dich verliebt.

Mein Herz klopfte nach dem Sex immer noch so stark, dass ich dachte, jetzt würde es explodieren.

Ich küsste sie auf die Stirn und flüsterte ihr ins Ohr, dass ich sie liebe.

Sobald ich das ausgesprochen hatte, schliefen wir ein zweites Mal miteinander. Ach, wie ich die Zeit vermisse, wo ich das noch konnte, aber ich schweife ab.

Es war spät und der Winter war nun vollends eingebrochen, als wir uns verschlungen immer und immer wieder sagten, wie sehr wir uns liebten. Meine erste richtige Freundin mit 20 – ich war so glücklich wie noch nie zuvor in meinem Leben.

Unwissend, was es bedeutet, eine Beziehung zu führen stürzten, wir uns ins kalte Wasser.

Im Nachhinein betrachtet bin ich froh, es getan zu haben, auch wenn es mein Leben nicht gerade auf gute Weise veränderte. Ich kann nur Kinderweisheiten zitieren: Lebenslanges Lernen, die drei Ls.

Ich hatte noch ein Drittel meines Zivildienstes vor mir. Der Kontakt zu Chris fand bereits seit Wochen nur noch in der Arbeit statt. Natürlich unterhielten wir uns über dies und das, aber es war offensichtlich, dass ich all meine Kraft in die Beziehung mit Jasmin steckte.

Lasst euch das gesagt sein, lasst Freunde oder andere wichtige Personen nie einfach hängen, oft bereut man bestimmte Entscheidungen, wenn es bereits zu spät ist.

Hier und da sprachen wir über Rebecca, die sich wieder mit Chris und seinen Freunden traf. Ich wusste, was Rebecca mir damals über ihre Gefühle gegenüber Chris gesagt hatte, aber ihm gegenüber erwähnte ich es nicht.

Aber auch Chris verriet mir nichts über ihre Gespräche, was ich verständnisvoll respektierte.

Die Wintermonate vergingen wie im Flug.

Gemeinsames Eislaufen mit Jasmin, gemeinsame Kinoabende mit Jasmin, gemeinsame Film- und Serienwochenenden mit Jasmin, gemeinsame Shoppingtouren mit Jasmin. Ich könnte all dies bis ins Detail erzählen, aber das wäre langweilig, deshalb kürze ich das Ganze ab. Wir waren kein Traumpaar, es gab Streits, Diskussionen und vieles mehr und dennoch liebte sie mich und ich liebte sie.

Als die Diskothek dann tatsächlich die Aufnahmen des Vorfalls, der bereits eine Ewigkeit zurücklag, an Jasmin schickte, brach sie regelrecht in Tränen zusammen. Ich sah die Aufnahme von nur einer einzigen Kamera. Ein großer Typ unterhielt sich mit Jasmin einige Zeit, bevor er sich vor sie stellte, sodass man nicht sehen konnte, was tatsächlich passierte. Bei der Aufnahme war auch eine Stellungnahme des Lokals dabei.

Kurz gesagt: Es konnte keine eindeutige Gewalteinwirkung oder Zwangshandlung festgestellt werden. Sie entschuldigen sich für diesen Zwischenfall und meinten, dass ihre Hände rechtlich gebunden wären.

Ich vertraute Jasmin, die in meinen Armen lag und heulte.

Ich packte sie an ihren Ellenbogen und versuchte, sie zu beruhigen.

Als sie wieder ansprechbar war, fragte ich sie, obwohl ich ihr vertraute.

Du brauchst nicht lügen, begann ich sanft. Wir waren zu diesem Zeitpunkt nicht zusammen, du warst Single, ich war Single, wir hatten uns keine Versprechungen gegeben. Hast du den Kuss erwidert oder nicht?

Mir hätte klar sein müssen, dass sie darauf nicht gut zu sprechen war, dennoch nagte diese Frage stark an mir.

Erst, als sie sich in ihrem Zimmer beruhigt hatte und zurückkam, schwor sie mir, dass sie mich nicht belügt hätte und dass es so war, wie sie es schon an diesem Abend berichtet hatte.

Ich glaubte ihr.

Meinen letzten Tag als Zivildiener verbrachte ich damit, mich bei jedem zu verabschieden. Es war zwar noch kühl, aber dennoch war der Herbst bereits hereingebrochen. Von Chris selbst verabschiedete ich mich mit einem letzten Mal Flipflop-Pingpong. Ich musste ihm versprechen, ihn auf dem Laufenden zu halten. Ich gab ihm mein Wort.

Ich hasse mich dafür, mich nie wieder bei ihm gemeldet zu haben.

Vom Zivildienst ging es sofort wieder in meine alte Arbeit. Neun Monate sind im Vergleich zu einem ganzen Leben nichts, aber in meinem damaligen Alter machte es einen großen Unterschied. Ich war nun größer, aber immer noch schlank, hatte meine Naivität fast komplett hinter mir gelassen und war reifer. Und so verhielten sich auch meine Arbeitskollegen mir gegenüber.

Alles schien perfekt zu sein, ich hatte kaum noch Magenschmerzen oder Übelkeitsanfälle und war in einer glücklichen Beziehung mit einem wunderschönen Mädchen.

Wir waren gerade Mal ein halbes Jahr zusammen, als wir uns entschlossen, zusammenzuziehen und zwar in eine eigene Wohnung.

Ich arbeitete jeden Tag von sieben bis sechzehn Uhr und machte mit den Überstunden gutes Geld, während Jasmin auf der Uni war und versuchte, so viel es ging, nebenbei zu arbeiten. Unser gemeinsames Einkommen war kein Lottogewinn, aber wir konnten uns viel beiseitelegen, da wir noch daheim wohnten.

In der Zeit, die wir gemeinsam verbrachten, suchten wir nach leistbaren Wohnungen, wenn wir uns nicht gerade mit anderweitigen Dingen beschäftigten, die in unserem Alter natürlich sind.

Wir redeten über unsere Träume, wie es jedes Pärchen macht. Ein Haus mit Garten und Kinder. Wobei ich zwei wollte, doch sie nur eines, mit der Begründung, dass ich es ja nicht sei, die Stunden in Wehen liegen würde.

Es dauerte nicht lange, bis wir uns die ersten Wohnungen ansahen, die wir uns auch leisten konnten.

So etwas ist zeitaufwendig, vor allem wenn man noch nie zuvor umgezogen ist. Und als wir eine Wohnung sichteten, die alles hatte, was wir uns für unser erstes gemeinsames Heim vorstellten, konnten wir, obwohl der Preis etwas teurer war, nicht anders, als sie uns anzusehen.

Es war eine Wohnung in einem Dachgeschoss eines Hauses, die komplett neu renoviert worden war. Ein echter Parkettboden und eine nigelnagelneue Einbauküche. Vor allem der Balkon hat es uns angetan. Es war die Traumwohnung zu dieser Zeit, wie wir uns eingestehen mussten.

Wir rechneten uns aus, welche Kosten anfallen würden, um die Wohnung mit Möbel auszustatten, und malten einen Umriss und übernahmen oder verwarfen Ideen. Die Wohnung war wie gesagt im Dachgeschoss, sodass fast alle Wände schräg aufwärts liefen, was es schwer machte, die richtigen Möbel zu kaufen, die ja auch passen sollen.

Und noch bevor wir uns eingestanden, dass dies unsere Wohnung sein würde, war sie es bereits in unseren Köpfen.

Und so kam es zu einem raschen, aber auch komplizierten Umzug. Auf Details verzichte ich, da es langweilig wäre, die Koordination zwischen den verschiedenen Möbelhäusern und den Transport der Gegenstände sowie das Aufbauen derer zu beschreiben.

So pendelte sich alles nach und nach ein. Eine Routine von Arbeiten und Heimkommen. Kleinere Ausflüge in der Nähe, aber auch eben Nächte, die wir relaxt auf der Couch verbrachten.

Eines Tages kam ich nach Hause und sah, wie Jasmin draußen am Balkon saß und eine Zigarette rauchte.

Ich ging nach draußen, küsste sie auf die Stirn und setzte mich neben sie auf die Garnitur.

Im Mondschein sah ich getrocknete Tränen auf ihren Wangen.

Ich rutschte näher an sie heran und legte einen Arm um sie.

Was ist los, Schatz?, fragte ich.

Ich kannte bereits ihre Stimmungsschwankungen, die durch ihren Stress auf der Uni ausgelöst wurden. Doch als ich sah, was sie in der Hand hielt, versteiften sich all meine Glieder.

Der Gegenstand war weiß und länglich. In einer Einbuchtung war ein Streifen Papier zu erkennen, auf dem zwei rosa Streifen zu erkennen waren.

Ich musste die Fassung erst wiedererlangen, bevor ich sprechen konnte.

Wie?, fragte ich mit trockener Zunge.

Jasmin sah mir tief in die Augen und ein leichtes Schmunzeln lag auf ihren Lippen.

Ich glaube, wir beide wissen, wie so etwas geht.

Ja, sagte ich, aber die Spirale, ich meine, die Chancen.

Chancen, unterbrach Jasmin mich. Es gibt immer ein Risiko bei Verhütungen.

Bist du sicher, dass es nicht vielleicht ein Fehler ist?, fragte ich.

Als würde sie die Frage erwartet haben, nahm sie drei weitere Tests mit demselben Ergebnis aus ihrer Tasche neben ihr heraus.

Der erste Test war vor drei Tagen, sagte sie.

Ich verlor die Kontrolle über meine Miene. Sollte ich mich freuen oder nicht?

Natürlich war es nicht geplant, aber es gab Schlimmeres, als in unserem Alter ein Kind zu bekommen.

Willst du es?, fragte ich so sanft, wie ich nur konnte.

Jasmin brach wieder in Tränen aus.

Ich weiß es nicht, sagte sie dann nach geraumer Zeit.

Willst du es?

Ich musste überlegen, doch egal, wie lang ich darüber nachdachte, kam ich auf keine Antwort, die meine Gedanken akkurat beantworten konnte.

Ich lehnte mich zurück und fuhr mir mit meinen Händen durchs Haar.

Ich brauche eine Zigarette, sagte ich. Und du solltest keine Zigaretten mehr rauchen.

Also willst du es behalten?, fragte Jasmin, als ich mir mit zitternden Händen meine Zigarette anzünden wollte. Das Feuerzeug funkte, aber es kam keine Flamme. Nach mehreren Versuchen schmiss ich es wütend über den Balkon, sodass es irgendwo beim nächsten Nachbar landen musste.

Wie schnell bekommt man einen Termin beim Frauenarzt?, fragte ich sie mit rasendem Herzen.

Meine Mutter arbeitet als Schwestern in einem Spital, sie hat einen Termin für morgen Mittag ausgemacht, meinte sie.

Deine Mutter weiß Bescheid?, fragte ich trocken.

Natürlich nicht, ich habe gesagt, dass ich das Gefühl habe, dass meine Spirale verrutscht ist und ich einen Termin brauche.

Okay, Okay. Ich stand auf und umarmte sie fest, bevor ich mich vor ihr hinhockte und ihre Hände in meine nahm. Ich nehme mir morgen frei und fahre mit dir zu diesem Arzt und dann sehen wir weiter.

Jasmin konnte mir nicht in die Augen sehen. Ich nahm ihr Kinn und richtete ihr Gesicht so, dass sie mich ansah. Wir schaffen das, sagte ich. Du und ich.

Du und ich, wiederholte sie.

Kapitel 10

Kannst du bitte aufhören, mit deinen Füßen zu zappeln?, fragte Jasmin mich, als wir im Warteraum des Gynäkologen saßen.

Wir hatten letzte Nacht nicht mehr darüber geredet, aber wenn wir die Bestätigung bekommen, werden wir heute eine lange Nacht haben.

Unsere Hände schwitzten, als wir sie uns gegenseitig hielten.

Frau Kodar Jasmin, bitte, rief die Rezeptionistin laut aus.

Wir standen synchron auf und begaben uns zum Raum links neben dem Rezeptionspult, aus dem gerade eine andere Frau herausgekommen war.

Frau Kodar, wenn Sie sich bitte dort umziehen würden, sagte der Arzt routiniert.

Sind Sie sich sicher, dass Sie dabei sein wollen?, fragte er. Es ist doch nur ein Ultraschall, das werde ich noch schaffen, denke ich.

Natürlich, aber laut der Angabe Ihrer Freundin hatte sie den letzten Termin vor über einem Jahr, deshalb werde ich auch Abstriche machen müssen. Ich will Sie nicht verschrecken, aber manche Männer empfinden diese Notwendigkeit als nicht besonders schön anzusehen.

Ich muss ja nicht mit einer Taschenlampe und einer Lupe davor sitzen, spaßte ich. Ich werde mich neben meine Freundin setzen, somit kann ich nichts sehen, was Sie da unten auch immer treiben.

Der Doktor lächelte amüsiert. bevor er mit den Achseln zuckte.

Ist das Kleid von Dior? Du siehst wie immer bezaubernd aus, sagte ich zu Jasmin, als sie um die Ecke kam und eines dieser typischen Krankenhaus-Hemden trug. Sie zeigte mir einen Mittelfinger und der Arzt lachte.

Ich hielt Jasmins Hand, als er der Doktor da unten seine Tätigkeiten durchführte.

Scheint alles gut zu sein, meinte dieser und zog sich die Einweghandschuhe von den Händen, bevor er sich aus einer Schachtel neue nahm. Ich weiß, Sie wissen es, aber es wird etwas dauern, bis das Ergebnis der Abstriche da ist. So, und jetzt schauen wir mal, was in Ihrem Bauch vorgeht.

Mein Puls beschleunigte, als er das Gel auf ihrem Unterleib verteilte.

Jasmin zog eine schmerzverzerrte Miene.

Was ist los? Hast du Schmerzen?, fragte ich ängstlich.

Das ist nur das Gel, sagte der Arzt mit sanfter Stimme. Es ist kühl, nichts weiter.

Zum Glück drehte sich der Arzt gerade zu einer Apparatur um, als Jasmin ihm den Mittelfinger zeigte und mit ihrem Mund etwas Schweinisches formte.

Also los, sagte er dann und plötzlich sah ich auf dem Bildschirm auf der anderen Seite des Bettes in rötlichen Tönen das, was wohl die Gebärmutter sein sollte.

Ich verfolgte den Blick des Arztes, der zwischen Ultraschallgerät und Bildschirm hin und her ging.

Also für mich sieht das aus wie ein Film über eine Tunnelwanderung, sagte ich belustigt, aber eher mehr, um mich selbst zu beruhigen.

Halt deinen Mund und rede nicht schlecht über meine Gebärmutter, schimpfte Jasmin.

Wie lange hatten Sie die Regel nicht mehr?, fragte der Arzt konzentriert.

Durch die Spirale und den Stress gibt es Monate, wo sie zu spät oder gar nicht kommt.

Dann sagen Sie es so gut wie möglich.

Jasmin machte eine nachdenkliche Miene.

Vielleicht zwei?, sagte sie eher fragend. Wie gesagt, mein Rhythmus spielt hier und da mal verrückt.

Der Arzt nickte nur und blieb an einer bestimmten Stelle etwas länger stehen.

Nach vorne gebeugt studierte er das Bild am Monitor, in dem ich nichts erkannte als schwarz-rote Windungen.

Oh mein Gott, keuchte Jasmin und griff sich mit beiden Händen an die Schläfen.

Was?, fragte ich. Habe ich was verpasst?

Der Arzt schaltete das Gerät ab und putzte das Gel von Jasmins Unterleib.

Tränen flossen über Jasmins zitternden Körper, doch es war schwer zu sagen, ob es Freuden- oder Trauertränen waren.

Sie ging wie benommen zurück, um sich umzuziehen.

Der Arzt drehte sich zu mir um, seine Stimme war gedämpft.

Glückwunsch, Sie werden Vater.

Mein Kreislauf gab vollkommen den Geist auf und ich brach zusammen, doch der Arzt konnte mich noch rechtzeitig auffangen.

Ich machte ihm mit einer Geste klar, dass es schon wieder besser ging, und gab ihm die Hand.

Vielen Dank, bitte sagen Sie ihrer Mutter nichts.

Natürlich, ich stehe unter Verschwiegenheitspflicht, machen Sie sich darüber keine Sorgen.

Als Jasmin zurückkam, ging er auch zu ihr, um mit ihr zu reden.

Bitte besuchen Sie so schnell wie möglich Ihren Frauenarzt und lassen Sie die Spirale entfernen. Nein, ich werde Birgit nichts sagen.

Der Heimweg war in Stille gehüllt. Jasmin lehnte sich an das Fenster und sah dem leichten Regenschauer draußen zu. Wie sich Tropfen auf der Scheibe bildeten und durch den Fahrwind Schlieren zogen, nur um sich dann zusammenzufügen, bis dieser Tropfen zu schwer wurde und einen kleineren abstieß.

Zuhause angekommen war es bereits düster. Wir legten uns nach dem Duschen ins Bett. Jasmin drehte sich von mir weg.

Ich konnte so einfach nicht einschlafen, dieses Thema musste beredet werden.

Schatz, sagte ich in die Dunkelheit in ihre Richtung.

Wir müssen darüber reden, ob es dir oder mir gefällt.

Liebst du mich?, fragte sie zögerlich.

Ich rutschte näher an sie heran.

Natürlich liebe ich dich, begann ich sanft. Seit dem Tag, an dem ich dir fast das Tablett aus der Hand schlug.

Jasmin lachte ein wenig.

Ich stellte mir vor, wie du wohl nackt aussehen würdest.

Du Perversling, sagte sie spöttisch und warf einen kleinen Polster in meine Richtung.

Doch nun hatte ich sie zumindest so weit, dass sie sich zu mir umdrehte.

Ich studiere noch mindestens vier bis fünf Jahre, sagte sie.

Zudem kann ich irgendwann nicht mehr nebenbei arbeiten gehen. Wie sollen wir das alles finanzieren, vor allem in dieser Wohnung?

Wir können umziehen, schlug ich vor. In eine günstigere Wohnung. Wir könnten versuchen, eine zu finden, die ein Zimmer mehr hat. Da muss es doch Möglichkeiten und Wege geben.

Emma, sagte sie aus dem Nichts.

Emma was?, fragte ich nach.

Wenn es ein Mädchen ist, will ich es nach meiner Oma benennen.

Emma, wiederholte ich. Ein schöner Name, nicht viele haben ihn und es gibt keine ordinären Spitznamen.

Jasmin lächelte und setzte sich auf.

Was, wenn es ein Junge wird?, fragte sie nun etwas besser gelaunt als zuvor.

Detlef, sagte ich.

Du bist ein Idiot, rief sie. So einen Idioten nenne ich meinen Freund.

Was?, fragte ich. Detlef ist doch ein schöner Name für…

Einen Homosexuellen, unterbrach sie mich. Mit dir kann man echt keine ernsten Gespräche führen.

Ich versuche doch nur, dass du dich nicht in Selbstmitleid ertränkst, sage ich ernst.

Joseph, sagte ich dann nach einer kurzen Pause.

Joseph?, fragte sie verwirrt. Klingt irgendwie so kirchlich.

Dann sag mir doch einen Namen, wenn dir ein besserer einfällt, entgegnete ich.

Hmm, dachte Jasmin nach. Wie wäre es mit Charles?

Charles, musste ich lachen. Darf ich mich vorstellen, ich bin Charles Habsburg. Meine Stimme klang hochnäsig wie ein Adeliger.

Na, wenn du schon so schlau bist und von Habsburg redest, dann sag mir doch einen Namen, den du fortführen würdest? Vielleicht den Namen deines Vaters.

Ich verstummte erst, dann bemerkte Jasmin, dass sie einen Fehler gemacht hatte.

Warum Joseph?, fragte sie, um das Thema wieder in eine positive Richtung zu lenken.

So heißt mein Opa mütterlicherseits und ich finde den Namen außergewöhnlich wie Emma. Beide Namen sind zwar alt, aber dennoch auf eine Art und Weise modern.

Okay, beschloss Jasmin. Dann soll es so sein.

Emma und Joseph, wiederholte sie. Ich finde beide schön und es hat etwas Nostalgisches.

So sei es, Eure Majestät aus dem Hause Habsburg, sagte ich und küsste sie innig.

Es war Sommer und wir hatten bereits ein Hotel in der Nähe von Hallstatt gebucht. Zwei Wochen entspannen und jeden Abend fein Essen gehen.

Nach drei Stunden Fahrt kamen wir endlich an. Mein Arsch ist, denke ich, etwa hundertmal eingeschlafen.

Das Wetter war für die Jahreszeit etwas wolkig und kühl, aber nicht so schlimm, dass es unsere Stimmung trüben würde.

Das Zimmer war schlicht, genügte aber vollkommen, da wir sowieso die meiste Zeit unterwegs sein würden. Am ersten Tag machten wir lediglich einen kurzen Spaziergang in den nahegelegenen Wald. Die Ruhe im Wald war so besänftigend, sodass ich für einen Bruchteil einer Sekunde all den Stress, den ich mir machte, vergas.

Zurück im Hotel besuchten wir vor dem Essen den kleinen Pool im Inneren des Gasthofs. Er war tatsächlich nicht größer als unser Wohnzimmer, aber immerhin war das Wasser warm und wir waren allein.

Das Abendessen war eher enttäuschend, weswegen wir uns schon von Beginn an Restaurants in der Nähe herausgesucht haben, in denen es mehr als eine kalte Platte gab.

Ich aß hier und da eine Scheibe Schinken und Käse, aber das Beste war tatsächlich das Gebäck, das zur Beilage gedacht war.

Im Bett angekommen schmiss sich Jasmin regelrecht auf mich und eins führte zum anderen.

Der nächste Tag begann mit einem passablen Frühstück und einer Fahrt nach Hallstatt. Die Parkplatzsuche war eine Qual, aber irgendwie fanden wir dann doch noch einen Parkplatz, wobei ich sagen muss, dass ich mir bis heute nicht sicher bin, ob man dort tatsächlich parken durfte.

Wir wanderten durch die Straßen von Hallstatt. Ich hatte schon gehört, dass es dort sehr viele chinesische Touristen gibt, aber dass es so viele waren. damit hatte ich nicht gerechnet.

Wir besuchten Museen und suchten nach Postkarten für unsere Mütter.

Die Sonne hatte es in sich, sodass ich dauernd jammerte, wie heiß es doch ist. Wir besichtigten Kirchen und andere Gebäude und lasen uns die Beschreibung dieser durch, die auf Tafeln zu finden waren.

Zu Mittag fanden wir einen Laden, der nur über eine schmale Gasse zu erreichen war. Wir saßen auf einem Pier, keine drei Meter vom Hallstätter See entfernt.

Das Essen war köstlich, ein Schnitzel von der Pute mit knusprigen Pommes mit viel Ketchup. Der Preis war erwartungsgemäß hoch, aber wir waren auf Urlaub und ließen uns vom Preis nicht abschrecken.

Wir fragten einen Einwohner, ob es irgendwo so etwas wie eine Art Wiese direkt am See gibt.

Dort angekommen nach fünfzehn Minuten Fußweg breiteten wir unsere Handtücher aus, die wir in meinem Rucksack verstaut hatten.

Und so lagen wir Stunden, vertrieben uns die Zeit mit Uno und Rummikub, wobei keiner von uns zählte, wie viele Runden der andere gewonnen oder verloren hatte.

Als es etwas dunkler wurde, packten wir die Sachen zusammen und machten uns auf den Weg zum Auto.

Im Gasthof duschten wir und Jasmin brauchte wie fast jede Frau ewig, um sich zu schminken.

Du bist wunderschön, meinte ich zu ihr, als sie fertig war, und küsste sie sanft.

Der Vanillegeruch ihres Lippenstifts hatte etwas Sinnliches.

Ich liebe dich, sagte sie und griff sich dabei unbewusst mit einer Hand auf den Bauch.

Ich kniete mich vor Jasmin und zog ihr Shirt in die Höhe, um ihren Bauch zu küssen.

Und ich liebe euch, sagte ich.

Jasmin schmunzelte und gab mir einen weiteren, längeren Kuss.

Wir gingen zu Fuß zu einem Restaurant ganz in der Nähe. Da es Sommer war, war es noch nicht ganz dunkel und die Luft war angenehm warm.

Jasmin bestellte Eierschwammerl mit Nudeln und ich mir ein Steak vom hauseigenen Rind, Medium-rare.

Das Essen war vorzüglich und war nicht mit unserem ersten Abendessen im Gasthof zu vergleichen. Wir gingen einen kleinen Umweg durch ein Waldstück zurück. Ich hielt Jasmins Hand, als sie versuchte, auf einer alten kniehohen Mauer zu balancieren. Dabei sang sie fröhlich vor sich hin. Ihre schiefen Töne verhallten im Wald und ich erwischte mich, wie ich sie dort oben beobachtete und merkte, wie sehr ich dieses Mädchen, das bereits eine Frau geworden war, liebte.

Mit einem Sprung landete sie vor mir und umarmte mich.

Ich habe das Gefühl, es wird ein Mädchen, sagte sie.

Willst du das oder denkst du einfach, dass es eine kleine Emma wird?, fragte ich neckisch.

Jasmin spitzte nachdenklich die Lippen.

Beides, sagte sie ziemlich überzeugend.

Ich denke, es wird ein Junge, gab ich zurück.

Das will doch jeder Mann. Sie verstellte Stimme, damit sie tiefer klang. Ich will einen Sohn, dann kann ich ihm das Angeln beibringen. Dann kann ich ihm zeigen, wie man sich den Bart rasiert. Jasmin musste sich kurz räuspern. Ich werde ihm erzählen, wie das mit den Frauen funktioniert, weil sie ja ach so kompliziert sind.

Bist du fertig?, fragte ich sie lachend.

Nein, meinte sie. Ihr Gesicht verriet, dass sie sich amüsierte.

Doch, doch, unterbrach ich sie. Angeln? Dein Ernst? Das ist das erste, an das du denkst? Hast du mich jemals über Angeln reden gehört?

Sie zuckte mit den Schultern.

Ihr Männer seid doch alle gleich, neckte sie mich.

Verdammt, du hast uns durchschaut, wir haben so lange versucht, dieses Geheimnis zu hüten, sagte ich ernst.

Aber jetzt muss ich dich leider töten, jetzt, wo du die Wahrheit kennst. Ich sah sie todernst an, bis unsere Mienen nachgaben und wir den restlichen Weg darüber scherzten und lachten.

In den nächsten Tagen sahen wir uns das Salzbergwerk und die Eisriesenwelt an, fuhren mit einer Fähre über den Hallstätter See und vieles mehr. Jedem, der noch nie Hallstadt war, lege ich diesen Ausflug ans Herz.

Wir machten Fotos von Sehenswürdigkeiten und Selfies oder baten Passanten, ein Foto von uns zu machen.

Die Welt schien uns zu Füßen zu liegen, so glücklich waren wir beide. Zwei Menschen, die durch ein Schicksal zusammengefunden hatten, zwei Menschen, die das Leben mit ihren jungen Augen vor sich sahen und nichtsahnend vor dem Abgrund standen. Während sich diese zwei Menschen, Jasmin und ich, über Wochen und Monate liebten, übersahen sie, dass das Leben mehr als nur eine Achterbahnfahrt ist. Denn manchmal sind es kleine Dinge, die Sachen ins Rollen bringen. Baue ich eine Brücke über einen Fluss gleichzeitig von beiden Seiten ohne genaue Berechnungen – wie hoch ist die Chance, dass die beiden Brückenstücke zusammenfinden? Wie hoch ist die Chance, dass diese Brücke bei einer einfachen Überquerung einfach einstürzt?

Das Leben ist eine Aneinanderreihung von Ereignissen, die einen zu dem machen, der man heute ist. Nichts schlägt härter zu als das Leben, nichts ist unberechenbarer als das Leben und vor allem ist nichts und niemand davor geschützt.

Ein lautes Schreien weckte mich auf. Benommen und schlaftrunken brauchte ich eine Weile, bis ich realisierte, woher das Schreien kam. Jasmin saß neben mir, ihre rechte Hand war glänzend schwarz. Erst als das Adrenalin in meinen Körper schoss und ich das Licht aufdrehte, sah ich es. Jasmins Hand war nicht schwarz, sondern rot. Panisch schob ich die Decke von ihr weg und sah eine riesige Blutlache. Das alles ging viel zu schnell, als dass ich hätte jedes Detail einfangen können. Ich sprang auf, meine Müdigkeit war wie weggeblasen, und rief sofort die Rettung. Ich erzählte stammelnd und hyperventilierend, was geschehen war, und bekam Instruktionen, was ich tun sollte. Ruhe bewahren und auf den Krankenwagen warten. Ich legte auf und aus irgendeinem Grund hielt ich es für eine gute Entscheidung, Polizei und Feuerwehr ebenfalls zu kontaktieren. Ich war komplett neben der Spur, die Liebe meines Lebens war in einem Nervenzusammenbruch zusammengekauert auf einem blutdurchtränkten Bettlaken. Jasmin selbst war nicht ansprechbar, also nahm ich sie bei den Händen und schaffte es mit all meiner Kraft, sie ins Badezimmer zu bringen. Ich ließ sie in die Badewanne gleiten und reinigte, nachdem ich die Wärme des Wassers geprüft hatte, zuerst die Hand und dann ihren Unterleib und ihre Schenkel. Mit einem frischen Badetuch trocknete ich sie behutsam. Alles wird gut, Schatz, sagte ich in diesen paar Minuten bestimmt eintausend Mal. Ich legte sie aufs Bett, zog ihr frische Kleidung an und legte mich neben sie.
Streichelnd flüsterte ich ihr Gutes ins Ohr.
Doch egal, was ich tat, ich konnte sie einfach nicht beruhigen.
Als endlich die Rettung da war und Jasmin abtransportierte, folgte ich ihr und hielt sie an der Hand.

Draußen flackerte rotes und blaues Licht an der weißen Fassade des Gasthofes, die Sirenen waren so laut, dass ich kaum irgendetwas anderes vernehmen konnte.

Mit einem Zeichen gab mir einer der Sanitäter zu verstehen, dass ich nicht mitfahren könnte. Natürlich protestierte ich, aber es war zwecklos, zwei Polizisten schleiften mich von dem Krankenwagen weg.

Ich liebe dich, Schatz! Es wird alles gut, schrie ich unter Tränen, so laut ich nur konnte.

Den Stich in meinem Herzen, als ich den Krankenwagen wegfahren sah, habe ich bis heute nicht vergessen.

Ich selbst wurde von den Polizisten in eines ihrer Autos gezerrt. Ich schlug mit Händen und Füßen gegen das Fenster und die Tür.

Einer der Polizisten packte mich hart an einem Arm und rüttelte mich durch.

Hör mir zu, Junge!, brüllte er. Hör mir zu. Wir fahren dem Krankenwagen nach. Wir wollen dir nur helfen.

Ich schlug noch einige Male gegen die Tür, bevor ich seine Worte begriff. Ich spürte, wie schlapp mein Körper wurde, als das Adrenalin nachließ. Ich komme zu dir, sagte ich mit heiserer Stimme. Es wird alles gut.

Kapitel 11

Wie benommen starrte ich auf den Sekundenzeiger im Warteraum des Spitals. Mein Mund war trocken und die Zunge so schwer, als wäre sie zu Stein erstarrt, sodass mir das Schlucken fast unmöglich geworden war.

Zwei Stunden saß ich bereits auf diesem verdammt unbequemen Stuhl. Hin und wieder stand ich auf und vertrat mir dir Beine oder holte mir aus einem Automaten eine Wasserflasche, das einzige, das ich in mir behalten konnte.

Ich war müde und erschöpft und dieses ständige Ticken des Zeigers trieb mich förmlich in den Wahnsinn. Ich war mehr als einmal kurz davor, die Kontrolle zu verlieren und gegen alles zu schlagen, was ich sah. Doch ich unterdrückte meine Wut und schlug mir stattdessen selbst auf den Kopf. Für eine Person, die zufälligerweise den Gang entlangkam, könnte es so wirken, als wäre ich psychisch labil; was ich ja auch ein wenig war.

Endlich öffnete sich die Tür vor mir und eine Schwester in OP-Gewand trat an mich heran.

Sie hatte die OP-Maske um ihren Hals hängen und hatte ihre Handschuhe ausgezogen. Dennoch konnte ich vereinzelt Blutspritzer an ihrer Kleidung erkennen. In diesem Moment sah ich verwundert, wie Jasmins Mutter Birgit um die Ecke gelaufen kam.

Blass und außer Atem umarmte sie mich.

Birgit, stotterte ich.

Sie haben mich angerufen, ich bin so schnell gekommen, wie ich nur konnte, sagte sie mit kurzen Atempausen.

Woher?, setzte ich an, doch sie unterbrach mich.

Das spielt keine Rolle, wie geht's ihr?

Erst jetzt bemerkte Brigit die Schwester und nach einem kurzen Augenkontakt der beiden brach Brigit wie ein Kartenhaus in sich zusammen. Zu schnell, dass ich oder die Schwester sie auffangen hätten können.

Nein!, schrie und weinte sie zugleich.

Und obwohl ich es wusste, tief in mir, seit ich das Blut gesehen hatte, war die Erkenntnis, dass Jasmin das Baby, unser Baby, verloren hatte, so lähmend und schockierend, dass mir schwarz vor Augen wurde.

Nachdem wir endlich mit Jasmin sprechen durften, wobei Sprechen ein sehr kulantes Wort für einsilbige Antworten ist, einigten Brigit und ich uns darauf, dass es klug wäre, wenn sie einige Zeit bei Jasmin bleiben würde.

Es tut mir leid, heulte ich.

Es ist nicht deine Schuld, beruhigte mich Brigit und strich über mein tränenüberströmtes Gesicht. Ich sah in ihr alles, was sie durchgemacht hatte, alles, was ihr wiederfahren war, und wunderte mich, wie ein Mensch, der all das hinter sich hatte, weiterhin leben konnte.

Du bist wie ein Sohn für mich, meinte sie.

Das ist schön zu hören, wirklich, antwortete ich immer noch unter Tränen.

Ich muss es wissen, drängte ich kurz danach.

Es ist Vergangenheit und die Vergangenheit kann uns nicht mehr wehtun, erwiderte sie.

Ich muss, sagte ich mit mehr Nachdruck.

Und was ich erfuhr, war so erdrückend, so herzzerreißend, dass ich geschworen habe, es nie wieder in Brigits Worten wiederzugeben.

Schläge, Vergewaltigungen und Suizidversuche.

Ich schloss Brigit ganz fest in die Arme und dachte, ich könnte alles mit dieser Geste wieder gut machen. Doch, und das war mir klar, war es so, als würde man versuchen, einen Riss an einem Kernreaktor mit einem einzigen Pflaster zu reparieren.

Die dreistündige Heimfahrt war bis dahin die längste und traurigste Zeit meines Lebens. Ich musste mehrmals an Raststätten halten und mit meiner Übelkeit kämpfen. Etwa auf dem halben Weg rief ich meine Mutter an und erzählte ihr, dass meine Freundin Jasmin eine Fehlgeburt gehabt hat, ohne dass meine Mutter gewusst hat, dass wir überhaupt ein Baby erwarteten. Ihr Weinen ließ wieder alles in mir hochquellen, was ich versucht hatte zu unterdrücken.

Als ich endlich angekommen war und aus dem Auto ausstieg, war bereits ein orangener Schleier am Himmel zu erkennen.

Ich betrat die Wohnung, wo meine Mutter mich bereits erwartete.

Einigen Lesern ist vielleicht aufgefallen, dass ich meine Mutter bisher nicht oft erwähnt habe. Das hat nichts damit zu tun, dass sie keine wichtige Rolle in meinem Leben spielte, im Gegenteil, sie war immer für mich da und unterstützte mich in jeder Lebenslage. Der Grund liegt tiefer, sie war meine Mutter, der ich bisher nicht die wichtige Rolle geben konnte, die sie verdient hat. Es gibt Millionen von Menschen, die behaupten, sie hätten die beste Mutter, aber meine Mutter war etwas anderes, jemand, den ich nur mit einem Engel vergleichen kann und das obwohl ich nicht gläubig bin.

Sie war klein, hatte schulterlanges, blondes Haar, das ihr Gesicht wie ein goldener Bilderrahmen umrahmte. Ein Gesicht, das so vertraut war und dennoch so unerforscht schien. Ich konnte sie tausende Male ansehen und mir würde immer wieder etwas Neues an ihr auffallen.

Ich könnte weiter über meine Mutter schwärmen, doch belasse ich es bei diesen Worten: ein Charakter aus purem Gold, die Geduld eines Mönchs und die Fähigkeit, meinen Schmerz mit einer einzigen Umarmung zu lindern.

Ich holte ein Red Bull aus dem Kühlschrank, ihr Lieblingsgetränk, und wir setzten uns auf den Balkon, auf den bereits die Morgensonne schien.

Sie bot mir eine Zigarette an, die ich dankend annahm, und klopfte sich selbst eine heraus; blaue Lucky Strike.

Waldluftzigaretten sagte ich zu ihr, in dem Versuch, die Situation zu lockern.

Ich glaube, Waldluft enthält mehr Nikotin, setzte sie meinen Witz fort.

Mit keinem Wort tadelte sie mich, dass sie nichts von Jasmins Schwangerschaft wusste, wieder etwas, das ich an ihr schätzte.

Nach deiner Geburt, begann sie mit ihrer sanften Stimme zu sprechen, nachdem sie einen Schluck von ihrem Energydrink genommen hat.

Habe ich mir von meinem Frauenarzt eine Hormonspirale einsetzen lassen. Du musst wissen, dein Vater und ich wollten nur ein einziges Kind. Sie nahm einen Zug von ihrer Zigarette und ich tat es ihr gleich.

Und dann nach etwa zwei Jahren setzte meine Regel aus.

Mama, bitte, sagte ich, so etwas will ich nicht wissen.

Lass deine Mutter ausreden, sagte sie mit einem Lächeln.

Also sie setzte einen Monat aus und ohne weiter darüber nachzudenken, ging ich zum Frauenarzt. Ich war schwanger.

Sagte sie so, als wäre es kein großes Ding.

Trotz Spirale wurde ich schwanger, so etwas kann passieren.

Doch dein Vater und ich haben nie darüber nachgedacht, es abzutreiben. Wenn die Natur es so will, sagten wir uns, soll es so sein.

Mein Bauch wuchs genau so, wie er es bei dir tat. Ich ging zu jedem Kontrolltermin, hörte sofort wieder auf zu rauchen oder zu trinken, was ich, wie du weißt, sowieso nur gelegentlich machte.

Als das Monat kam, in dem man erkennen kann, welches Geschlecht das Kind hat, waren er und ich zu einem Ultraschalltermin gekommen. Ich muss zugeben, dass ich von all diesen Dingen keine Ahnung hatte.

Du hättest einen kleinen Bruder gehabt, meinte sie.

Ich musste schlucken.

Was ist passiert?, fragte ich.

Sein Herz hatte aufgehört zu schlagen, sagte sie emotionslos, obwohl ich wusste, dass sie immer noch einen kleinen Schmerz in sich trug.

Sie lachte kurz auf und sagte dann: Dein Vater wollte, dass du seinen Namen bekommst, den gleichen Namen, den schon sein Vater und dessen Vater hatten. Ich sagte: Niemals nenne ich meinen Sohn so. Wenn wir einen zweiten Jungen bekommen, darfst du ihn so nennen.

Ich wusste auf, worauf sie anspielte und nickte.

Ein Kind in deinem Bauch zu tragen und zu wissen, dass es bereits verstorben ist, ist eine Sache. Die andere ist, dieses Kind trotzdem zu gebären. Es ist auf so vielen Ebenen schrecklich und traurig. Aber dafür hab ich dich und das ist mehr, als ich mir je erhoffen konnte. Sie strich über meine Wange.

Was ich damit sagen will, ist, dass das Leben nicht immer schön ist und jeder, auch der reichste oder gesündeste Mensch, irgendwann mit Dingen, die niemand kontrollieren kann, konfrontiert wird.

Menschen sterben tagtäglich, jung und alt, doch das Leben geht weiter.

Ich weiß nicht, ob ich ohne dich leben kann, sagte ich.

Du musst, meinte sie nur.

Weißt du, was bedingungslose Liebe ist?, fragte sie mich und legte eine Hand auf meinem Arm, als ich gerade eine neue Zigarette anzündete.

Nein, aber ich denke, du wirst es mir bestimmt gleich verraten, erwiderte ich.

So etwas gibt es nicht, meinte sie. Egal, wie viele Frauen du in deinem Leben kennenlernen wirst oder bereits hast, kannst du sie lieben, aber niemals bedingungslos.

Nur eine Mutter kann dies. Nur eine Mutter kann ihr Kind bedingungslos lieben. Egal, was du machst, für was du dich entscheidest, ich werde dich immer lieben.

Ich begriff, was sie mir damit sagen wollte, obwohl es noch Monate und Jahre dauerte, um diese weisen Worte wirklich zu verstehen.

Ich werde heute hier bei dir schlafen, sagte sie bestimmend.

Mir fehlten die Worte, sodass ich einfach nur nickte.

Den Rest des Tages und des Abends unterhielten wir uns über dies und jenes, während im Hintergrund der Fernseher lief.

Als mein Kopf vor Müdigkeit immer wieder zurückfiel, schickte sie mich ins Bett, um zu schlafen, sie selbst schlief auf der Couch.

Meinen restlichen Urlaub verbrachte ich damit, meine Gefühle in Zeichnungen wiederzugeben. Jeden Tag telefonierte ich mit meiner Mutter, die mir jedes Mal anbot, zu mir zu kommen und für mich einkaufen zu gehen, was ich immer dankend ablehnte. Ich brauchte die Zeit für mich und wusste, dass meine Mutter genügend andere Dinge im Kopf hatte.

Natürlich rief ich auch Birgit an und fragte nach Jasmins Befinden, obwohl ich immer die gleichen Antworten bekam und nie mit ihr selbst reden konnte.

Als die Arbeit begann, hoffte ich, es wäre eine gute Ablenkung von den Geschehnissen, doch das war leider nicht der Fall.

Viele meiner Arbeiten wurden retourniert, was meinem Chef so gar nicht passte. Ich versuchte gar nicht, ihm meine Situation zu erklären, sondern ließ seinen Ärger einfach über mich ergehen. Ich war so weit abgestumpft, dass mich seine Worte zwar erreichten, aber nicht in meinem Kopf hängen blieben.

So vergingen die Wochen mit immer demselben Ablauf.

Bis zu dem Tag, als ich wieder dieses Gefühl von Übelkeit und starke Bauchschmerzen bekam.

Sie waren jahrelang fast vollkommen vergessen, doch jetzt waren sie wieder fester Bestandteil meines Lebens. Ich suchte Ärzte auf, die mir mit verschiedensten Magenschutztabletten zu helfen versuchten – erfolglos.

Die Übelkeit kam schleichend genauso wie die Angst – zuerst auf dem Weg in die Arbeit, wo ich mit starkem Brechreiz zu kämpfen hatte.

Bis es irgendwann so weit war, dass ich, sobald ich meine Wohnung verließ, solche Angstzustände bekam, dass ich dachte, ich würde jederzeit tot umfallen.

Einfach gesagt, ich versuchte, es zu überspielen, aß und trank nur noch zu Hause, weil ich dachte, dass das helfen könnte. Doch nach einer weiteren Woche ohne Besserung beantragte ich schließlich Krankenstand.

Ich hielt mich nur noch zu Hause auf und begab mich nur dann, wenn es notwendig war, hinaus. Beim Einkaufen beeilte ich mich und schaute, dass ich zu Zeiten ging, wo so wenig wie möglich los war.

Anfangs war es eine Qual, nichts machen zu können, doch nach einiger Zeit war es angenehm, einfach nur zu Hause zu sein und Essen zu bestellen, wann ich Hunger hatte, manchmal bestellte ich zweimal an einem Tag.

Eines Tages rief ich wie gewohnt Jasmins Mutter an. Und ich war mehr als nur überrascht, als Jasmin selbst abhob.

Schatz?, fragte ich mit klopfendem Herzen.

Ich liebe dich, sagte sie nur. Ich konnte ihren Schmerz förmlich spüren.

Meine Mutter bringt mich morgen wieder zu dir, sagte sie.

Ja, stotterte ich, natürlich. Ich freue mich schon, dich wieder zu sehen.

Bis morgen, Baby, sagte sie. Es tut mir alles so leid.

Bitte entschuldige dich nicht. Wichtig ist nur, dass es dir besser geht. Ich liebe dich und wünsche mir nichts mehr, als wieder neben dir einzuschlafen.

Bis morgen, Baby, sagte sie und legte auf.

Ich hätte am liebsten Stunden mit ihr telefoniert, aber ich wusste, dass allein dieses Gespräch all ihren Mut erfordert haben musste.

Ich fühlte mich ein wenig besser, in dem Wissen, dass ich nun etwas zu tun hatte, bevor Jasmin wieder zu mir zurückzog.

Die Spüle war voll, vermutlich bereits verschimmelt, die Küche und alle anderen Räume machten auch keinen besseren Eindruck. Also putzte ich an diesem Tag noch alles, wusch die Wäsche, staubsaugte, wischte auf und musste tatsächlich mit Stolz feststellen, dass die Wohnung zum ersten Mal seit Wochen in einem ansehnlichen Zustand war.

Kapitel 12

Am nächsten Tag kamen Birgit und Jasmin mit vollgepackten Koffern in die Wohnung. Jasmin stürzte sich sogleich auf mich und umarmte mich lange, wobei sie mich mit Küssen bedeckte. Sie nahm meinen Kopf zwischen ihre Hände und sagte, wie sehr mich vermisst hatte und wie leid ihr das alles tue. Als sie mich losließ, kam Birgit und umarmte mich ebenfalls.

Wie geht es dir?, fragte sie mütterlich.

Ich schaukelte mit dem Kopf.

Den Umständen entsprechend, sagte ich.

Während ich und Birgit uns unterhielten, fing Jasmin bereits an, die Koffer ins Schlafzimmer zu schleppen.

Was ist los, Daniel? Ich bin ja sozusagen deine Schwiegermutter, du kannst mir alles erzählen, das weißt du, oder?

Natürlich. Ich nickte.

Es ist nur so, dass ich seit einigen Wochen im Krankenstand bin und kaum die Wohnung verlassen kann, erzählte ich ihr.

Birgit nickte traurig mit zusammengekniffenen Lippen.

Es ist nicht leicht, meinte sie und trat dabei unruhig auf dem Fußboden umher. Also für uns alle, weißt du.

Ich schätze, antwortete ich.

Es war schlimm, sie so zu sehen, sagte sie nun etwas leiser und deutete mit einem Nicken auf ihre Tochter.

Es hat mir das Herz gebrochen.

Mir auch, meinte ich. Geht's ihr wirklich besser?

Birgit sah prüfend über meine Schulter.

Schätzchen, rief sie ins Schlafzimmer und wartete, bis Jasmin sich meldete.

Räum du doch brav deine Kleider ein, ich gehe derweil mit Daniel auf die Terrasse.

Ein zustimmendes Geräusch aus dem Zimmer.

Ich folgte Birgit nach draußen.

Der Sonne schien grell und heiß auf meine Haut. Es roch nach frischgetrimmtem Rasen und Grillen. Irgendwo waren Gespräche zu vernehmen, die zu leise waren, um etwas zu verstehen.

Wir setzten uns auf die Gartenmöbel.

Muss das sein?, fragte Birgit mich, als ich mir eine Zigarette aus einer Schachtel klopfte.

Ich steckte sie wieder zurück und setzte mich etwas aufrechter hin.

Jasmin, begann sie. Wo fange ich da an? Also es ist so, dass ich sie überreden konnte – das war drei Wochen nach dem Vorfall –, zu einem Psychiater zu gehen.

Ich musste angesichts der Ruhe in ihrer Stimme schlucken.

Ein Psychiater?, fragte ich nach.

Es war eine Frau, keine Kassapatienten, eine Sitzung bei dieser Frau kostet 200€.

Ich musste den Kopf schütteln, als ich diesen Preis hörte.

Ich war dabei, bei der Sitzung, meine ich, und das Gespräch dauerte lange.

Auf was willst du hinaus, Birgit?, fragte ich ungeduldig.

Also es ist so, dass sie die Diagnose Borderline bekam gemeinsam mit Depressionen natürlich.

Ich konnte zu diesem Zeitpunkt noch nichts mit diesen Begriffen anfangen. Ach, wie jungfräulich ich doch damals in diesen Dingen war. Heute kann ich, ohne viel nachzudenken, von Alprazolam, Diazepam, Lorazepam und Oxazepam sagen, wie viel Milligramm jeder dieser Wirkstoffe umgerechnet auf die jeweiligen anderen hat.

Starke Stimmungsschwankungen ist eines der zahlreichen Symptome, sagte sie.

Ich musste nicken, da ich das nur zu gut von Jasmin kannte.

Gibt es da nichts, was man dagegen nehmen kann?, fragte ich.

Gegen fast alles gibt es etwas, sagte Birgit mit einer wegwerfenden Geste.

Sie bekam Medikamente, die sie einnehmen sollte, meinte sie dann.

Ich bin ihre Mutter, aber Jasmin ist alt genug, um selbst zu entscheiden, was sie nimmt oder eben nicht.

Also hat sie die Tabletten nicht genommen?, hakte ich nach.

Zuerst schon, ich hatte mir für vier Wochen Urlaub genommen und geschaut, dass es vielleicht besser wird. In diesen vier Wochen gab ich ihr die Medikamente und schaute darauf, dass sie sie nicht einfach wieder erbrach. Wir besuchten die Psychiaterin zwei weitere Male. Sie sprach von einer Besserung, als sie das Serotonin-Blutbild begutachtete.

Jasmin versuchte mit allen Mitteln, wieder die fröhliche junge Frau zu spielen, die sie nicht ist oder war.

Borderline ist keine Krankheit, die mit Tabletten verschwindet. Tabletten können lediglich die Symptome abschwächen. Als ich wieder arbeiten gehen musste, sagte ich ihr zigmal, dass diese Tabletten ihr helfen werden und dass es ohne nicht gehen wird. Ich bat sie, diese, wenn nicht für mich, dann wenigstens für sich weiterhin zu nehmen.

Und sie hat sich dagegen entschieden, seufzte ich, als all diese Sachen, von denen ich nichts wusste, auf mich einprasselten wie golfballgroßer Hagel.

Ich glaube, du brauchst eine Zigarette, sagte Birgit.

Meine Hände zitterten schwach, aber merklich, als ich mir eine anzündete.

Nach meinem ersten Arbeitstag kam ich nach Hause und das erste, was ich sah, war Blut, fuhr sie mit belegter Stimme fort.

Nicht viel, aber genug, dass ich mir erhebliche Sorgen machte.

Ich ging die Stiegen hinauf und an den Wänden waren vereinzelte, blutige Händeabdrücke, die ich bis ins Bad verfolgte, wo Jasmin gegen die Badewanne gelehnt saß.

Ich stürzte auf sie zu und sah mir ihre Arme an. Ein einzelner Schnitt über die Handfläche.

Ich wollte doch nur Essen für uns vorbereiten, sagte sie. Und dann.

Ich meinte, es spielte keine Rolle, was passiert war und holte meinen Notfallkoffer und verband ihr die Hand.

Es war tatsächlich ein Unfall, wie ich noch an diesem Tag in der Küche feststellte. Blutige Kartoffeln lagen dort neben dem scharfen Messer.

In den nächsten Wochen gab es keine Vorfälle mehr. Sie wollte unbedingt mit dir telefonieren, musst du wissen, doch ich fühlte, dass sie noch etwas Zeit brauchen würde.

Ich nickte verständnisvoll, während ich mitfieberte.

Letzte Woche beichtete sie mir, dass sie die Tabletten seit dem Tag, als ich wieder zur Arbeit ging, nicht mehr genommen hatte, weil sie denkt, dass sie sie nicht brauchen würde.

Ich bin ihre Mutter, ich will nur das Beste für mein Kind und du bist das Beste für sie, Daniel. Ich bin froh, dass sie so einen Mann wie dich gefunden hat, und hoffe auf weitere schöne gemeinsame Erinnerungen.

Ich fühlte mich geschmeichelt und konnte mich nur bedanken.

Auf jeden Fall, sagte sie dann, schaute ich mir das eine weitere Woche an und es schien ihr tatsächlich besser zu gehen. Sie nimmt zwar nicht die verschriebenen Tabletten, aber sie ist wirklich froh, wieder hier bei dir zu sein.

Danke für alles, sagte ich zu Birgit. Du bist eine gute Mutter und eine gute Schwiegermutter.

Sie lächelte halb liebevoll, halb in sich gekehrt.

Dann lass ich euch mal allein, meinte sie dann und stand auf.

Jasmin verabschiedete sich von ihrer Mutter mit einem Kuss auf den Mund. Ich umarmte Birgit und flüsterte ein letztes Mal eine Danksagung in ihr Ohr bevor sie ging.

Die erste Zeit war das Problem mit meinem mittlerweile zweimonatigen Krankenstand nicht von Bedeutung.

Jasmin selbst hatte sich eine Auszeit von der Uni genommen und würde diese, wie sie sagte, auch noch etwas länger beibehalten.

Ich versuchte, mein ganzes Einfühlungsvermögen in unsere Beziehung fließen zu lassen. So verging der Sommer, immer mit der Frage, wie Jasmins Stimmung für den Rest des Tages sein würde.

Ich habe wie jeder Mann Bedürfnisse, doch ich versuchte, sie, so gut es mir möglich war, zu kontrollieren, bis Jasmin wieder bereit dafür war.

Als wir dann eines Tages miteinander schliefen, merkte ich, wie unangenehm es ihr war, und ich respektierte es vollkommen. Ich sorge mich um sie und zeigte ihr meine Liebe jeden Tag aufs Neue; egal, ob es gute oder schlechte Tage waren.

Natürlich unterhielt ich mich mit ihr über meine Ängste und darüber, warum ich es nicht schaffte, zu arbeiten. Was soll ich sagen, sie hatte großes Verständnis für meine Probleme und meinte sogar, ich sollte eine Therapie beginnen.

Um ein gutes Vorbild für sie zu sein, willigte ich ein und hatte bereits eine Woche später meinen ersten Termin bei einem Psychotherapeuten nicht weit weg von zu Hause.

Der Therapeut war ein älterer Mann mit längeren grauen Haaren mit Locken. Sein Gesicht war das eines Mannes, der Leute wie mich schon zigmal therapiert hatte.

Ich werde hier jetzt nicht unsere gesamten Gespräche präsentieren, den das wäre zu viel und würde euch nur langweilen.

Das Kernthema aller Therapeuten, denen ich bis jetzt begegnet bin, war immer das gleiche: Kindheit und Eltern. Wie ist der Kontakt zu dieser Person? Wie ist er zu dieser? Wurden Sie geschlagen oder haben Sie Erinnerungen an Dinge, die Sie als Kind möglicherweise dramatisiert haben?

Es war immer das gleiche Rantasten, egal, wo ich jemals war und wenn sie nichts fanden, gaben sie mir immer die gleichen Ratschläge: Erstellen Sie doch eine Liste von Leicht zu Schwer und arbeiteten diese in dieser Reihenfolge ab.

Jedem das seine, ich möchte niemanden vorschreiben, was er zu tun hat oder nicht, vielleicht gibt es Personen, denen diese Art von Therapie hilft.

Ich besuchte ihn dennoch wöchentlich, jedes Mal nach dem Einparken sah ich auf die zuerst hellgrünen Blätter, die in Laufe der Therapiestunden immer mehr an Grün verloren und zu Braun-, Gelb- und Rottönen wechselten.

Diese Therapien waren nur noch nervenaufreibend langweilig, sodass ich mich entschied, nicht mehr hinzugehen.

Zurück zu Jasmin, ihre Stimmungsschwankungen waren auszuhalten, aber dennoch stresste mich ihr Zustand zusätzlich.

An manchen Tagen war sie so anhänglich wie eine Klette und an anderen wollte sie nichts mehr, als fortzugehen und sich zu betrinken. Ich telefonierte wöchentlich mit ihrer Mutter und sprach mit ihr über unsere Probleme.

Irgendwann, ich schätze, dass all dies schleichend kam, war es keine Beziehung mehr, sondern ein Dahinvegetieren von zwei Personen, die sich jeden Tag sahen und gemeinsam in einem Bett schliefen. Ich liebe dich zu sagen, war keine Lüge, aber dennoch nur noch eine Phrase, eine Begrüßung, ein bis später, und hatte mit der Zeit an Bedeutung verloren.

Ich war mittlerweile seit Monaten im Krankenstand und konnte die Wohnung immer noch nur sehr selten verlassen.

In einem Versuch, die Beziehung zu retten, die, wie ich wusste, nicht so weiter gehen konnte, einigten wir uns auf eine Pause.

Ich erzähle das hier in solchen Sprüngen, da die Geschehnisse vielleicht für einige verzerrt wirken müssen.

Bevor ich zu dem Teil der Geschichte komme, der unausweichlich ist, will ich hier noch einmal kurz etwas klarstellen, etwas zusammenfassen.

Jasmin war meine erste Liebe und ich ihre, wir waren jung, als wir zusammenzogen und wir beide hatten keine Ahnung, was es bedeutete so etwas zu haben. Das macht jeder in seinem Leben durch und wenn etwas nicht sein soll, dann soll es eben nicht so sein. Was ich damit sage will, ist, es gehören immer zwei Menschen dazu. Ein Beispiel möchte ich hier erwähnen. Mein Vater hat meine Mutter nicht gut behandelt und war als Vater gescheitert. Er hat sie betrogen, belogen und noch vieles mehr. Jetzt könnte man sagen, die Trennung war seine Schuld, wegen ihm ist die Ehe in die Brüche gegangen. Und denen möchte ich nur sagen, ja. Ihr habt Recht, es ist seine Schuld, aber meine Mutter hätte jederzeit die Möglichkeit gehabt, sich von ihm scheiden zu lassen. Es wäre nicht leicht gewesen, aber nicht unmöglich. Aber wenden wir uns wieder Jasmin und mir zu. Hatte ich etwas gemacht, das die Beziehung ruinierte? Hatte sie etwas getan, das zu einer Trennung führen könnte? Ich habe Jahre gebraucht, um ihr zu verzeihen, was sie mir angetan hatte, und die Narbe trage ich bis zu meinem Tod.

Die Pause war nicht länger als ein Wochenende, einschließlich Freitagabend und Montagmorgen. Ich habe in dieser Zeit das getan, was ich auch getan hatte, als Jasmin nach der Todgeburt bei ihrer Mutter wohnte, nichts.

Ich spähte durch die Jalousie nach draußen, um sie beim Einparken mit dem Auto ihrer Mutter zu beobachten. Ich sah ihr zu, wie sie noch einige Zeit darin sitzen blieb, bevor sie ausstieg und auf die Wohnungstür zuschritt.

An ihrem Aussehen hat sich irgendetwas geändert, etwas, das ich bis heute nicht beschreiben kann.

Ihre Miene war kühl und ohne jegliche Regung.

Ich wusste, was kommen würde, verdammt, ich wusste es, aber trotzdem sagte alles in meinem Kopf, dass alles wieder gut werden wird.

Mir war speiübel, die Angst kroch mir durch jeden Knochen, durch jede Ader, durch alles in meinen Körper.

Alles fing so harmlos an. Sie hat viel über uns nachgedacht, sie hat viel geweint, viel mit ihrer Mutter geredet.

Sie erzählte mir von dem Samstag, als sie sich nach langer Zeit wieder mit einer Freundin getroffen hatte. Wie sie in einer Bar nicht weit von hier Cocktails tranken und sich über uns unterhalten haben. Und vor allem sagte sie mir, wie sie sich besser gefühlt hatte ohne mich. Ich war ein Schatten meiner selbst, als ich all dem zuhörte. Und dann kam das, von dem ich wusste, dass es kommen würde, von dem ich hoffte, es nicht hören zu müssen.

Ihr kennt nun alle unsere Geschichte. Ich war nie fehlerfrei, das habe ich nie behauptet und werde ich nie behaupten. Aber wenn ich etwas schwören kann, dann dass ich nie in meinem Leben eine Frau betrogen habe, egal, wie oft ich die Chance hatte oder kurz davor war. Ich war gezeichnet von den Taten meines Vaters, ich habe mir vorgenommen, nie so zu werden wie er.

Und jetzt saß ich Jasmin gegenüber.

Jasmin, das Mädchen, das ich damals in der Bar kennenlernte und über alles liebte. Jasmin, die Frau, die von mir schwanger war. Jasmin, die Frau, die mein Herz mit den Worten „Ich habe dich betrogen" zum ersten Mal gebrochen hat.

Zwischenspiel 3

Nach einer unendlich scheinenden Stille beendete Thomas die Aufnahme. Daniel drückte die Zigarette, die schon bis zum Filter heruntergebrannt war, in dem überfüllten Aschenbescher aus. Er entschuldigte sich und drückte sich aus einem Tablettenblister drei längliche, weiße Tabletten, die Thomas als Xanor identifizierte, heraus und nahm sie in den Mund. Daniel kaute sie einige Male und ließ sie dann einige Zeit im Mund zergehen. Nichts Unübliches für Medikamentenabhängige, den durch die Schleimhäute gelangt der Wirkstoff schneller ins Blut und somit wirkt die Droge schneller. Daniel schluckte den Rest mit Blutorangentee hinunter und zündete sich danach eine weitere Zigarette an.

Thomas konnte die Tränen hinter Daniels Gläsern nicht übersehen.

Er war der stumme Zuhörer und war selbst an einigen Stellen wütend oder traurig gewesen, doch das ist Daniels Geschichte und er hatte sich von Beginn an entschieden, das Gespräch nicht zu unterbrechen, egal, was gesagt werden würde. Er wusste, auf was er sich hier einließ, und rechnete mit vielem, dennoch hatte er nicht damit gerechnet, dass er diesen gebrochenen Mann, als den er ihn nun erkannte, mögen würde.

Es ist schon ziemlich spät, nicht wahr?, fragte Daniel.

Thomas sah auf seine Armbanduhr und stellte fest, dass es schon weit nach Mitternacht war.

Ich habe kein Gästezimmer, setzte Daniel nun an.

Du kannst gerne in meinem Bett schlafen, falls es natürlich keine Probleme mit deiner Freundin gibt.

Thomas war auf dieses Angebot nicht vorbereitet.

Gern, meinte er dann. Also, ich meine, Verena wird nichts dagegen haben.

Verena, also, sagte Daniel mit einem Schmunzeln.

Thomas ohrfeigte sich innerlich.

Ja, sie ist momentan bei ihrem kranken Vater und kümmert sich um ihn, log er.

Die Lüge war nicht die beste, aber er dachte, er würde sich weiterer Fragen über Verena damit entziehen können.

So sei es, sagte Daniel und klatschte in die Hände.

Aber ich würde die Couch bevorzugen, erwiderte Thomas.

Kommt nicht infrage!, sagte Daniel bestimmend.

Ich schlafe sowieso lieber auf der Couch, Betten erinnern mich zu sehr an Sachen, die ich lieber verdrängen möchte. Im Schrank findest du Kleidung und die Dusche und das WC sind gleich um die Ecke. Ich wünsche dir eine gute Nacht. Ich denke, ich brauche einen tiefen Schlaf, um weitererzählen zu können. Nach einer Dusche und in ausgeborgten Boxershorts sowie Socken und T-Shirt begab er sich in Daniels Bett. Seine Gedanken schweiften noch einmal zu den letzten Ereignissen in Daniels Geschichte, bis seine Gedanken bei seiner Freundin Verena hängen blieben. Ich liebe dich, flüsterte er leise. Und dann schlief er.

Am nächsten Morgen erwachte Thomas durch einen Geruch, der ihn sofort in seine Kindheit versetzte.

Daniel war bereits seit, was weiß Gott, auf und hat ein Frühstück aufgetischt, das viel zu viel für die zwei war.

Erwarten wir Besuch, fragte er schlaftrunken.

Daniel schüttelte belustigt den Kopf.

Gekochte Eier, Ham and Eggs, Gebäck, Schinken, Käse, Gemüse und Obst standen auf dem Tisch bereit. Daniel schlürfte an seinem Tee und hatte für Thomas einen Kaffee, ein Glas Wasser und Orangensaft bereitgestellt.

Sie genossen in Schweigen das Frühstück. Wie ein Kellner brachte Daniel die Reste zurück in die Küche. Er spülte die Gläser und Teller selbst ab und putzte die Küchenlatten sauber, bevor er zurückkam.

Ich hoffe, es hat dir geschmeckt, sagte er freundlich.

Das wäre nicht nötig gewesen, meinte Thomas, aber es war tatsächlich köstlich.

Nun gut, wollen wir fortfahren?, fragte Daniel aufgeregt.

Gern, ich möchte nur vorher etwas sagen, antwortete Thomas zögerlich.

Geht es um deine Freundin Verena?, fragte Daniel mit einem leichten Schmollen.

Thomas schenkte ihm ein kurzes Nicken.

Wir sind, begann er, auch auf so etwas wie eine Art Pause.

Daniel nickte verstehend und schnipste, um Thomas' Aufmerksamkeit zu bekommen.

Eine Pause, begann er nun, muss nicht unbedingt etwas Schlechtes bedeuten. Manchmal ist es sogar etwas Positives, es muss nicht so enden, wie es bei mir der Fall war.

Thomas nickte traurig.

Ich habe Angst, sie zu verlieren, gab er zu.

Verständlich, sagte Daniel. Du wärst ein Arschloch, wenn du keine Angst hättest. Aber wenn mir das Leben eines beigebracht hat, ist es: Gib die Hoffnung nie auf und umgib dich mit Leuten, die dich achten oder lieben.

Nur schade, dass der Zug bei mir bereits abgefahren ist, deiner hat noch nicht mal den Bahnhof erreicht. Sieh mich an, sagte Daniel und machte eine ausschweifende Geste. Wo, was oder wer bin ich? Ich habe niemanden, keine Familie, die hinter mir steht, oder Freunde, mit denen ich über meine Probleme reden kann. Versteh mich nicht falsch, ich hab dieses Leben selbst gewählt, es wurde mir nicht aufgezwungen, ich nehme jede Art von Schuld auf mich.

Du redest immer so weise über das Leben, obwohl du kaum über 30 bist, sagte Thomas gemeiner´, als es gewollt war.

Doch Daniel schien es nicht mitbekommen zu haben oder es war ihm einfach egal.

Du hast Recht, gab er zu. Aber ich darf behaupten, und darauf bin ich nicht stolz, dass ich mehr Scheiße erlebt und Erfahrung gesammelt habe als manch anderer, der bereits in Pension ist. Auch wenn ich vielleicht nicht das Recht habe, nehme ich mir es dennoch, so zu reden als wäre ich Sechzig Plus. Aber lass mich dich jetzt auch etwas fragen, jetzt wo all die Karten auf dem Tisch liegen.

Thomas bedeute ihm mit einer Handbewegung zu fragen, obwohl er hoffte, diese Frage nicht beantworten zu müssen.

Warum willst du wirklich meine Geschichte? Du willst ein Buch schreiben, das glaube ich dir, aber warum jetzt und warum ich?

Diese Frage war die, der Thomas versuchte aus dem Weg zu gehen.

Resigniert zog er seine Hemdsärmel bis zu den Ellbogen hoch. Sein Unterarm war von kleinen Punkten gesprenkelt.

Die Arme eines Heroinsüchtigen, stellte Daniel fest.

Ehemalig, korrigierte Thomas ihn. Ich habe nie Journalismus studiert, war nie Streetworker, all das war eine Lüge. Meine Eltern starben bei einem Autounfall, da war ich zehn, danach kam ich ins Heim. Mit Sechzehn und in der falschen Freundesgruppe kam ich von einer Droge zur nächsten. Der Kick war das einzige, was ich hatte. Heroin war die Endstation, als Markus mich mit einer Überdosis fand und ins Krankenhaus brachte. Danach hat er sich mir angenommen. Half mir durch den Entzug und auf dem Weg ins Leben zurück. Deine Geschichten hörte ich in der Zeit auf der Straße und in der Entzugsklinik. Ich war jung, fasziniert von deiner Geschichte, ein Mann, der so viel durchgemacht hat und dennoch durchhielt.

Der Brief?, fragte Daniel.

Der Brief ist echt, er kommt direkt von Mark und ist an dich adressiert. Dein alter Freund dachte, wenn jemand dich finden könnte, dann wäre ich das, der Typ, der einer Legende nachforschte, seitdem ich von ihr gehört habe.

Daniel sah betroffen aus, sein Mitleid war an seiner Körperhaltung und an seinem Gesicht zu erkennen.

Danke für deine Offenheit, sagte er, aber wir haben noch viel vor uns, nicht wahr?

Thomas fiel erst jetzt auf, wie ihm Tränen die Wange hinabliefen und dass Daniel ihn jetzt nicht weiter in den Strudel von Emotionen untergehen sehen wollte.

Er reichte Thomas Taschentücher und sagte: Bereit, wenn du es bist.

Kapitel 13

Der Leser wird sich bestimmt nicht darüber wundern, wie ich auf Jasmins Betrug reagierte.

Ich schäme mich nicht, vor ihr auf die Knie gegangen zu sein und wie ein Hund gebettelt zu haben. Ich schäme mich nicht, dass ich Rotz und Wasser heulte. Und ich schäme mich nicht, mit Lügen zu versuchen, sie umzustimmen.

Schlimm, wozu ein Mensch imstande ist, wenn für ihn die Welt zerbricht.

Jasmin versuchte, mich zu beruhigen, und wiederholte immer wieder, wie leid es ihr tue. Dass es einfach nicht sein sollte, das zwischen uns. Sie sagte, dass sie ihre Sachen noch diese Woche holen würde. Doch das Schlimmste war, und ich verstehe es bis heute nicht, warum man so etwas sagt, dass sie meinte, wir könnten Freunde bleiben.

Als sie weg war und ich mich in der Wohnung umsah und mir Stück für Stück klarer wurde, dass ich jetzt vollkommen alleine hier verblieb, durchzuckte mich die immer stärker werdende Wut und ich riss die Bilder von den Wänden, die uns zeigten. Ich schlug mehrere Male gegen eine Wand, von der ich wusste, sie würde nicht nachgeben, und schlug mehrmals so stark, wie ich konnte dagegen, bis mir das Blut von den Knöcheln über einen wegstehenden Finger floss. Mit einem Tritt schlug ich den Spiegel im Schlafzimmer ein, in der Hoffnung, die Splitter würden über dem Fußboden verteilt. Doch er zersprang im Rahmen, wie eine Windschutzscheibe springt.

Das alles tat ich mit kleinen Verschnaufpausen, in denen ich unentwegt weinte.

Wenn ich mich für irgendwas an diesem Tag bei Jasmin bedanken müsste, dann dafür, dass sie meine Mutter anrief und ihr das alles erzählte.

Denn als ich mit einer spitzen Scherbe in der schmerzenden Hand im Wohnzimmer saß, stürmte meine Mutter rein.

Nein!, schrie sie so laut, dass ich die Scherbe, die schon an meiner Hauptschlagader saß, fallen ließ.

Sie zog meinen dürren Körper in die Höhe, sodass ich nun vor ihr stand. Ihr Blick glitt kurz durch die ganze Wohnung und zu meinen Fingern und all dem Blut.

Sie umarmte mich fest.

Mein Junge, weinte sie, mein Junge, mach keinen Blödsinn, du verdammter Idiot.

Ich weinte ebenfalls und es dauerte einige Minuten und viele Worte meiner Mutter, um mich wieder ansprechbar zu machen.

Sie fuhr mich ins Krankenhaus, wo sie meinen Finger richteten, wobei ich keinen Schmerz fühlte, was die Ärztin ziemlich verwunderte. Ich wartete im Warteraum, ohne mich zu bewegen oder etwas wahrzunehmen. Meine Mutter redete mit der Ärztin und kam dann mit einer Tablette und einem Becher Wasser zurück.

Dies war das einzige Mal, an das ich mich erinnere, dass ich eine Tablette schlucken konnte, ohne sie zuerst zu zerkauen.

Ich konnte mich nur noch daran erinnern, dass mich meine Mutter ins Auto bugsierte. Alles, was danach passierte, ist wie geschwärzte Zeilen in einem Buch.

Ich erwachte mit furchtbaren Schmerzen, bevor mich die Realität erneut einholte. Doch zu meiner Verwunderung konnte ich, obwohl ich es doch so sehr wollte, nicht mehr weinen. Meine Mutter kümmerte sich um mich, als wäre ich ein kleines Kind, fuhr für mich einkaufen, kochte mir täglich etwas zum Essen und schaute mit mir fern, bis wir schließlich einschliefen.

Meine Mutter merkte, dass es nicht so weitergehen konnte, sie hatte eine Arbeit, der sie nicht ewig fernbleiben konnte. Nach der zweiten

Woche hatte sich mein Zustand nur weiter verschlimmert. Meine Tage begannen mit einem Frühstück, das ich geistesabwesend aß. Den Rest des Tages starrte ich in den Fernseher, wobei ich nicht einmal wusste, um was es ging. Auch unsere Gespräche waren meist einseitig, meine Mutter musste mir jedes Ja oder Nein aus der Nase ziehen.

Es war nur eine Frage der Zeit, bis mich meine Mutter endlich zu einem Psychiater brachte. Ich selbst fühlte mich wie eine Schaufensterpuppe, nein, das ist das falsche Wort für dieses Gefühl. Ich war wie transparent. Eine Hälfte meines Hirns war wie gelähmt, die andere erkannte alle Sinne unscharf. Was ich damit sagen möchte, ist: Ich hörte, was andere sagten, ich sah alles, was ringsum um mich geschah, und ich spürte die sanften Berührungen meiner Mutter.

Doch all das war zu weit weg, um das Gesprochene zu verstehen, zu weit entfernt, um ertasten zu können, was in der Realität geschah.

Ich kann nicht sagen, wie ich in den Sessel im Zimmer des Psychiaters gelangt war oder was meine Mutter neben mir mit diesem besprach.

Daniel, vernahm ich hallend, als meine Mutter mich leicht anstupste.

Mit einer langsamen Bewegung richtete ich meinen Kopf zu der Stimme meiner Mutter.

Wir gehen, okay?, hörte ich sie sagen und ich nickte, um ihr zu verstehen zu geben, dass ich begriff, was sie sagte.

Wieder lag ein Schatten über meine Erinnerung für die Zeit, bis ich wieder die Wohnung betrat.

Meine Mutter legte mir diverse Tablettenpackungen auf den Tisch, an den ich mich instinktiv gesetzt hatte. Bitte, sagte sie

An diesem Punkt möchte ich erwähnen, dass meine Mutter alles in ihrer Kraft Stehende für mich getan hat. Sie hatte mich durch die Hölle begleitet und mir neue Kraft geschenkt. Doch ich bin es leid, von den Bruchstücken nach der Trennung von Jasmin zu erzählen.

Wichtig in dieser Aussage ist nur die Verbindung, die ich mit meiner Mutter habe. Die „bedingungslose Liebe", wie sie Birgit nannte. Meine Mutter ist der Anker meines Lebens, meines Geistes und der Inbegriff von innerlicher Schönheit.

Ich liebe sie, mehr als ich Nina liebte, mehr als ich Jasmin liebte und mehr als ich jede Frau liebte, die nach diesen kam.

Wir nähern uns dem Kern dieser Geschichte, müsst ihr wissen. Natürlich hätte ich vieles überspringen können, ich hätte genau hier und jetzt mit meiner Story beginnen können. Aber wie soll mich jemand verstehen? Wie soll jemand die Beweggründe für das Bevorstehende verstehen? Wenn ich nur einen Teil ausgelassen hätte, würde jeder nur von dem Mann mit dem Suchtproblem reden, dem Mann, der aufgrund einer Jugendliebe sein Leben weggeschmissen hat. Es gibt so viele Menschen, Menschen, die ihr kennt, die Probleme mit Drogen haben. Einige, die es verschleiern, einige, die offen damit umgehen, und einige, die selbst Opfer sind und genau diese Zeile lesen. Es kann jedem passieren, das habe ich schon einmal gepredigt und es ist keine Lüge. Die Frage ist nur, wie gehe ich damit um? Es ist eine Krankheit, kein Weg, den man selbst wählt. Etwas, das dir nicht in die Wiege gelegt wird, sondern aus der Zeit und den Folgen resultiert. Aber genug von der Philosophie, immerhin geht es hier ja um mich.

Der Winter war angekommen und ich soweit geflickt, dass ich einen halbwegs normalen Alltag bestreiten konnte. Ich war zwar weiterhin im Krankenstand, aber schaffte es, wieder einkaufen zu gehen und hier und da ein bisschen spazieren zu gehen.

Meine Diagnose und andere Dinge, die ich der Krankenfürsorgekasse vorlegen musste, waren: schwere depressive Episode, Angststörung mit panikartigen Ängsten.

Kurz gesagt, die KFA konnte mir aufgrund der fachärztlichen Meldungen, die ich ihnen gab, nur weitere Vorstellungstermine geben, zu denen ich einen weiteren getippten Zettel mitnahm, auf dem stand, dass ich bis auf weiteres arbeitsunfähig sei.

Schwer zu glauben, aber ich hasste Tabletten, sie erinnerten mich an meine Kindheit, in der ich oft Probleme mit Mittelohrentzündungen und anderen Kleinigkeiten hatte.

Aus irgendeinem Grund kann ich bis heute keine Tabletten schlucken. Viele verstehen das Problem nicht und es wäre mir sowieso unmöglich, es zu erklären.

Ich zerkaute jeden Tag um vier Uhr morgens meine Antidepressiva, die ich verschrieben bekam. Danach saß ich auf dem Sofa und schaute etliche Serien von Netflix sowie Dokumentationen über das Weltall. Ich hatte drei Medikamente verschrieben bekommen: Sertralin als Seratoninhemmer, Mirtazepin für das Schlafen und Praxiten.

Ich war nie ein Fan von Tabletten und nahm sie nur, wenn es unbedingt notwendig war. Ein Thomapyrin für meine Kopfschmerzen oder ein Mexalen bei Grippe oder Verkühlungen, das war's.

Doch mit der Zeit, in der man Tabletten nehmen muss, stumpft man ab, sodass die Antidepressiva morgens kein Problem mehr darstellten genau so wie das Mirtazepin am Abend. Dem Praxiten, bei dem ich wie bei jedem anderen Medikament Internetrecherche führte, traute ich nicht über den Weg und so stapelten sich im Laufe der Zeit die Packungen in einem Schrank

Die Zeit verging so schnell, wie wenn in einem Supermarkt in einer Schlange dutzende alte Damen zu sein scheinen.

Zu meiner Mutter hatte ich natürlich wie immer täglich Kontakt. Sie stellte immer dieselben Fragen und ich gab immer dieselben Antworten.

Nach drei Wochen bemerkte ich eine Veränderung. Ich bekam den Drang, mich zu bewegen, und meine Hände fingen an zu zitterten. Das Setralin zeigt seine Wirkung, es war nicht unangenehm oder beängstigend, im Gegenteil, mir ging es tatsächlich eine Spur besser. Dennoch folgte ich immer demselben Tagesablauf, früh aufstehen, eine Tablette, nichts tun, eine Tablette, früh schlafen gehen.

Zu den Depressionen kann ich nur sagen, dass es schlechte und noch schlechtere Tage gab. Der Drang, mich selbst zu verletzten, war da, aber nicht stark genug, um mir körperliche Wunden zuzufügen. Also rauchte ich täglich bis zu drei Packungen. Es war kein Genuss, so viele Zigaretten zu rauchen, sondern einfach nur die Befriedigung, meinem Körper damit zu schaden.

In der Zwischenzeit hatte ich nach einer Tagesklink Ausschau gehalten. Ich schickte alle meine Befunde dorthin und bekam kurz darauf einen Termin zu einem Vorstellungsgespräch.

Doch die Ernüchterung kam kurz darauf, als der Leiter dieser psychiatrischen Klinik meinte, dass die Plätze bereits belegt seien, aber dass es durchaus vorkommen könnte, dass jemand abspringen würde, doch ich sollte mich eher nicht darauf verlassen und mit dem nächsten Termin rechnen.

Er gab mir eine Liste mit Dingen, die sie brauchten, um mich aufzunehmen. Ein großes Blutbild, ein Lungenröntgen, das übliche Prozedere.

All das hatte ich in nicht einmal einer Woche erledigen können und schickte es in die Klinik.

Eines nachmittags, ich sah mir gerade eine Folge Bates Motel an, bekam ich einen Anruf. Die Dame am Telefon sagte mir, dass ich zum neuen Turnus antreten könne.

Ich war erleichtert, nicht ein weiteres Monat darauf warten zu müssen, und sagte prompt zu.

Wir waren zu acht, alle bis auf ein Mädchen waren um etwa zehn Jahre älter als ich selbst. Anfangs war es schwer, sich den verschiedenen Therapeuten und natürlich den anderen zu öffnen. Ich erzählte von meinen Problemen und horchte den anderen zu. Schnell wurde mir bewusst, dass mehr als die Hälfte Probleme hatte, die ich sofort gegen meine eigenen tauschen würde. Bei manchen fragte ich mich, warum sie überhaupt hierhergekommen waren.

Ich war ein sehr zurückgezogener Mensch, doch nach der ersten Woche lernte ich sie alle nacheinander kennen. Wir waren zwar eine Gruppe, aber wie es immer so ist, versteht man sich mit einigen mehr als mit anderen.

In meinem Fall war diese Person Julian. Er war 35 und seine Vergangenheit, die ich hier zur Wahrung seiner Privatsphäre, nicht erzählen werde, hat mich sehr mitgerissen. Wir hatten einiges gemeinsam, vor allem den Humor und die Ansichten.

Ich konnte mit ihm über alles reden und umgekehrt, vor allem in den Rauchpausen, die wir draußen im Schnee verbrachten.

Er war ein korrekter Mann und immer ehrlich zu mir. Unsere Themen waren Frauen, Depressionen, Sex, Wünsche und vieles mehr.

Doch ich möchte noch eine zweite Person hervorheben, Victoria.

Sie war hübsch, hatte kurzes schwarzes Haar und ein Herz so grell, dass es fast schon blendete.

Ihre Vergangenheit war genauso schlimm wie ihre Gegenwart. Ich bemerkte ihre Avancen, die ich mit Witzen zu überspielen versuchte. Nicht dass ich kein Interesse an ihr hatte, aber es war viel zu früh und ich wusste, dass diese Beziehung nie funktionieren würde, und daran würde sich auch nach Jahren nichts ändern. Nicht weil wir verschieden waren, sondern gleich wie eineiige Zwillinge.

Wir fanden uns alle um 8.30 zusammen mit einer Schwester, die bereits im sechsten Monat schwanger war. Immer trug sie ein Lächeln mit ihren zu großen Zähnen im Gesicht.

Danach begangen verschiedenste Therapien. Gruppentherapien, Achtsamkeit, Skilltraining, Musiktherapie, Maltherapie um einige zu nennen. Ich könnte ohne nachzudenken die Therapien beschreiben, aber das würde langweilig sein, dessen bin ich mir sicher. Das heißt nicht, dass ich nichts lernte, im Gegenteil, ich lernte sehr viel über mich selbst und meine Gedankenwege. Natürlich war die Tagesklinik nicht immer ernst oder streng. Es waren auch sehr schöne Erinnerungen, die ich nie missen möchte.

Ich erinnere mich nur zu gern an eine der Musiktherapien.

An der gegenüberliegenden Wand war eine Ansammlung von Instrumenten von A bis Z. Die Therapeutin wies uns an, eines auszuwählen. Ich ging gemeinsam mit Julian die Reihe der Instrumente durch, von denen ich vielleicht die Hälfte kannte und vielleicht die Hälfte davon auch benennen konnte. Schließlich blieben wir bei Rasseln in unterschiedlichen Größen stehen.

Eine davon ähnelte sehr stark einem Sexspielzeug, um genau zu sein, einem Analplug. Christian und ich mussten lachen und ich konnte mir eine anzügliche Bemerkung nicht verkneifen.

Schatz, sagte ich zu Julian. Könntest du mir bitte das hier heute Abend in den Anus stecken, um unser Sexualleben wieder aufleben zu lassen, letzte Nacht war unser Sex sehr enttäuschend.

Zu meiner Verwunderung lachte Christian nicht auf, sondern zeigte lediglich über meine Schulter. Ich sah zurück und die Therapeutin stand keinen Meter weit von mir entfernt und sah mich an. Wenn sie tatsächlich gehört hatte, was ich gesagt hatte, ließ sie sich es nicht anmerken, denn das einzige, was sie sagte, war, dass wir die letzten seien, die noch kein Instrument hatten. Die Röte wich aus Julians Gesicht, als er endlich nicht mehr sein Lachen unterdrücken musste.

Penner, sagte ich amüsiert und fühlte mich ebenfalls unwohl.

Er zuckte mit den Schultern.

Was hätte ich sagen sollen, es war bereits zu spät, meinte er.

Dann schnappten wir uns irgendein Instrument an der anderen Seite und setzten uns zu den anderen, um den Kreis zu schließen.

Die Tabletten hatten einen positiven Aspekt, wie ich im Laufe der Zeit merkte, ich nahm rasant zu. Jetzt war ich nicht mehr dürr und lang. Ich hatte nun genügend Fleisch am Körper und zum ersten Mal seit Jahren fühlte ich mich in meinem Körper wohl.

Die Hälfte des achtwöchigen Turnus war vorüber. Mir ging es psychisch nicht besser, aber ich habe viel gelernt. Julian lud mich zu sich nach Hause ein, um mit ihm zu chillen. Ich dachte an mein kuscheliges Bett zu Hause, aber gleichzeitig wusste ich, dass es eine gute Abwechslung war, also stimmte ich zu.

Seine Wohnung war durchschnittlich groß, doch das erste, was mir auffiel, war der Geruch von Cannabis.

Baust du an?, fragte ich.

Bist du verrückt?, erwiderte er. Ich konsumiere.

Nach einem Hit von der Bong bestellten wir uns etwas zu essen, während wir uns Requiem of a Dream ansahen.

Ziemlich ironisch im Nachhinein gesehen.

Nachdem wir unsere Pizzen verputzt hatten, redeten wir über unsere Tabletteneinstellungen.

Überrascht stellten wir fest, dass wir beide Setralin und auch Praxiten, die Tabletten, die ich bisher vermied, verschrieben bekommen haben.

Ich fragte ihn, ob er sie jemals probiert hatte. Er nickte und meinte, dass es ihm sehr gut gegen seine Panikattacken, die er oft in den Therapien ansprach, half. Ich erzählte ihm von meinen Sorgen, dadurch die Kontrolle zu verlieren, und sagte, dass ich bereits Dutzende ungeöffnete Packungen daheim liegen hatte.

Und so kam eines zum anderen und ich nahm meine ersten Benzodiazepine. Es war nicht viel, 30 mg Praxiten, aber die Wirkung die in 15 Minuten begann und in 30 Minuten ihren Höhepunkt erreichte, war ein solches Gefühl, dass es sinnlos wäre, zu versuchen, es zu erklären. Ich fühlte mich kreativ, klar im Kopf und der Schmerz, der mich seit Monaten nicht losließ, war wie weggeblasen. Julian machte sich einen Kaffee und zog ein weiteres Gramm Cannabis durch seine Bong.

Danach warfen wir uns jeweils noch weitere 45mg nach. Ich war high, keine Frage, aber nicht müde, als Julian bereits neben mir eingepennt war. Also nahm ich mein Mirtazepin, die übliche Dosis von 30 mg, und rauchte mir einen Zigarette an, bevor mich die Erschöpfung in den Schlaf zwang.

Kapitel 14

An dieser Stelle möchte ich kurz anmerken, dass Julian mich zu nichts zwang. Es war meine freie Entscheidung, die Tabletten zu nehmen. Julian, war ein gebrochener Mann, der sein Haus und seine Frau verloren hatte, aber er war ein herzensguter Mensch. Auch wenn er neben mir Gras rauchte, hat er es mir nie angeboten.

Nach diesem Abend war ich etwas gerädert, sodass wir mit einer halbstündigen Verspätung in die Tagesklink kamen. Ich dachte immer – vermutlich da es immer so gesagt wird –, dass man sofort abhängig wird, wenn man eine Droge konsumiert. Diesem Aberglauben möchte ich ein Ende bereiten, was nicht heißt, dass ihr die Finger nicht davon lassen solltet. Man unterscheidet zwischen psychischer und körperlicher Abhängigkeit. Und um dies genau zu erklären fehlt mir der Doktortitel. Was ich aber sagen kann, ist, dass mein Körper keine Entzugserscheinungen aufwies, aber meine Psyche mir sagte, dass dies etwas Schönes war. Ich wurde nach diesem Tag abhängig, um genau zu sein, nahm ich die Tabletten danach wochenlang gar nicht. Aber nun zurück zum eigentlichen Thema, die Tagesklinik.

Ich habe mir während der ersten Wochen eine dieser Dating Apps heruntergeladen. Nichts Aufregendes, eher harmlose Gespräche ohne wirklichen Hintergedanken. Julian meinte, wir sollten ein Bordell besuchen, um uns auf andere Gedanken zu bringen. Ich lehnte den Vorschlag drei Mal ab, bis er es nicht mehr erwähnte.

Dennoch hatte er Recht, wie ich finde, was würde besser gegen Liebeskummer oder Depressionen helfen, als jemanden kennenzulernen und mit dieser Person ohne Gefühle Sex zu haben.

Kurz dachte ich an Victoria, verwarf den Gedanken aber gleich danach wieder, weil ich wusste, dass es nicht gut enden würde.

Aber ich hatte meine Dating App und ich hatte ein ziemlich gutes Foto, das Julian zufällig schoss, als wir draußen eine rauchen waren. Die Leute, denen ich das Foto präsentierte, behaupteten, ich sehe darauf aus wie James Dean, was ich natürlich als Kompliment aufnahm.

Kurz darauf hatte ich Kontakt zu einem Mädchen. Sie war etwas jünger, aber bildhübsch. Ich machte ihr keine Hoffnungen und versprach ihr nicht den Himmel auf Erden, aber was ich ihr versprach war guter Sex. Ich werde ihren Namen hier nicht nennen, da es keine Rolle spielt, aber ich möchte anmerken, dass sie äußerst naiv und – und ich sage so etwas nur ungern – dumm war. Das spielte mir in die Karten, denn ich suchte etwas Kurzfristiges, das mir half, aber dabei habe ich eines nicht berechnet.

Dieses Mädchen verliebte sich innerhalb einer Woche in mich. Sie schickte mir einen Text, der so lange war, dass ich viele Zeilen einfach übersprang. In diesem sagte sie mir, was sie für mich empfindet. Natürlich traf ich mich ein letztes Mal mit ihr, um ihr zu sagen, dass ich nicht bereit sei, so schnell wieder eine Beziehung einzugehen, woraufhin sie mit unschicklichen Gesten und Worten das Lokal verlies. Es war mir sehr unangenehm, aber ich blieb dennoch sitzen, die Augen der Gäste auf mich gerichtet, und trank mein Getränk zu Ende, bevor ich selbst ging.

Nach diesem Vorfall verbrachte ich viel Zeit mit Victoria, nicht um sie etwa rumzukriegen, sondern freundschaftlich.

Das hat sie gesagt?, fragte sie mich, während sie einen Stressball in den Händen hielt.

Und noch Schlimmeres, gab ich lächelnd zurück.

Victoria war scheu, aber wenn man sie länger kannte, konnte sie tatsächlich aus sich heraus kommen.

Ich und Tina gehen heute nach der Klinik auf die Mariahilferstraße. Hättest du vielleicht Lust, mitzukommen?, fragte sie.

Ich verzog entschuldigend die Miene.

Gern, aber ich muss heute noch einkaufen und meine Mutter besuchen, log ich.

Naja, dann vielleicht beim nächsten Mal, sagte sie und zuckte mit den Schultern, bevor uns der Therapeut in den Therapieraum wies.

Ich werde abbrechen, sagte Julian laut.

Wir standen draußen und rauchten genüsslich eine Zigarette nach der anderen.

So ein Blödsinn, erwiderte ich. Es sind gerade mal noch zwei Wochen.

Das ist mir egal, sagte er. Er klang tatsächlich stark verärgert.

Ich trat näher auf ihn zu.

Was ist es, das dich so aufregt?, fragte ich.

Alles, meine Frau oder Exfrau, was weiß ich, ist eine Schlampe und diese kindischen Therapien… Wenn ich google, würde ich genau so weit kommen wie hier. Und dann diese anderen, versteh mich nicht falsch, ich kann sie alle leiden, aber wenn ich noch einmal höre, dass irgendwer sagt: Ich kann nicht Aufzug oder Lift fahren, dann raste ich aus.

Beruhige dich!, sagte ich und griff nach seiner Schulter, doch er riss sie wieder weg von mir.

Ich verstehe, nein, ich teile deine Ansicht, aber darüber haben wir schon vor Wochen geredet. Also bitte sag mir, warum du jetzt abbrechen möchtest. Die Wahrheit?

Julian nahm einen Zug von seiner Zigarette und warf sie in den Schneehaufen vor sich, bevor er einfach davonging.

Julian brach nicht ab, aber dafür ignorierte er mich, so gut er konnte. Was dazu führte, dass ich nun viel mit Victoria und Tina sprach. Es waren keine lebensverändernden Gespräche oder sonstiges, aber es war eine gute Ablenkung in den Freistunden.

In der letzten Woche holte mich Tina zur Seite und fragte mich, ob es irgendeine Chance gebe, dass Victoria und ich zusammenkommen könnten. Anstatt ihr eine Antwort zu geben, hielt ich es für besser, das Gespräch mit Victoria selbst zu suchen.

Ich saß alleine draußen im Hof und rauchte, als Julian sich neben mich setzte. Schweigend wie die vorherigen Male zündete er sich eine Zigarette an.

Es tut mir leid, sagte er leise und sichtlich unangenehm berührt.

Es ist immer das gleiche, fuhr er fort, ohne dass ich etwas erwidern konnte. Irgendwie bin ich eine Büroklammer, die sich zu seelisch kaputten Frauen hingezogen fühlt, als wären sie Magnete.

Victoria, sagte ich nur und wartete sein Nicken ab.

Ich hörte sie bei unserer ersten Gruppentherapie reden. Ich spürte, wie schwer ihr das Leben fällt und wie innerlich zerrissen sie ist. Ich habe die Angewohnheit, mich in solche Frauen zu verlieben, wie ich es bei meiner Exfrau tat, nur um sie danach geheilt zu verlieren, während ich ihre Probleme wie ein Schwamm aufgesaugt habe.

Julian nahm einen Zug.

Es war nicht fair von mir, dir gegenüber so abweisend zu sein. Victoria ist nicht mein Eigentum und ich kann ich dir nicht verbieten, mit ihr zu sprechen. Es war kindisch, dass ich nur noch Scham in mir fühle.

Es ist okay, sagte ich. Wirklich, ich verstehe dich und vermutlich hätte ich genauso reagiert. Aber den einzigen, dem du damit was antust, bist du selbst, Julian. Vergiss nicht, dass du im Hier und Jetzt bist und das Leben da draußen weiter geht wie das Uhrwerk einer teuren Uhr. Manchmal muss man sie schütteln, sodass sich die kleinen Zahnrädchen wieder drehen, aber die Zeit bleibt nie stehen, nicht einmal nach dem Tod.

Ich suchte, wie versprochen, das Gespräch mit Victoria. Dieses fang im Spindraum statt.

Ich sagte ihr die Wahrheit, dass ich etwas für sie empfinde, aber ich denke, dass es nicht funktionieren würde, wenn wir ein Paar würden. Sie fing nicht an zu weinen, aber ich sah ihre Enttäuschung.

Julian, meinte ich, er würde dir alles geben, er kann sich um dich sorgen, aber... Es gibt immer ein Aber, nicht wahr?

Auch das würde nicht funktionieren, meinte ich und nahm sie in den Arm.

Du bist eine starke unabhängige Frau und jeder Mann könnte sich glücklich schätzen, so eine Person seine Freundin oder Frau zu nennen.

Victoria zog mich näher an sich heran und meinte, dass sie mich liebe, aber dass ich recht habe. Dass sie zuerst ihr eigenes Leben in den Griff bekommen müsse, bevor sie so etwas wie eine Beziehung in Betracht ziehen könne.

Am letzten Tag des achtwöchigen Turnus standen wir alle zusammen, tauschten Nummern und wünschten uns das Beste. Manchen ging es tatsächlich besser, anderen wiederum schlechter. Was mich betrifft, war ich da, wo ich begonnen hatte, nur dass ich meine Gedanken nun mehr denn je verstand.

Wir verabschiedeten uns, als hätten wir Jahre gemeinsam verbracht und wieder war es so wie in einer Schulklasse. Ich hoffte es, doch wusste ich, dass ich keinen von ihnen je wiedersehen werde, denn das ist das Leben.

Kapitel 15

Der regelmäßige Alltag in der Tagesklinik bewirkte, dass ich mich zu Hause zu Tode langweilte. Ich hatte keine Freunde und die Leute, die ich kannte, wollte ich nicht sehen. Ich brauchte etwas anderes als dieses ständige depressive Gerede, also begann ich zwei Wochen nach der Tagesklinik wieder zu arbeiten.

Wenn mich wer fragen würde, wann ich in die Medikamentensucht hineinrutschte, würde ich den ersten Arbeitstag nach über einem halben Jahr Krankenstand nennen.

Ich freute mich, wieder arbeiten zu gehen und meine Kollegen wieder zu sehen, aber all das wäre mir ohne Tabletten unmöglich gewesen.

Mein Frühstück bestand aus drei Zigaretten, 150 mg Sertralin und 30 mg Oxazepam. So kämpfte ich mich durch die Arbeitstage. Als Weinachten vor der Tür stand, bestellte ich all meine Geschenke online, da es mir immer noch unmöglich war, außerhalb der Arbeit die Wohnung zu verlassen.

So quälte ich mich irgendwie von der Couch in der Hoffnung auf ein normales Leben. Ich löschte die Dating App von meinem Handy, da ich genug von Frauen und den immer gleichen Gesprächen hatte.

Zu Weihnachten fuhr ich mit 45 mg Praxiten zu meiner Mutter und meinen Großeltern. Meine Mutter machte mich darauf aufmerksam, dass ich wie ein Zombie aussehen würde. Wir beide, meine Mutter und ich, wussten, das Weihnachten nie wieder dasselbe sein würde, was es mal war, doch wir sprachen es nie aus, sondern belogen uns jedes Jahr aufs Neue, genau wie dieses Jahr auch.

Nach der Bescherung und einigen Gesprächen verabschiedete ich mich und fuhr nach Hause.

Zu Silvester rief ich meine Mutter an und sagte ihr, dass ich mein Handy ausschalten und schlafen gehen werde, was ich auch tat.

Als es draußen in tausend Farben knallte und Leute zu Neujahr feiernd anstießen, schlief ich bereits unter dem Einfluss von 60 mg Praxiten und 30 mg Mirtabene.

An meinem darauffolgenden Geburtstag besuchte ich meine Familie für einige Stunden, bevor ich auch diesen Tag wie jeden anderen Tag beendete.

Nach drei Monaten war meine tägliche Benzodiazepin-Dosis um über das Dreifache gestiegen.

Wie schon zuvor erwähnt, habe ich schon etliche Psychotherapien hinter mir, in dieser gerade beschriebenen Zeit waren es drei verschiedene.

Psychodrama, Gruppentherapie, Hypnose.

Mir half nichts und ich lebte nur noch dank meiner Tabletten.

Es war ein Gefühl, als würde man seine Liebe küssen, wenn ich sah, wie viele Tabletten ich noch hatte. Mein Shoppen hatte nichts mit dem Shoppen von anderen Menschen zu tun. Ich hatte meine Medikationsverschreibung von meinem Psychiater und ging von Arzt zu Arzt, um mir immer mehr Tabletten verschreiben zu lassen. Wirklich schlimm, wie viele Ärzte dir einfach dieses Zeug verschreiben.

Mit den gesammelten Rezepten schlenderte ich dann zu einer Apotheke. Die dort angestellte, junge Dame nahm mit hochgezogenen Augenbrauen sämtliche Rezepte entgegen, bevor sie ihren Vorrat an Praxiten plündern ging.

Vierzehn Packungen, die ich sorgsam in meinem Rucksack verstaute, bevor ich mit der Bankomatkarte bezahlte.

Ich hielt es noch etwa einen Monat länger in der Arbeit aus, bevor meine Angst wieder einmal siegte und ich mich krankschreiben ließ.

Ich verfiel sofort wieder in alte Muster, nur dass ich diesmal ständig unter Beruhigungstabletten stand.

An Tagen, an denen meine Depressionen schlimmer wurden, schluckte ich noch weitere drei Tabletten und mein Mirtazepin.

Oft erwachte ich mit einer Schüssel Popcorn auf meiner Brust, ohne zu wissen, wie das geschehen war. An anderen Tagen schlief ich mit einer brennenden Zigarette ein. Als meine Mutter mich mal besuchte und die vielen Brandlöcher im Sofa sah, fragte sie mich, wie das passierte. Ich erzählte ihr die Wahrheit, nämlich dass ich zu viel Tabletten genommen habe und beim Rauchen eingeschlafen bin.

Natürlich reagierte sie darauf nicht mit Freudensprüngen, aber mehr als mir zu sagen, ich solle doch mehr aufpassen, konnte sie nicht.

Also lebte, oder besser vegetierte, ich weiterhin so vor mich hin.

Während einer meiner zahlreichen Räusche kam ich zu der Erkenntnis, dass mein Leben nichts weiter als ein Traum ist. Ein Traum, der sich Tag für Tag wiederholt wie in Täglich grüßt das Murmeltier. Ich war ein Individuum, das in einer Endlosschleife gefangen war. Aufwachen, Tabletten, Rauchen, Essen, Schlafen. Aufwachen, Tabletten, Rauchen, Essen, Schlafen. Aufwachen, Tabletten, Rauchen, Essen, Schlafen. Aufwachen, Tabletten, Rauchen, Essen, Schlafen.

Bis zu diesem einen Tag, als ich meine Mutter weinend anrief, um ihr zu sagen, dass ich sie über alles liebe. Das waren meine letzten Worte, bevor ich auflegte und die Badewanne mit lauwarmem Wasser volllaufen ließ.

Ich schüttete mir einen Haufen Praxiten in die Hand und zerkaute sie langsam kaute. Ich musste diese Prozedur drei Mal wiederholen, so groß war mein Vorrat. Ich hatte keine Ahnung, ob mich diese Dosis umbringen würde oder ob ich einfach tagelang durchschlafen würde. Aber es würde keine Rolle spielen, denn ich wusste, dass der Tod lang vor der Wirkung der Tabletten eintreten würde.

Vorsichtig nahm ich ein Rasiermesser aus der Plastikverpackung.

Danach schnitt ich mir die linke Pulsader der Länge nach auf, ließ das Rasiermesser fallen und stieg in die Badewanne, um auf den Tod zu warten. Die Wärme des Wassers tränkte meine Kleidung und wog mich sanft hin und her, während sich rote Fädchen wie Metastasen eines Tumors durchs Wasser schlängelten. Ich dachte an den Abschiedsbrief, der neben der Wanne lag.

Mama, begann er und war über zwanzig Seiten lang. Es ist okay, bitte trauer nicht um mich, sondern wisse deinen Sohn nun als befreit.

Mein Sichtfeld verengte sich zu einem schwarzen Spalt. Ich spürte keinen Schmerz, nur wohlige Wärme und das Gefühl, endlich frei zu sein. Frei von Ängsten, frei von Verpflichtung, frei von Allem. Ich lächelte, als ich das Bewusstsein verlor.

Zwischenspiel 4

Diesmal war es Thomas, der die Aufnahme stoppte.

Er rieb sich die Augen und atmete tief ein und aus. Kalte Rauchschwaden schwebten im Raum umher.

Daniel zog seinen linken Ärmel seines Hoodies, hoch wo sich eine glänzende helle Narbe befand.

Ich würde sagen Quitt, sagte er mit einem traurigen Lächeln.

Tat es weh?, fragte Daniel und musste schlucken.

Der Schnitt? Natürlich. Aber nichts, was man mit einem seelischen Schmerz vergleichen könnte.

Warum?, fragte Thomas. Ich meine, du hattest Familie, Leute, die dich liebten. Wie konntest du das mit deinem Gewissen vereinbaren?

Daniels Blick wurde nachdenklich.

Egoismus vielleicht. Aber du hast Recht, ich dachte, meine Mutter würde es verstehen. Wie dumm ich doch war, dass ich das tatsächlich glaubte.

Er schnaufte und zündete sich eine Zigarette an.

Ich sah ein Licht, sagte Thomas schnell. Es gibt einen Grund, warum wir das überlebt haben. Gott sieht und hört alles, nur er kann entscheiden, ob du gehen kannst oder nicht. Er hat mein Leben gerettet und aus irgendeinem Grund auch dich. Wir sitzen im selben Boot.

Erst jetzt bemerkte er, wie sein Griff zu seiner Brust gewandert war. Er hielt nun den Rosenkranzanhänger fest.

Es tut mir leid, sagte er dann leise und versteckte seine Kette wieder unter seinem T-Shirt.

Schon gut, meinte Daniel freundlich. Ich wünschte, ich könnte an etwas glauben. Wirklich, das würde so vieles einfacher machen.

Dann tu es, erwiderte Thomas leicht flehend.

Doch Daniel schüttelte nur leicht seinen Kopf.

Es gibt eine Macht, das bestreite ich nicht, dennoch glaube ich nicht an Gott. Und unser Gespräch hier ist keine Bekehrung. Seine Stimme wurde etwas schroffer bei dieser Aussage.

Ich habe nicht durch Gott überlebt, sagte er. Mich rettete jemand viel Greifbareres, meine Mutter. Ich wäre in dieser Wanne verblutet, hätte meine Mutter nicht geahnt, was ich vorhatte. Der Grat zwischen göttlichem Eingriff und Zufall ist schmal. Ein Balanceakt, den jeder für sich entscheiden muss. Und wenn die Zeit kommt, wird auch aus dem größten Atheisten ein Gläubiger, wenn auch nur für einen Moment. Denn wir Menschen brauchen etwas, an das wir glauben können, etwas, das wir brauchen, um das, was geschehen ist, zu verarbeiten. Und ja, ich habe zu Gott gebetet, ein einziges Mal in meinem ganzen Leben.

Thomas spürte, wie sein Herz wieder langsamer wurde.

Du hast Recht, hier geht es um dich, um deine Geschichte, sagte er.

Wie sah dieses Licht aus?, fragte Daniel und rührte dabei seinen Tee um.

Licht in seiner reinsten Form, sagte Thomas leise, das mich wie ein Schleier umfasste. Es war so weiß, dass es fast schon spiegelte, aber nicht so grell, dass es in den Augen schmerzte.

Als Thomas aus seiner Erinnerung zurückkam, sah er, wie gespannt Daniel ihm zuhörte.

Ich hoffe für dich, dass Gott existiert und wenn nicht, dann etwas Ähnliches, das dich so empfängt, wie du es gerade geschildert hast, sagte er ernst. Erzähl mir von Verena, forderte er Thomas auf.

Sie ist, begann er zögerlich, perfekt. Ich meine perfekt im Sinne von perfekt in meinen Augen. Ich liebe sie mit all ihren Schwächen und Fehlern, die sie hat.

Wie sieht sie aus, fragte Daniel weiter.

Er hatte sich wieder interessiert nach vorne gebeugt.

Sie hat langes, glattes Haar, das sie immer offen trägt. Ihr Gesicht ist schmal mit wunderschönen Wangenknochen. Mandelbraune Augen,

Lippen, die zum Küssen einladen und wenn sie lacht sieht, ist es, so als würde man Schnee sehen, so weiß sind ihre Zähne.

Daniel lächelte, aber Thomas wusste, was seine nächste Frage sein würde.

Es gibt keine Pause, oder?, fragte er dann schließlich.

Thomas schüttelte den Kopf.

Wir sind nun seit einigen Monaten getrennt, ihre Entscheidung. Ich sei zu wankelmütig und wüsste nicht, was ich wirklich will.

Und jetzt, nahm Daniel den Faden auf, sitzt du hier und redest mit einem Mann, der dir seine unwichtige Geschichte erzählt, ohne der sich die Welt auch weiterdrehen würde.

Du könntest jetzt in den Armen deiner Liebe liegen und dein Leben, das, wie du selbst sagtest, Gott geschenkt hat, und dennoch sitzt du hier und hörst mir zu, wie ich mein Leben gegen die Wand gefahren habe. Da stellt sich doch mir eine Frage: Warum?

Sie starrten sich gegenseitig an.

Was ist dein zweiter Vorname? Ist es der Name deines Vaters?, fragte Thomas so, als wäre es eine einfache Frage.

Daniel konnte dem Blick nicht länger standhalten und starrte nun auf den Boden.

Quitt, meinte Thomas nun. Wie du selbst gesagt hast, nicht wahr? Jeder hat seine Geheimnisse, nicht wahr?

Daniel nickte mit einem Schmunzeln.

Gut, sagte er und gab das Zeichen, die Aufnahme zu starten.

Kapitel 16

Viele Leute benutzten das Wort Magenauspumpen, ohne zu wissen, wie das überhaupt funktioniert. Die richtige Bezeichnung – und ich bin nicht stolz darauf, das zu wissen – ist Magenspülung. Man stelle sich vor, man bekommt einen Beißring in den Mund geschoben, um danach einen Schlauch in den Rachen geschoben zu bekommen, der bis in den Magen gleitet. Daraufhin wird eine Kochsalzlösung in kleinen Mengen in den Magen gegossen, bis dieser mit 20 Liter gefühlt ist. Danach wird die Lösung durch den Schlauch wieder abgezogen. Die Prozedur wird so oft wiederholt, bis nur noch klare Flüssigkeit übrigbleibt. Danach wird Aktivkohle in den Magen zugeführt, um die restlichen Giftstoffe, die sich noch nicht in der Blutlaufbahn befinden, zu neutralisieren. Keine schöne Erfahrung, wie ich sagen kann.

Als wäre diese Prozedur nicht Qual genug, war da noch mein Blutverlust.

Ich war froh, dass genügend Beruhigungsmittel in meinem Kreislauf zirkulierten, dass ich hier und da weg döste und nicht alles mitbekam. Und ich danke demjenigen Arzt, der mir nach all dem ein so starkes Schlafmittel verabreichte, das ich endlich nichts mehr mitbekam.

Ich erwachte auf der Intensivstation, eine Blutkonserve hing rechts neben mir und führte zu einem intravenösen Eingang in meiner Elle.

Ich hatte unbeschreibliche Kopfschmerzen und einen Hangover, bei dem sogar Todd Philipps eifersüchtig geworden wäre.

Ich sah, wie eine Schwester mehrmals hereinkam, um die Blutkonserve zu wechseln.

So verbrachte ich einige Tage halbtot, bevor ich in ein normales Krankenhauszimmer gebracht wurde.

131

Ich musste weinen, als meine Mutter und Großeltern mich besuchen kamen.

Du bist immer noch so blass, sagte sie in Tränen.

Ich wusste nicht, was ich sagen sollte, aber die vereinzelten Tränen meines Großvaters, den ich noch nie zuvor weinen gesehen hatte, brachen mir das Herz.

Warum machst du so einen Blödsinn, du dummes Kind?, fragte sie.

Ich bin ein dummes Kind, hauchte ich mit heiserer Stimme.

Dann lächelte ich sie an.

Warum?, fragte ich sie. Ich wollte doch einfach nur endlich frei sein.

Das bist du doch, sagte sie voller Trauer. Du bist frei.

Du hast eine Mutter, eine Familie, die dich liebt – was treibt dich zu so einem Schwachsinn?

Der Brief, sagte ich.

Habe ich nicht gelesen. Er spielt keine Rolle, wichtig ist nur, dass du noch hier bist, ohne dich wüsste ich nicht, was ich tun würde.

Wie geht es nun weiter?, fragte ich.

Das wird der Arzt entscheiden, darauf habe ich keinen Einfluss, sagte meine Mutter.

Hunderte Worte und noch mehr Tränen später war ich wieder alleine.

Mein Körper begann, sich anzuspannen, und ich spürte, wie mich der Entzug in den Wahnsinn trieb. Ich dachte, ich würde es durchhalten, doch nach einigen Minuten läutete ich nach einer Schwester.

Ich erklärte ihr mein Anliegen, worauf sie kurze Zeit später mit einem Arzt zurückkam.

Wie hoch war die Dosis?, fragte er.

200 mg Praxiten, log ich, ohne es mir anmerken zu lassen.

Der Arzt schrieb sich eine Notiz auf sein Klemmbrett und verließ das Zimmer.

Keine fünf Minuten später hing ich an einem Beutel, der meine Entzugserscheinungen so schnell verschwinden ließ, als wären sie nie dagewesen.

Es verging eine weitere Woche, in der ich mich immer besser fühlte. Meine Mutter besuchte mich jeden Tag für eine Stunde und brachte mir etwas zum Naschen mit.

Als ich so weit war, kam ein Psychiater in mein Zimmer. Er schob einen Sessel neben mein Bett. Er war alt, hatte graues Haar und einen Bart, der unter der Nase schwarze Härchen aufwies. Seine Knollennase war so breit, dass die Nasenbügel seiner rahmenlosen Brille verbogen waren.

Er richtete sie sich, als würde er bemerkt haben, dass ich sie anstarrte.

Ich habe einige Fragen, meinte er.

Die habe ich auch, witzelte ich, doch sein Gesicht zeigte keine amüsierte Regung.

Er räusperte sich, legte ein Bein auf das Knie des anderen und schaute auf den Block in seinen Händen.

Wie ist Ihr Name?

Daniel Meisl.

Wie alt sind sie?

22.

Wann ist Ihr Geburtstag?

Am 2. Jänner.

Wo wurden Sie geboren?

In Mödling. Was sollen diese Fragen?

Der alte Psychiater fuhr sich mit seinem Kugelschreiber über seine buschigen Augenbrauen.

Bitte beantworten Sie einfach die Fragen, sagte er mürrisch.

Warum haben Sie einen Suizidversuch unternommen?

Ich musste ein wenig über diese Frage nachdenken, bevor ich antworten konnte.

Ich war unter Drogeneinfluss und das Leben war nicht gerade sanft zu mir.

Der Psychiater nickte und kritzelte einige Notizen auf seinen Block.

Würden Sie sagen, Sie haben ein Suchtproblem?

Ja, sagte ich wie aus der Pistole geschossen.

Diese Suizidgedanken, begann er, wie oft, würden Sie sagen, haben Sie diese?

Ich zuckte mit der Schulter.

Gedanken habe ich oft, aber den Drang dazu hatte ich nur an diesem Tag, beantwortete ich die Frage wahrheitsgemäß.

Wenn ich Sie heimgehen lassen würde, würden Sie einen weiteren Versuch unternehmen? Oder würden Sie sagen, dass dies nur ein Aufschrei nach Aufmerksamkeit war?

Ich überlegte lang.

Ich habe nicht das Bedürfnis, wieder hier zu landen. Und zur zweiten Frage muss ich zugeben, dass ich sie nicht beantworten kann.

Er machte weitere Notizen, bevor er wieder aufsah.

Wissen Sie, warum ich hier bin?, fragte er und legte seinen Block und Kugelschreiber zur Seite.

Sie wollen wissen, ob ich ein Fall für die Geschlossene bin und ob ich mich umbringe, sobald ich hier rauskomme, antwortete ich emotionslos.

Und?, fragte der alte Arzt.

Und was?

Sind Sie ein Fall für die Psychiatrie oder, wenn ich Sie zitieren darf, für die Geschlossene?

Vermutlich, dachte ich, aber sprach es natürlich nicht aus.

Nein, sagte ich also.

Warum?, fragte er mit Falten auf der Stirn. Ich finde, Sie sollten eingewiesen werden, nach meiner fachmännischen Meinung.

Ich habe keine Psychosen oder andere starke psychische Störungen. Ich habe Angstzustände und Depressionen.

Der Mann studierte meinen Blick.

Ich gebe Ihnen Recht. Dennoch haben Sie einen Suizidversuch hinter sich und immer noch ein Problem mit Drogen. Man braucht kein Experte zu sein, um zu wissen, dass dies keine besonders gute Ausgangslage ist.

Und damit muss ich Ihnen Recht geben, sagte ich und war mir nur zu sehr bewusst, dass ich nun All-in gehen musste. Entweder ich gewinne den Einsatz oder verliere alles.

Ich wäre bereit, einen Entzug zu machen und mich um meine schlechten Gedanken zu kümmern, sagte ich, so ehrlich ich konnte.

Ich wusste, dass der Entzug beschissen sein würde, aber alles war in diesem Augenblick besser als die Aussicht auf Gitterstäbe hinter Fensterglas.

Der Psychiater stöhnte, als er seine Mappe wieder zu sich holte.

Er blätterte darin herum und zog dann ein Blatt hervor, das er mir mit seinem Kugelschreiber reichte.

Es war eine Art Vertrag, mit dem ich mich verpflichtete, mich einem Entzug im Anton Proksch Institut unterziehen. Dieser würde acht Wochen dauern mit Aussicht auf Verlängerung, wenn das nötig sein sollte. Die Kosten werden von der Krankenkassa übernommen und da es ein stationärer Aufenthalt ist, darf ich das Grundstück nur mittwochs zwischen 13.00 und 20.00 Uhr und Freitag von 13.00 Uhr bis Sonntag 20.00 Uhr verlassen. Bei einem Regelverstoß gibt es eine Woche Ausgangsverbot und bei einem zweitem folgt der Rausschmiss.

Ich las mir den Zettel einige Male durch, bevor ich ihn unterschrieb.

Rausschmiss?, hakte ich nach und reichte ihm das Blatt.

Der Arzt nickte und sagte: Das würde dann bedeuten, wir sehen uns in der Geschlossenen.

So entkam ich der Psychiatrie, aber es war mehr ein Kompromiss als ein gewonnenes Spiel. Ich wurde, als mein Zustand stabil genug war, direkt in das Anton Proksch Institut gefahren. Meine Mutter hatte sich darum gekümmert, dass meine Kleidung und Hygieneartikel schön verpackt bereits vor dem Gebäude bereitstanden. Mit einer emotionalen Umarmung verabschiedete ich mich von ihr und betrat die Rezeption. Als der ganze schriftliche Teil erledigt und ein Foto von mir gemacht worden war, bekam ich einen Ausweis und die Frau hinter dem Schreibtisch beschrieb mir den Weg zu meinem Gebäude.

Erst jetzt erkannte ich die Ausmaße der Entzugsklinik. Durch eine Tür gelangte ich in einen riesigen Hof mit Minigolfanlage, Tennisplatz und Outdoor-Kegelbahn. Es war alles ziemlich veraltet, aber dennoch hatte ich mit so einem Luxus nicht gerechnet. Ich folgte einem betonierten Weg und ließ das Eingangsgebäude hinter mehr. Rechts daneben stand ein kleineres Gebäude, an der Hauswand war eine Tafel mit dem Buchstaben G angebracht.

Ich schleppte mich mit meinen Sachen weiter zu einem längeren Gebäude zu meiner Rechten und stand nun zwischen einem Dutzend anderer Patienten, die unter einem kleinen Verschlag rauchten und Gespräche führten. Gleich gegenüber, keine zehn Meter entfernt, befand sich der Eingang des Gebäudes H, in das ich musste, um in das rechtsgelegene Gebäude D zu gelangen. Menschen jeden Alters und jeder Herkunft gingen umher und ich fühlte mich ziemlich unwohl.

Ich klopfte an das Zimmer, das mir die Dame auf ein Post-It gekritzelt hatte, und trat ein.

Vor mir waren zwei Personen, die sich gegenübersaßen und in einem Computer starrten.

Herr Meisl, stellte die Frau zur Rechten freundlich fest und bedeutete mir, mich zu setzen.

Jetzt drehte sich auch der Mann von seinem Computer weg und sah mich an.

Das ist Doktor Ebener, sagte die Frau. Er macht die wöchentlichen fixen Visiten sowie die täglichen Visiten, falls es etwas Bestimmtes zu besprechen gibt. Die genauen Termine finden Sie hier.

Sie reichte mir ein zusammengetackertes Bündel Papiere.

Herr Meisl, sagte der Arzt und reichte mir seine Hand.

Er war groß und etwas beleibt, aber schien einen kompetenten Eindruck zu machen.

Sie kommen direkt aus dem Spital Mödling, stimmt das?, fragte er.

Als ich nickte, kramte er in seinem Wirrwarr an Unterlagen herum, bis er die Unterlage fand.

Er fuhr sich mit einem nachdenklichen Grübeln durch seinen dichten Bart, während er die Akte studierte.

Also, begann er, in den Unterlagen, die meine Kollegin Ihnen gegeben hat, finden Sie die unterschiedlichsten Therapien, die sie besuchen können oder nicht. Wenn Sie etwas sehen, das Sie interessiert, machen Sie ein Kreuz und wir tragen Sie, wenn Sie den Zettel zu uns bringen, in diese Gruppe ein. Sie werden sehen, dass einige Therapien bereits angekreuzt sind, das sind die, zu denen Sie verpflichtet sind. Dazu gehören die Medikamentengruppe, die Basis-Gruppe, die für jeden Pflicht ist, und die Angsttherapiegruppe. Im Laufe dieser Woche bekommen Sie außerdem einen eigenen Therapeuten, den Sie zweimal wöchentlich verpflichtend besuchen müssen.

Ich nickte bei jedem neuen Satz.

Unser Ziel hier ist es, in den ersten Wochen immer weiter zu reduzieren. Ich sage Ihnen, dass der Benzodiazepin-Entzug einer der schlimmsten, wenn nicht der schlimmste Entzug ist, da es keine Medikamente gibt, um das Graving oder die Entzugserscheinungen zu lindern. Sie bekommen natürlich jede Unterstützung, die Sie brauchen. 200 mg Praxiten war ihre tägliche Dosis ist das richtig?, fragte er.

Ich nickte stumm.

Dr. Ebener machte sich eine Notiz.

Sie finden die Hausregeln sowie die Tablettenausgabezeiten in den Unterlagen meiner Kollegin.

Des Weiteren werden Sie erstmal in das Aufnahmezimmer gleich auf der anderen Seite diesen Büros ziehen, wo Sie darauf warten, dass ein Platz in einem richtigen Zimmer frei wird.

Nach dem Gespräch, in dem ich nochmals die Hausregeln und anderen Kram vorgekaut bekam, begab ich mich in das besagte Zimmer, das Zimmer, in dem ich meine erste Woche meines achtwöchigen Entzugs verbrachte.

Kapitel 17

Meine zwei Zimmergenossen waren nett und führten mich kurz in ihre eigenen Regeln ein. Es gab nur eine einzige – ich sollet nicht lauter schnarchen als ihr letzter Kollege.

Beide waren um die Vierzig, Walter war eher der ruhige Typ, lag fast den ganzen Tag nur im Bett und las Zeitschriften. Roman sah jünger aus, als er war, und machte alles andere als einen Eindruck von Betrübtheit, dass er hier war. Beide waren freiwillig hierhergekommen, etwas, das ich zu dieser Zeit nicht verstehen konnte. Walter war spielsüchtig und verlor dadurch seine Frau, die dann seinen Bruder heiratete, was mir ziemlich seltsam erschien, aber Walter sah es als das Normalste auf der Welt an.

Roman war aufgrund eines Alkoholproblems hier, aber erzählte mir, dass er polytoxisch sei. Als ich ihn danach fragte, was dies bedeutete, erklärte er mir, dass er einfach alles nahm und nichts präferierte. Egal ob Tranquilizer, Opiate oder Amphetamine – er nahm alles, behauptete aber, nicht süchtig nach einer bestimmten Droge zu sein außer dem Alkohol.

Am ersten Tag ging es mir so gut, wie seit langem nicht mehr. Ich hatte immer noch Beruhigungsmittel vom Spital intus und bekam um 17.30 Uhr eine ganze 50 mg Praxiten.

Als ich ein vertrautes Geräusch hörte, begab ich mich ins Erdgeschoss, wo ich einen kleinen Raum auffand, in dem zwei Tischfußballtische und ein Billardtisch standen.

Natürlich war hier alles voll von Leuten, die nichts Besseres zu tun hatten, als sich hier zu beschäftigen.

Ein kleiner, türkischstämmiger Mann, der sich mir als Sedat vorstellte, winkte mich zu sich, als er das Spiel gegen einen anderen Mann gewonnen hatte. Ich verlor haushoch und wurde dann mit dem nächsten in der Reihe ersetzt. Die Regeln hier verstand ich sofort – der Gewinner blieb am Tisch, der Verlierer ging. Ich wartete vier weitere Spiele ab, bis ich wieder drankam. Diesmal spielte ich besser gegen Sedat, aber verlor dann dennoch nach einigen guten Chancen.

Danach begab ich mich nach draußen, um eine zu rauchen. Es war arschkalt, aber dennoch standen mehrere Raucher draußen und redeten über dies und das.

Nach drei Zigaretten begab ich mich zurück zum Billardraum und stellte fest, dass die Schlange noch länger geworden war. Ich ging zur gegenüberliegenden Wand und kaufte mir eine Vanille-Milch. Ich setzte mich auf eine der Bänke, die in einem Kreis angeordnet waren, und fischte aus meinem Rucksack einen Block und Stifte hervor. Ich zeichnete vor mich hin, sah hin und wieder auf die Uhr und trank meine Milch. Drei Männer setzten sich eine Bank weiter und packten Spielkarten aus und spielten, wie ich mitbekam, Jolly.

Das ist schön, sagte eine Stimme neben mir.

Überrascht sah ich in die Richtung, aus der die Stimme kam.

Es war eine Frau, die ein wenig älter als ich selbst war.

Darf ich?, fragte sie und setzte sich mir gegenüber, ohne auf meine Antwort zu warten.

Sie war hübsch, doch das erste, was mir an ihr auffiel, war eine Narbe, die sich über ihre rechte Augenbraue zog.

Spielsucht, sagte sie aus dem nichts.

Wie bitte?, fragte ich verwirrt.

Du bist wegen Spielsucht hier, stimmt's?

Ich schüttelte den Kopf.

Medikamente, antwortete ich kurz angebunden.

Ah, machte sie. Amphetamine?

Was?, fragte ich etwas gereizt, ich war nicht in der Stimmung, ein Gespräch zu führen.

Koks, Speed, MDMA.

Praxiten, antwortete ich kurz angebunden.

Alkohol, sagte sie nun, stützte ihre Füße auf dem Tisch ab und gähnte laut.

Ich glaube, du hörst mir gar nicht richtig zu, ich bin wegen Benzos hier. Mit Alkohol habe ich nichts am Hut.

Ich glaube, du hörst mir gar nicht richtig zu, sagte sie dann.

Ich meinte, ich bin wegen Alkohol hier.

Okay, sagte ich in der Hoffnung, sie würde merken, dass ich ihrer überdrüssig war.

Mel, stellte sie sich nun vor.

Daniel, antwortete ich und packte bereits meine Sachen zurück in meinen Rucksack.

Ich hab dich draußen rauchen sehen, meinte sie.

Da bist du wohl nicht die einzige, sagte ich und stand auf, um zu gehen.

Hat mich gefreut, Daniel, ich freue mich, dich die nächsten Wochen noch öfter zu treffen, rief sie mir nach.

Ich erwiderte nichts und ging in mein Zimmer zurück.

Um 20.30 Uhr holte ich mir meine Medikamente und schlief kurz darauf friedlich ein.

Die schlimmste Zeit, und das werde ich wahrscheinlich des Öfteren erwähnen, war die Zeit in der Früh. Ich erwachte am nächsten Tag früh, wie ich es immer tat. Die Medikamentenausgabe war erst in zwei Stunden und ich spürte schon schleichend die Entzugserscheinungen eintreten.

Wenn ich daheim gewesen wäre, hätte ich mir bereits zwei Tabletten reingeschmissen, doch ich war hier, also musste ich es irgendwie abwarten.

Es schneite leicht, als ich ins Freie trat. Es war Anfang Februar und scheißkalt. Kleine Schneeflocken tosten umher und die kalte Luft tat in Nase und Rachen leicht weh. Zu meiner Verwunderung waren um diese Uhrzeit tatsächlich viele andere Patienten auf den Beinen, die genau wie ich, dem Winter trotzten, um zu rauchen. Ich war nicht aufgelegt, irgendein Gespräch zu beginnen, also wanderte ich auf dem

Hof nach hinten in die Dunkelheit – etwas, was ich später wie eine Art Routine öfter tat.

Als ich an der überdachten Kegelbahn vorbeikam, erschrak ich mich kurz, da diese einen Bewegungssensor hatte, der das Licht angehen ließ. Ich ging weiter, um eine Runde um den eingezäunten Tennisplatz zu gehen. Ich sah, wie zwei Gestalten über die Mauer in den Hof kamen.

Morgen, sagte einer von ihnen.

Morgen, gab ich zurück.

Der andere Typ kam mir etwas schneller entgegen.

Er war um die Dreißig und sah mit seiner wilden Frisur auf den ersten Blick unsympathisch aus.

Bock auf eine Straße?, fragte er.

Ich verneinte höflich und ging meines Weges.

Hey, rief er mir nach und hielt sich den Zeigefinger an den Mund.

Mit einem Nicken gab ich ihnen zu verstehen, dass mich das Ganze nichts anging.

Drei Zigaretten später war mir die Kälte zu blöd geworden und ich ging wieder hinein. Es standen und saßen bereits Leute und warteten auf ihre Medikamente. Wie viele von denen brauchen ihre Dosis so dringend wie ich?, fragte ich mich.

Nachdem ich mich nochmal kurz ins Bett gelegt hatte, stand ich auf, um mir endlich die Tabletten zu holen.

Die Schlange war gewachsen und mein Drang war bereits etwas stärker.

Als ich endlich meine Tabletten bekommen habe, ging ich nochmal eine rauchen und stellte mich dann wie alle anderen in dem Getümmel fürs Frühstück an.

Sogar mit meinen gedämpften Sinnen und in meiner schützenden Blase fiel es mir schwer, in dem Saal mit hundert anderen Leuten zu essen.

Mein Frühstück war von Beginn des Entzugs bis zum Ende immer dasselbe gewesen: zwei Semmeln, Butter, Erdbeermarmelade und eine heiße Schokolade. Mit dem Tablett setzte ich mich an einen leeren Tisch, um meine Ruhe zu haben.

Ich steckte mir In-Ear-Plugs in die Ohren, um für mich selbst zu sein. Dennoch setzte sich jemand vor mich hin und ich musste aufsehen. Es war das Mädchen von gestern.

Morgen, sagte sie, ohne müde zu wirken.

Morgen, antwortete ich kurz angebunden, um dem Gespräch ein jähes Ende zu geben, doch vergeblich.

Ich habe heute nur diese langweilige Alkoholgruppe, echt, hier zu sein ist eigentlich nur Warten, Warten, um Tabletten schlucken, und Warten, dass man endlich Ausgang hat. Du bist erst seit gestern hier, oder?

Mel sprach wie ein Wasserfall und ich versuchte wirklich, ihr mit jedem Ton und jeder Miene klarzumachen, dass ich einfach nur meine Ruhe wollte.

Naja, begann sie dann. Also die erste Woche ist sowieso die langweiligste. Keine Therapien und kein Ausgang. Habe gefleht, um nur einen verdammten Nachmittag hinauszukommen, während alle anderen daheim schlafen konnten. Ein kleiner Tipp: Hier gibt es nur zwei Sorten Menschen, die ersten sind die falschesten Schlangen, die du je gesehen hast, und die anderen sind die besten Freunde, glaub mir das.

Ich war mit dem Frühstück fertig und entschuldigte mich bei ihr mit der Begründung, dass ich jetzt eine rauchen gehen würde.

Schon gut, ich brauch jetzt auch eine Zigarette, meinte sie darauf.

Sag mal, setzte ich an, als ich mir draußen eine Zigarette anzündete. Warum folgst du mir überall hin und versuchst ständig, mir ein Gespräch aufzuzwingen?

Sie lächelte.

Ich erkenne Familienmitglieder, wenn ich sie sehe, sagte sie.

Ihr Blick war nach unten gerichtet.

Familie?, hakte ich nach.

Mel war mir schon eigenartig vorgekommen, aber jetzt war sie eine Verrückte für mich.

Doch dann bemerkte ich ihren Blick, der zwar nach unten geglitten war, aber auf meinem linken Arm hängen geblieben war. Ich trug einen dicken Pullover, aber dennoch sah man den kräftigen Verband darunter.

Du auch?, konnte ich nur hauchen.

Sie nickte. Plötzlich war ihre Miene nicht mehr die eines gutgelaunten Kleinkindes, sondern die einer Frau, die viel mitgemacht hatte und genauso wie ich nicht mehr konnte. Deshalb nannte sie mich Familie, denn nur Leute, die das gleiche Schicksal hinter sich hatten, verstanden sich wie eine.

Es tut mir leid, dich so behandelt zu haben, sagte ich ernst.

Mel winkte ab.

Ach, ich nehm's dir nicht übel, die ersten Tage hier sind für jeden unangenehm.

Ich muss jetzt los, die Alkoholgruppe startet in einer halben Stunde und ich muss noch duschen, sagte sie, dämpfte ihre Zigarette im Schnee aus und verschwand.

Ich will euch nicht mit unwichtigen Dingen langweilen. Ich will nicht erzählen, wann ich rauchen ging, mit wem ich oberflächliche Gespräche führte, wann ich duschen ging und wann ich mir die Zähne putzte.

Die erste Woche war tatsächlich langweilig genug, um sie in wenigen Sätzen zusammenfassen zu können. Ich bekam über den Tag verteilt meine 200 mg Oxazepam, was schon mehr war, als ich eigentlich so zu mir nahm. Dementsprechend gut war meine Laune. Zu Mittag öffnete eine Ärztin den Billardraum, den ich täglich besuchte. Ich unterhielt mich noch einige Male mit Mel, aber stellte ihr keine persönlichen Fragen, weil sie es ebenfalls nicht tat. Sie erwähnte immer nur einen Freund, den sie hier kennengelernt hatte, kein Familienmitglied, wie sie sagte, aber ein Mann in unserem Alter, mit dem sie öfter abhing. Er war ein Langschläfer und ebenfalls Benzodiazepin-abhängig, wie sie mir sagte.

Als das Wochenende kam, konnte ich beobachten, wie die Patienten wie Ameisen nach dem Frühstück ihren Ausgang antraten. Auch Mel war unter ihnen, sie wünschte mir ein schönes Wochenende und sagte, dass wir uns Sonntagabend sehen würden, falls ich wolle.

Ich gab ihr meine Nummer und meinte, dass ich sowieso nichts Besseres zu tun hätte.

Das einzig Positive an dem Ausgang war, dass mehr als die Hälfte nicht da war. Meine Zimmerkollegen hatten auch ihre erste Woche und mussten deshalb ebenfalls hier bleiben. Der beleibte glückspielsüchtige Walter regte sich lautstark darüber auf, dass sie ihn zur Walktherapie eingetragen haben. Roman war immer auf Achse und sagte, dass er bald ein neues Zimmer bekommen würde und seine erste Woche bald vorbei war.

Ich fragte die Ärztin, ob sie mir den Billardraum öffnen könne. Mit zuckenden Achseln sperrte sie ihn mir auf und ich begann sofort, zu spielen. Zuerst ganz normal, danach merkte ich mir, bei welchen Stößen ich mir schwertat, und stellte ich mir die Konstellation auf, um zu üben. Ich übte Stunden, machte nur hier und da eine Zigarettenpause. Ich stellte gerade die Billardkugeln auf, als ein junger Mann am Eingang lehnte und mir zusah.

Darf ich?, fragte er.

Ich antwortete ihm mit einer Handbewegung, dass es kein Problem wäre.

Er begann – und was soll ich sagen – ich kam nicht mal zum Spielen, bevor es vorbei war. Er stellte sich als Martin vor. Er war 28 und hatte eine Getränkeautomatenkette inne. Er verdiente gut, wenn es tatsächlich stimmte, was er so erzählte. Aber er war nett und spielte mit mir weitere Partien.

Nach und nach machte er mich auf meine Fehler aufmerksam, gab mir Tipps und brachte mir einige Fachbegriffe bei.

Er zeigte mir, wie ich den Queue zu halten habe, um die beste Präzision herauszuholen.

Spielst du die Weiße ein wenig unter dem Mittelpunkt an, sagte er und stieß. Nennt man das einen Stun, also du lähmst sie. Die Weiße schoss auf eine der Kugeln zu und blieb dann dort stehen.

Martin stellte die Kugeln erneut auf und zeigte mir, was passierte, wenn ich sie weiter unten und oberhalb des Mittelpunkts anspielte.

Dann erklärte er mir, was ein left und right english ist und wie diese die Weiße beeinflussen. Ich spielte den ganzen Tag mit ihm. Mir gefiel es, zu sehen, wie ich besser wurde, und ihm gefiel es, mir etwas beizubringen. Trotzdem konnte ich ihn auch im letzten Spiel nicht schlagen. Die Ärztin wartete schon ungeduldig, um den Raum zuzusperren, als wir alles an seinen Platz brachten.

Wir gingen nach draußen eine rauchen.

Dann plötzlich fiel mir eine Frage ein, die ich durch das ganze Gespiele vergessen hatte zu stellen.

Warum hast du keinen Ausgang, fragte ich Martin.

Die Frage ist falsch gestellt, antwortete er in seinem Mentorenton.

Die Frage ist doch, warum ich darüber nicht reden möchte.

Entschuldige, sagte ich.

Nichts passiert, ich bin dir nicht böse, meinte er daraufhin.

Morgen geht's für mich sowieso schon zurück an die Arbeit.

Du bist fertig?, fragte ich.

Die Ärzte sind anderer Meinung, aber ich halte es keine Minute länger in diesem Gefängnis aus.

Wenn du selbst abbrichst, warum bist du dann nicht bereits auf und davon?, fragte ich interessiert.

Ich wollte, lachte Martin auf. Ich wollte tatsächlich heute gehen. Meine Koffer sind gepackt und ich wäre jetzt bereits in meiner Stammkneipe, um mir ein erfrischendes Bier zu genehmigen. Aber dann wollte ich unbedingt noch eine Partie Billard spielen. Also kann man sagen, du hast mich davon abgehalten, schon heute das Weite zu suchen.

Martins Blick erhob sich zu dem Nachthimmel über uns.

Vielleicht kann ich dich überreden, dass du den Entzug weiter durchziehst? Morgen ist der Billardtisch bestimmt wieder so leer wie heute.

Vielleicht, sinnierte er und seine Gedanken schienen abgedriftet zu sein.

Wir rauchten noch eine Zigarette, bevor wir unsere Wege gingen.

Am nächsten Tag suchte ich Martin beim Frühstück, doch konnte ihn nicht ausfindig machen. Mit gemischter Stimmung bat ich die Ärztin, mir den Raum aufzusperren. Ich konnte ich sie überzeugen, es widerwillig zu tun.

Ich begann zu spielen und bildete mir ein, dass ich wieder schlechter geworden war. Doch nach einigen Spielen war ich wieder voll dabei und spielte so gut wie nie. Von Martin fehlte jede Spur. Auch nach dem Mittagessen sah ich ihn nicht. Ich suchte nach ihm. Ging im Hof umher und fragte einige Leute, ob sie ihn gesehen haben.

Doch den entsprechenden Tipp bekam ich dann im Eingangsgebäude. Ich fragte die Frau an der Rezeption nach einem Mann namens Martin.

Zuerst meinte sie, sie könne mir keine Auskunft über andere Patienten geben, bis ich behauptete – und das mit einer Rhetorik, auf die ich mehr als stolz bin –, dass er mit mir verwandt sei.

Martin ist gestern einfach mit einem Koffer und einer Tasche gegangen.

Hat er etwas für mich hinterlassen?, fragte ich, obwohl ich die Antwort bereits kannte.

Ich ging etwas gekränkt zurück zu meinem Wohngebäude und rauchte noch einige Zigaretten, bevor ich wieder begann, alleine Billard zu spielen.

Als es spät wurde und die Leute vom Ausgang zurückkamen, verließ ich den Billardraum, der sich nun wieder füllte.

Ich holte mir meine Tabletten, wobei ich das Mirtazepin geschickt in der Hosentasche verschwinden ließ. weil ich sonst eine halbe Stunde nach der Einnahme eingeschlafen wäre.

Ich lag in meinem Bett und fragte mich, wie Walter es schaffte, den ganzen Tag einfach nur im Bett liegen zu bleiben. Martins Verschwinden hat mich irgendwo getroffen, obwohl ich ihn nur einen Tag gekannt habe. Manche Menschen sind wie ein Hauch, der über eine Wange streift. Man bildet sich ein, sie zu spüren, obwohl sie längst verschwunden sind.

Das Vibrieren meines Handys riss mich aus den Gedanken.

Es war Mel und ich bildete mir ein, im Hintergrund Musik zu hören.

Sag nicht, du hast jetzt auch noch abgebrochen, sagte ich.

Was heißt auch?, fragte sie verwirrt. Ach egal, komm zur Kegelbahn, das aber flott, wenn ich bitten darf.

Ich sagte zu, zog mich an und begab mich aus meinem Zimmer.

Ich dachte, es gäbe hier etwas wie eine Schlafenzeit, doch schon am ersten Tag war mir klar, dass es den Ärzten egal war, ob und wann man schlief, solang man sich ruhig verhielt, um andere nicht zu wecken.

Es war bereits spät, als ich in die Kälte trat und mir eine Zigarette anzündete. Ich sah schon von Weitem das Licht bei der Kegelbahn. Als ich näher kam, hörte ich tatsächlich Musik. Schließlich wurde mir klar, dass diese nicht aus einem Lautsprecher kam, sondern dass es eine akustische Gitarre war. Zuerst sah ich Mel, wie sie vor Lachen fast von der Eckbank fiel. Dann sah ich einen Mann in meinem Alter, wie er auf der Gitarre gerade eine wunderschöne Melodie zupfte. Er war blond wie ich, modisch gekleidet und wirklich gutaussehend. Markante Gesichtszüge, so makellos, als wären sie in Marmor gemeißelt worden. Daneben ein etwas jüngerer Typ mit einer etwas dunklerer Hautfarbe und schwarzen Locken.

Ich nährte mich und als Mel mich bemerkte, stand sie auf und begrüßte mich mit einer Umarmung.

Schön, dass du gekommen bist, sagte sie ehrlich.

Melanie, sagte der hübsche Mann, der prompt aufgehört hatte zu spielen. Willst du mir nicht endlich deinen Freund vorstellen, von dem du so viel erzählst?

Sie grinste ihn neckisch an und zeigte ihm den Mittelfinger.

Ich kam näher heran und Melanie stellte mich dem Jüngeren vor.

Daniel, das ist Samuel, Samuel, das ist Daniel. Wir nickten uns freundlich zu.

Und das ist, setzte Mel an, doch der Gitarrist stand auf und stellte sich selbst vor.

Markus, sagte er. Er hielt mir die Hand hin und ich ergriff sie, darauf folgte eine brüderliche Umarmung.
Schön dich kennenzulernen, Daniel.

Zwischenspiel 5

Mel war also die ganze Zeit Melanie, die Melanie?, fragte Thomas verwundert. Daniel drückte auf den Aufnahmestopp.

Ja, das war Melanie, Marks Frau. Ich hatte mich schon lang genug mit den Dingen beschäftigt, die mich zu diesem Moment führten. Es war schwer und ich hatte Angst, den Spannungsbogen zu weit hinauszuzögern, aber ich denke. ich kann behaupten, dass es das wert war.

Thomas brauchte einige Zeit, um das Ganze zu verdauen.

Ich muss sagen, fand er seine Stimme wieder, es klingt so, als würdest du Marks Ausstrahlung und Aussehen für diese Geschichte stark ausschmücken. Aber wenn man ihn im wirklichen Leben sah, und das habe ich, ist es keine Übertreibung, sondern die reine Wahrheit. Er erinnerte mich ebenfalls sehr stark an eine Art Kunstwerk aus einem Gemälde der Renaissance.

Ein trauriges, wissendes Lächeln huschte über Daniels Gesicht.

Es gibt wirklich wenige Menschen auf dieser Welt, deren Äußeres auch nach innen hin gilt, sagte er dann.

Waren sie da schon ein Paar?, fragte Thomas.

Nein, lachte Daniel. Er hatte zu diesem Zeitpunkt mehrere Frauen, deren Zimmer er besuchte, darunter wahrscheinlich auch Melanies, aber ein Paar wurden sie erst später. Wie gesagt, er war ein gutaussehender Mann und jung.

Und du?, fragte Thomas weiter nach. Ich hörte, du hattest ebenfalls eine weitere Beziehung.

Daniel nickte leicht mit dem Kopf.

Verdrehte Tatsachen, meinte er. Ich war nicht unattraktiv, wenn man den Frauen Glauben schenken möchte. Aber Markus hatte, wie du sagtest, diese gewisse Präsenz, dass, wenn er einen Raum betrat, alle Augen auf ihn gerichtet waren. Charisma war ihm alles andere als ein Fremdwort.

Du weichst meiner Frage aus, hakte Thomas ein weiteres Mal nach.

Erwischt, lachte Daniel. Also ich hatte die eine oder andere Begegnung mit einen der dort ansässigen Frauen, aber die Beziehung, die du ansprichst, war keine dieser Damen. Es war eine Frau, die so plötzlich und unerwartet in mein Leben trat, das es ich es nur als Schicksal bezeichnen kann.

Aber, sagte er, als Thomas weiterfragen wollte. So weit sind wir noch nicht, du bekommst deine geheimnisvolle Frau schon noch früh genug. Lass uns nicht zu weit nach vorne sehen, da bekomme ich nur Kopfschmerzen, wir haben jetzt einen Punkt in meinem Leben erreicht, an dem es mir schwer fällt, Wichtiges und weniger Wichtiges zu trennen. Es ist nicht leicht für mich, über all das zu reden und gleichzeitig darauf zu achten, nicht zu weit auszuholen. Das Leben schreibt die besten Geschichten, aber man muss die Spreu vom Weizen trennen, sonst begibt man sich in eine endlose Spirale, die sich unentwegt weiterdreht.

Ich hätte ihn zu gern spielen gehört, sagte Thomas nach einer kleinen Pause.

Daniel zündete sich bei der Aussage eine Zigarette an.

Du hättest ihn singen hören sollen, er hatte tatsächlich die Stimme eines Engels, erwiderte Daniel.

Wie ich diesen Bastard vermisse, fuhr er fort. Sein Lächeln, das einen hundertjährigen Krieg beenden könnte, seine Stimme, die so sanft und rau zu gleich war, und dieses goldene Herz, das in seiner Brust unentwegt klopfte.

Daniel vernichtete in wenigen Zügen die komplette Zigarette und zündete sich in einem Bruchteil eines Moments bereits eine neue an.

Aber genug von Schwärmereien, meinte er nach einem tiefen Zug, ohne den Rauch ausgeblasen zu haben. Der Rauch quoll sanft aus seiner Nase und aus dem Mund, während er sprach.

Wir sind doch keine Teenie-Mädchen, die sich in ihren Kinderzimmern Poster von Sängern, Schauspielern oder dergleichen an die Wände tackern.

Lass uns weiter machen, bekräftigte Thomas Daniels Worte und startete die Aufnahme.

Kapitel 18

Mark stimmte kurz seine Gitarre nach, bevor er erneut zu spielen begann. Er hatte mich gefragt, was wir gerne hören würden.

Nicht so schüchtern, sagte er, als keiner von uns etwas sagte.

Kannst du Creep von Radiohead?, fragte ich etwas schüchtern.

Markus zog sein Handy aus seiner Hosentasche und scrollte darauf umher. Dann ahmte er die verschiedenen Akkorde mit den linken Fingern nach, er sah sich die Noten an, die er spielen musste.

Dann googelte er nach den Lyrics.

Sorry, sagte er zu mir gewandt. Ich kenn das Lied, aber die exakten Akkorde und so weiter musste ich mir ansehen. Der Text ist nicht schwer, aber wenn ich schon spiele, will ich nicht, dass ich dann eine Strophe vergesse.

Ich sah ihn erstaunt an, Mark hatte in nicht einmal fünf Minuten ein Lied „gelernt" und entschuldigte sich, dass ich so lang warten habe müssen.

Als er anfing zu spielen, waren plötzlich alle ruhig. Er spielte das Lied nicht einfach, sondern schmückte es mit seinem eigenen Stil. Sein Cover war langsamer, die leicht rauchige Stimme war so verführerisch, dass ich fast mitsang, was ich zum Glück nicht tat. Als der letzte Akkord im Klangkörper der Gitarre leise verklang, sah ich ihn verdutzt an.

Melanie kicherte und zeigte in meine Richtung. Weshalb wurde mir erst bewusst, als ich eine noch warme Träne an meiner Wange hinabgleiten fühlte.

Mit einem Blick ließ Markus jedoch Melanies Gekicher verstummen.

Es hat dir gefallen, nehme ich an, fragte er mich.

Ich nickte sprachlos.

Wär ich eine Frau, hätt ich jetzt ein feuchtes Höschen, erwiderte ich.

Jetzt lachten alle, auch der eher zurückhaltende Samuel.

Wir saßen noch etwa eine Stunde in der Kälte und lauschten Marks Gitarrenspiel. Er spielte noch einige österreichische Klassiker, die wir alle mitsangen. Am Weg zurück rauchten wir uns alle noch eine Zigarette an. Jetzt erkannte ich, was Samuel tatsächlich war, ein Mitläufer. Auf der einen Seite tat er mir leid, auf der anderen Seite war er mir etwas suspekt. Er bat mich um eine Zigarette, die ich ihm ohne zu zögern gab, ich habe nie viel Wert auf Geld gelegt. Doch es machte mich verrückt, wie er sich anstellte, als er anzünden wollte. Er brauchte dutzende Anläufe, bis er begriff, wie er ein Feuerzeug anmachen kann, ohne dass es der Wind gleich wieder ausblies. Auch als wir dann noch eine Weile draußen standen, sah ich, wie er zwar an der Zigarette zog, aber der Rauch höchstens den Gaumen erreichte, bevor er ihn wieder ausblies.

Mir ist arschkalt, fluchte Melanie und hatte die Arme fest um sich geschlossen.

Mir auch, sagte Samuel und ließ die halb gerauchte Zigarette einfach in den Schnee fallen. Ich nahm es ihm nicht übel, denn ich hatte schon eine Vermutung, warum er so ein Mitläufer war und er tat mir ein wenig leid.

Melanie küsste Markus und mich auf die Wange und wünschte uns eine gute Nacht. Dann gingen sie und Samuel davon.

Ein hübsches Mädchen, meinte Mark.

Nicht mein Typ, aber ja, hübsch ist sie schon, antwortete ich, während er mir eine Zigarette anbot und sich selbst eine hinausnahm.

Das macht er immer, sagte Mark. Also er will dazugehören, cool sein, deshalb fragt er nach Zigaretten. Derweil sind wir nicht die Coolen, sondern die Junkies. Ich wette, der hat noch nie einen Blick unter den Rock einer Frau gehabt.

Genau das war auch meine Einschätzung, deshalb hatte ich ja dieses eigenartige Mitleid.

Er ist voll okay, sagte Mark dann. Seine Mutter hat ihn vor einigen Wochen hierhergeschickt, weil er zu viele Videospiele spielt. Wenn das mein größtes Problem wäre, dann wär ich nicht hier, sondern auf Achse, um mein Leben zu genießen. Ich meine, er ist gerade mal 17. Der soll gefälligst raus, die Welt niederreißen und Pussies klarmachen wie ich in seinem Alter. Hast du eine Freundin?, fragte er.

Ich hatte eine, aber sie hat mich beschissen, antwortete ich und ich merkte, wie der alte Hass wieder hochkam.

Ah, machte Mark. Die feine Englische, normalerweise war ich der, der die Frauen betrogen hat. Aber mit dem Alter kommt die Reife und ich fühle mich wie über 40. Du solltest dir hier ein oder zwei Mädels suchen, meinte er todernst.

Ich hab Gerüchte gehört, dass das Haus G voller hübscher Frauen sein soll, sagte ich.

Markus musste laut loslachen. Wo hast du denn diesen Schwachsinn gehört?

Einige Gespräche kann man nicht überhören, sagte ich.

Schlag dir das aus dem Kopf, das Haus G ist allgemein als das Giftler-Haus bekannt, kein Kontakt nach außen, keine Besuche, nichts. Da sind nur die schlimmsten Fälle drinnen. Und das letzte, was man will, ist eine Cracknutte zu vögeln.

Auf wie viel bist du eingestellt?, fragte er, als wir uns eine weitere Zigarette anzündeten.

200 mg Praxiten, antwortete ich.

Oxazepam, spuckte er förmlich heraus. Den Scheiß verschreiben wirklich alle Ärzte. Aber es ist gut, dass du hier bist. Du musst weg von dem Scheiß und ich werde mich darum kümmern, dass du keine Blödheiten anstellst.

Was bekommst du? Ich bin momentan auf 2 mg Xanor eingestellt, aber morgen ist Zimmervisite, da wird dann wieder etwas wegfallen. Ich brauch die Scheiße nicht mehr in meinem zukünftigen Leben und das solltest du auch nicht. Wichtig ist nur, gesund zu sein, einen Job zu haben, eine Frau, mit der du einschläfst und wieder aufwachst, und vielleicht Haustiere.

Da hatte ich aber vorhin ein anderes Bild vor dir, als du mir geraten hast, hier herumzuvögeln, scherzte ich.

Hier ist hier, draußen ist draußen. Sobald ich hier rauskomme, werde ich alles gegen diese verdammten Ärzte tun, die solche Tabletten willkürlich verschreiben und Leuten helfen, denen es so mies geht wie mir.

Damals hatte ich Mark mehr als ein wenig unterschätzt, er stand zu seinen Worten, das begriff ich auch schon in der Entzugsklinik.

Weißt du, warum der Benzo-Entzug der schlimmste von allen ist?, fragte er mich.

Ich schüttelte den Kopf.

Wenn du Opiate oder Amphetamine nimmst oder Alkoholiker bist, bekommst du für den Entzug von diesen Substanzen Benzos, da sie die Entzugserscheinungen lindern. Aber was bekommt man bei Beruhigungsmittelabhängigkeit? Tja, die Antwort ist simpel, eine Reduktion der eigentlichen Droge und Neuroleptika, die dich einfach nur müde werden lassen.

Wir rauchten noch schweigend aus, dann dämpfte Mark seine Zigarette aus. Nun gut, ich hau mich mal aufs Ohr, wir sehen uns dann morgen, Daniel, bist ein klasse Typ.

Es zischte, als ich meine Zigarette auf dem Schnee im Aschenbecher ausdrückte.

Kapitel 19

Am nächsten Morgen wurde ich sanft von einer Gruppe von Ärzten geweckt.

Guten Morgen, Herr Meisl, wie ist Ihr Befinden, fragte Doktor Ebener.

Ich musste durch das lange Schlafen das Frühstück und noch schlimmer die Medikamentenausgabe verschlafen habe.

Ich richtete mich auf.

Der Doktor und die Ärztin, die ich kannte, und drei weitere mir unbekannte Personen standen neben meinem Bett.

Wir müssen über Reduktion reden, Herr Meisl, sagte er dann, als ich wieder ansprechbar war.

Ich würde sagen, wir verringern die Dosis um 25 mg. Wann würden Sie es bevorzugen, eine halbe Tablette weniger zu bekommen?

Ich rieb mir den Schlaf aus den Augen.

Abends, antwortete ich, da ich wusste, dass es da für mich am einfachsten wäre. Momentan waren es immer noch 175 mg Praxiten, also hatte ich keine Angst vor den Entzugserscheinungen.

Frau Doktor Schmidt war so freundlich, Ihre Morgenmedikamente mitzunehmen, aber wenn Sie das nächste Mal verschlafen, müssen Sie unten bei der Medikamentenausgabe anklopfen.

Die Ärztin reichte mir die Tabletten, die in der Schatulle in Montag lagen. Mittlerweile 200 mg Sertralin und meine ersten 50 mg Oxazepam.

Haben Sie sich schon für andere Therapien interessieren können, fragte er mich.

Ich schüttelte den Kopf und meinte, dass ich unschlüssig wäre, aber noch diese Woche Bescheid geben würde.

Das schien ihm zu genügen und ein jüngerer, glattrasierter Arzt schritt hervor.

Guten Morgen, Herr Meisl, mein Name ist Koller, ich bin Ihr Psychotherapeut für Ihren Aufenthalt.

Ich gab ihm die Hand und nahm das mir gereichte Papier entgegen.

Das sind die Therapien, zu denen Sie verpflichtet sind. Auch meine Therapiestunde ist darauf zu finden. Das Zimmer steht in derselben Zeile rechts. Dr. Koller deutete mit dem Finger darauf.

Ich nickte und musste dann unter Aufsicht von fünf Ärzten meine Tabletten einnehmen.

Wann bekomme ich mein Zimmer?, fragte ich, bevor sie um die Ecke verschwanden.

Sobald eines frei wird, sagte Doktor Ebener. Kann sich nur noch um einige Tage handeln, aber Sie werden sofort informiert, keine Sorge.

Ich wartete ab, bis sich das Praxiten, das ich mir geheim unter die Zunge geschoben hatte, auflöste und schluckte mit einem Schluck Wasser den Rest hinunter.

Als ich auf mein Handy schaute, sah ich neun Nachrichten von Melanie.

Wo bist du? Frühstücken? Und so weiter.

Ich schrieb ihr, dass es mir leid tue und ich verschlafen hatte, legte das Handy zur Seite und wartete auf die sedierende Wirkung, die meinen Körper wiederbelebte.

Erst als die Wirkung einsetzte, sah ich mir den Zettel an, den mir Dr. Koller gegeben hatte. Ich hatte vor fünf Minuten den Beginn der Medikamentengruppe. Schnell zog ich mich an und mit einem schnellen Blick sah ich auf die Zeile mit dem Zimmer. A110. Natürlich genau am anderen Ende des Gebäudekomplexes und danach ins Haus A. Mit Verspätung klopfte ich an die Tür und trat ein.

Über ein Dutzend Patienten und die Therapeutin sahen mich an.

Schön, dass Sie es einrichten konnten. Herr Meisl, nehme ich an?

Ich rang nach Luft und entschuldigte mich.

Kein Problem, meinte sie und sagte mir nur, dass ich beim nächsten Mal rechtzeitig erscheinen sollte.

Ich vernahm einen Pfiff von der linken Seite des Halbkreises, der sich um die Therapeutin schloss.

Es war Markus, natürlich, er war ja ebenfalls medikamentenabhängig. Entschuldigend quetschte ich mich zwischen ihn und eine ältere Frau, die bereitwillig mit ihrem Sessel etwas auf die Seite rutschte.

Ich dachte, du hast dich am Klo erhängt, flüsterte Mark.

Schön wär's, erwiderte ich ebenfalls flüsternd.

Also wo waren wir?, fragte die Therapeutin und sah auf ihren Notizblock hinab.

Ach ja, also da wir hier generell Medikamentenabhängige haben, gehören dazu Leute, die mit Opiaten oder aufputschenden oder sedierenden Tabletten zu tun haben. Herr Meisl, warum stellen Sie sich nicht einmal vor, damit Sie jeder hier kennenlernen kann?, forderte sie mich auf.

Natürlich, antwortete ich. Mein Name ist Daniel und ich bin Benzodiazepin abhängig. Einige meiner Diagnosen sind Angststörung mit panikartigen Ängsten, Depressionen und generelle Angststörungen.

Danke, sagte die Therapeutin. Also wie schon erklärt ist die Medikamentenabhängigkeit so ein Thema, da meist eine starke Toleranzentwicklung vorliegt, vor allem bei Patienten, die das Medikament für eine bestimmte Dauer verschrieben bekommen. Die Schuld liegt oftmals eher bei den behandelten Psychiatern als bei den Patienten selbst.

Das würde die nicht gerade wenigen älteren Leute hier erklären, dachte ich mir.

Ich hab eine Frage, sagte die Frau neben mir, die zuvor weggerutscht war, um mir Platz zu machen, in gebrochenem Deutsch.

Was ist mit der Sexualitätverkehr?, fragte sie, was mich und Mark leicht schmunzeln ließ.

Sie meinen die Libido, Frau Essec?, fragte die Therapeutin.

Ich habe so wenig Lust auf Sexualverkehr mit meinem Mann – ist das Problem mit den Tabletten?, fragte sie.

Das kann eine Begleiterscheinung sein, beantwortete die Therapeutin die Frage.

Aber ich nehme, mir gehen nie gut, sagte die Frau.

Das kann viele Faktoren haben und lässt sich nicht verallgemeinern, die angesprochene Toleranz ist ein Faktor, warum es Ihnen nicht so gut geht.

Ja, aber ich haben genommen fünf Stück und immer noch ist alles Scheiße, sagte die Frau.

Dann musst du mehr nehmen, sagte ich lauter, als ich wollte, und fing mir einen zornigen Blick der Therapeutin ein.

Mark und einige andere lachten laut, auch die Frau.

Das sind Aussagen und Meinungen, die ich hier nicht dulde. Bitte verlassen sie die Therapie, sagte sie laut.

Und so wurde ich aus meiner allerersten Therapie meines Entzugs nach fünfzehn Minuten Verspätung und nach weiteren fünf Minuten Gespräch hinausgeworfen.

Es war mir eigentlich gleich, ob ich in der Therapie nun erwünscht war oder nicht, vielleicht aufgrund der Wirkung meiner Tabletten oder eben, weil es mir tatsächlich am Arsch vorbei ging.

Also ging ich hinaus und rauchte meine erste Zigarette. Das altbekannte Kratzen im Hals und die Unbekümmertheit durch die Tabletten waren meine Säulen geworden, die mich noch stützten. Aber jetzt war ich hier und es fühlte sich so an, als würde mir eben eine dieser stützenden Säulen genommen.

Ich wartete draußen auf Mark.

Das war amüsant, sagte er, als er in die Kälte kam. Auch der Rest der Gruppe kam hinter ihm heraus, wobei mich die Frau, der ich meinen Tipp gegeben hatte, anlächelte.

Ich lächelte zurück.

Und wie weit haben sie dich runtergeschraubt?, fragte Mark.

Eine halbe Tablette, und dich?, fragte ich nun ihn.

Auf die Hälfte, sagte er und zündete sich eine Zigarette an.

Und das macht dir nichts aus?, fragte ich verblüfft.

Er sah so aus, als wäre er entweder total nüchtern oder als hätte er mit der Reduzierung keine Probleme.

Komm mit, sagte er und legte einen Arm um meine Schultern, um mich zu einer kleinen abgelegenen windstillen Ecke zu bugsieren.

Mir geht's beschissen, sagte er. Aber ich will nicht, dass jemand das bemerkt, nenn es eitel oder wie du willst, aber ich will, wenn ich Besuch bekomme, so rüberkommen, als wäre alles klar, als hätte ich keine Entzugserscheinungen.

Du hast da gestern was von Neuroleptika erwähnt, was ist das, helfen die?, fragte ich.

Mark machte eine unbestimmte Geste.

Nichts kommt an die angstlösende Wirkung von Benzos ran, aber wenn du soweit bist, werden sie dir welche anbieten. Ich sage dir jetzt, was du verlangen sollst, wenn es so weit ist.

Sie werden dir Atarax anbieten, vergiss den Scheiß. Frag sofort nach Zyprexa Velotaps – je höher die Dosis, desto besser. Seroquel wollen sie auch manchmal los werden, dann frag lieber nach Truxal.

Ich versuchte, mir die Namen zu merken.

Was ist da der Unterschied?, fragte ich.

Mark zuckte mit den Schultern.

Bin ich ein Psychiater?, fragte er belustigt. Ich sag nur, was am besten fährt und vor allem gegen dieses verdammte Graving hilft.

Dich beschäftigt etwas, sagte Mark mehr wissend als fragend.

Ich nickte und verzog die Miene.

Keine Ahnung, ich will endlich in ein eigenes Zimmer und nicht in dem Auffangbecken schlafen.

Du hast noch keines?, fragte er überrascht. Komm zu mir, ich hab ein Zweibettzimmer.

Ha, machte ich. Als wäre das so einfach und außerdem musst du ja bereits einen anderen Kollegen haben.

Mark machte eine wegwerfende Bewegung.

Lass mir das über, ich regle das schon, sagte er. Wichtig ist nur, dass du deine Sachen heute Abend packst, damit du gleich morgen zu mir ziehen kannst.

Ich musste lachen, doch als ich Marks toternsten Blick sah, musste ich aufhören.

Du machst dir mit mir einen Scherz, meinte ich. Lachst dir bestimmt ins Fäustchen, wenn ich mit vollem Gepäck vor deiner Türe steh.

Mark schüttelte den Kopf, während er eine ernste Miene machte.

Du hast ein falsches Bild von mir, Daniel, ich steh zu meinen Worten.

Er blickte auf seine Uhr.

Verdammt. fluchte er. Sorry, Daniel, ich hab da noch eine Verabredung, wir hören uns dann später, ja.

Seine Stimme wurde leiser, als er bereits loslief.

Ich hatte nichts weiter vor an diesem Tag und rauchte meine letzte Zigarette. Ich hatte mir von meiner Mutter zwei Stangen mitgeben lassen und rechnete mir den Schnitt aus. Etwas weniger als drei Packungen täglich. Ich musste in meinem früheren Leben ein Schornstein gewesen sein, dachte ich mir.

Erst an diesem Tag erfuhr ich, dass Zigaretten hier Gold wert waren. Ich war nicht der Typ, der um Zigaretten schnorrte. Doch nach einigen Stunden ohne konnte ich mir drei ergattern. Außerdem bekam ich den Tipp nach Peter zu suchen, er hatte sich offensichtlich hier ein Zigarettenmonopol erarbeitet. Als ich fragte, wo ich diesen Peter finden könnte, konnte mir keiner eine wirkliche Auskunft geben.

Ich rauchte peinlich berührt meine geschnorrten Zigaretten und wurde dann doch von der Neugier gepackt.

Ich hörte mich weiter nach diesem Peter um. Ich erfuhr so einiges, vieles Übertriebenes und wenig Hilfreiches. Doch dann bekam ich den entscheidenden Tipp – nicht von einem Patienten, sondern von einem Praktikanten, der hier lernte.

Er berichtete mir, dass die Ärzte davon wissen würden, aber sie nichts dagegen unternehmen konnten, da es nichts Illegales war, was er tat. Kurz gesagt, er nutzte den Wochenendausgang, um nach Tschechien zu fahren und dort die Zigarettenstangen billiger zu kaufen, hierher zurück zu schmuggeln und teurer zu verkaufen.

Der Praktikant verriet mir seine Zimmernummer, bat mich jedoch, nichts den Ärzten gegenüber zu erwähnen.

Ich schweige wie ein Grab, sagte ich ihm, als ich merkte, dass er dachte, einen Fehler begangen zu haben.

Einige Minuten später stand ich vor Peters Tür, sein Zimmer befand sich im zweiten Stock im Nebengebäude.

Ich klopfte an.

Nichts.

Doch dann hörte ich, wie sich ein Schlüssel im Schloss drehte und ein kleiner Mann über 50 vor mir stand. Er hatte eine Halbglatze, über die er vereinzelte Strähnen gekämmt hatte, in der Hoffnung, es würde nicht so stark auffallen, was es nur noch schlimmer machte. Er trug ein feines Hemd, das sich um seinen Wams spannte und in einer Jeans steckte.

Der Geruch von kaltem Rauch kam mir aus dem Einzelzimmer entgegen.

Was gibt's?, fragte er.

Ich würde gerne Zigaretten kaufen, antwortete ich.

Mit einem Wink bat er mich herein.

Ein Einzelzimmer, staunte ich. Nicht leicht zu bekommen.

Peter lachte in sich hinein. Lautes Schnarchen ist Fluch und Segen zugleich, meinte er und wir gingen zu einem Tisch, der vor dem einzigen Kasten im Zimmer stand.

Er bat mich, auf dem Stuhl davor Platz zu nehmen, und setzte sich mir gegenüber.

Wie kann ich dir helfen?, fragte er.

Sag mir, wie du in diesem Zimmer rauchen kannst, ohne dass der Alarm oder die Ärzte Wind davon bekommen?

Deshalb bist du nicht hier, sagte er schmunzelnd. Aber ich bin heute gut gelaunt und will mal nicht so sein. Ich hatte eine eigene Firma, die sich darauf spezialisiert war, Rauchmelder zu warten. Ich kann einen mit zugebundenen Augen auseinander- und wieder zusammenbauen. Mach ich gelegentlich sogar für das nötige Kleingeld bei Leuten, die sich mein Vertrauen verdient haben.

Und die Ärzte?, fragte ich nach. Ich meine, die müssen doch riechen, dass du hier rauchst.

Kleiner, begann er. Die Ärzte interessieren solche Dinge nicht, ihnen ist nur wichtig, dass es keinen Alarm gibt, denn der ist mit Kosten verbunden, alles andere nehmen sie so hin.

Du scheinst viel zu wissen, stellte ich fest.

Nach 24 Monaten darf ich das wohl oder übel bestimmt behaupten.

24, wiederholte ich ungläubig. Wie?

Es spielt keine Rolle, wie, Junge. Ich habe in der echten Welt niemanden, bezahle meine jährlichen Kosten von 300 Euro und bekomme kurz vor meiner – nennen wir es – Genesung einen Rückfall, wodurch der Aufenthalt immer weiter verlängert wird. Aber genug von meiner Person. Du bist hier wegen Zigaretten. Wonach suchst du?

Rote Marlboro, antworte ich, als ich merkte, dass er schon mehr über sich erzählt hatte, als notwendig gewesen wäre.

Wie viele? Sein Ton wurde nun geschäftlich.

Was kostet eine Stange?

Sechzig, sagte er, ohne viel zu überlegen.

Sechzig?, fragte ich nach.

Draußen bekomm ich selbst eine Stange um 55 und das sind österreichische und keine importierten.

Peter zuckte mit den Achseln und lehnte sich vor.

Du bist aber nicht draußen, sagte er mit einem Grinsen. Du bist hier und hier sind Zigaretten Mangelware.

Als ich mir kurz ausrechnete, was er alleine mit einer verkauften Stange verdient, war ich kurz betäubt.

Und was kostet dann bitte eine Schachtel?

So etwas verkaufe ich nicht, rentiert sich nicht, meinte er angewidert.

Aber wenn du draußen doch nichts hast, wofür verkaufst du dann überhaupt hier deine Stangen um solche Preise, ich meine, was bringt dir das ganze Geld?

Das geht dich einen feuchten Furz an, das sind meine Preise und vielleicht, in ein paar Wochen, vertraue ich dir und mache ich dir bessere Preise, aber ich kenn dich nicht, also liegt der Preis bei 60 Euro.

Ich merkte, dass es keinen Sinn machte, mit ihm weiter zu diskutieren oder weiter nachzubohren, was er mit dem Geld machte. Es würde vielleicht nur dazu führen, dass ich mit nichts ging.

Also zahlte ich verärgert den geforderten Preis und ging.

Es war schön, mit dir Geschäfte zu machen, schrie er mir nach, als ich bereits die Tür zuknallte.

Kapitel 20

In der Nacht saßen wir wieder gemeinsam bei der Kegelbahn. Der verdammte Wind blies uns trotz Überdachung und eines kleinen Windschutzes um die Ohren.

60 Euro?, fragte Melanie überrascht. Ich kam ohne Zigaretten hierher und als ich Peter fand, verkaufte er mir eine Stange um den Preis, den er tatsächlich bezahlt hatte.

Du bist jung, hast Brüste und nichts, das steht, seufzte Mark.

Bei Frauen, wie du eine bist, würde er es nicht wagen, einen so hohen Preis zu verlangen. Ich erinnere mich an meinen ersten Ausgang, fuhr er fort. Ich hatte einen, sagen wir, kleinen Rückfall und Alkohol war auch im Spiel. Wurde für das Wochenende darauf und den Mittwoch der nächsten Woche gesperrt. Peter machte mir ein Angebot, das so verlockend war, dass ich unmöglich Nein sagen konnte. Es war eine Zigarettenmarke, von der ich nie gehört hatte, aber er versicherte mir, dass sie genauso stark waren wie meine. Zwei Stangen um einen Huni.

Und?, fragte Samuel.

Sie waren stark, meinte Mark. Aber der Geschmack war dermaßen ekelig, dass ich lieber meine eigenen Schamhaare geraucht hätte.

Wir mussten alle lachen.

Und was hast du dann gemacht?, fragte ich.

Hab den Scheiß zuerst billig Packung für Packung verkauft und als jeder hier Bescheid wusste, wie sie schmeckten und niemand sie auch nur geschenkt haben wollte, hab ich sie zwischen die Gitterstäbe im Haus G durchgeschoben.

Ein weiteres Gelächter.

Naja, morgen geht's ja auch wieder nachmittags raus, sagte Mark. Hast du Lust, mit mir mitzukommen?

Marks Blick lag auf mir.

Das alles kam so plötzlich, dass mir die Worte fehlten.

Gut, meinte er dann, als hätte ich bereits zugesagt.

Auch Melanie nickte nur kurz, als sie wegen der Kälte auf ihren Händen saß.

Samuel, mein Kleiner, begann Mark mit einem traurigen Unterton. Ich weiß, deine Eltern sind etwas strenger, mach dir keine Gedanken, wir sehen uns bald wieder.

Wir saßen noch eine Weile und lauschten dem Wind.

Ach ja, machte Mark. Daniel, vergiss nicht, heute noch deine Sachen zu packen.

Ich musste lachen.

Ich kauf es dir nicht ab, Markus, sorry.

Er legte eine Hand auf seine Brust und stöhnte auf.

Das tat weh, sagte er. Mel, hab ich jemals meine Versprechungen gebrochen?

Melanie schüttelte eifrig den Kopf.

Nun gut, ich steh nach der Tablettenausgabe vor deinem Zimmer, aber wenn du mich verarscht, dann...

Dann was?, fragte er mit einem Lächeln.

Fickst du dann meine Mutter? Oder besser noch meinen Vater?

Hey, schaltete sich Melanie ein. Zieh keine Verwandten in deinen eigenartigen Humor. Du kannst ihm vertrauen, sagte sie nun zu mir gewandt. Sein Onkel oder so ist jemand, der ihm hier einige Gefallen leistet.

Er ist ein Oberarzt, korrigierte Mark, Melanie. Aber nicht hier, Gott sei Dank.

Also morgen nach der Tablettenausgabe, mein Freund, meinte er dann wieder zu mir gewandt.

Ich konnte es selbst nicht glauben, als ich am nächsten Tag nach meinen morgendlichen Tabletten und mit vollem Gepäck vor Marks

Zimmer stand. Dann sah ich den mürrischen Blick seines vorherigen Zimmerpartners, den er regelrecht übergangen und so zum Ausziehen gezwungen hatte. Er stampfte mit seinem Hab und Gut gereizt davon.

Das Zimmer war eines der guten, wenn ich an Erzählungen von anderen Patienten dachte. Es hatte eine eigene Dusche und WC, war groß und hatte zwei riesige Schränke.

Mark lag mit einem Buch in der Hand auf dem Bett, das am Fenster stand.

Daniel, rief er. Eine Freude, dich in meinem Heim begrüßen zu dürfen.

Eine kurze Einweisung, sagte er und schloss die Tür hinter mir, bevor er sich eine Zigarette anzündete.

Offensichtlich hatte Peter Marks Rauchmelder entschärft.

Er zeigte mir das Bad, das verhältnismäßig gut ausgestattet war. Schöne weißgraue Fliesen, die leicht zur Mitte abfielen, wo ein metallener Deckel war, eine Badewanne, die auch als Dusche verwendet werden kann, ein schönes Waschbecken mit viel Stauraum und natürlich das Klo.

Mark demonstrierte mir, wie sich die Fenster kippen ließen und wo ich die Sonnenblende einstellen konnte.

Das Fenster ließ sich nicht weit kippen und es war von oben verankert, sodass nur unten ein kleiner Zwischenraum war.

Ich blickte nach draußen und sah einige Flaschen Cola und Mineralwasser auf dem dahinterliegenden Vorsprung, der mit Steinen bedeckt war.

Unser Kühlschrank, sagte Mark. Du musst nur aufpassen, dass bei diesem grässlichen Wetter nichts einfriert.

Das ist dein Schrank.

Mark deutete auf den Schrank, der näher an meinem Bett stand. Ein einfacher hölzerner alter Schrank, der so gar nicht zum Rest passte.

Und dein Bett – aber ich denke, das muss ich dir nicht sagen, sagte er dennoch.

Danke Markus, sagte ich dann.

Seine Geste zeigte mir, dass es nichts war, was ihn viel Aufwand gekostet hatte.

Drei Regeln gibt es jedoch, sagte er und hob drei Finger hoch.

Ich rechnete jetzt mit Sachen wie: Die erste Regel ist, es gibt keine Regel, die zweite Regel ist, keiner verliert ein Wort über den Fight Club, und die dritte Regel ist, es gibt keine Regeln.

Doch stattdessen überraschte er mich mit einem sinnvolleren Regelwerk.

Kein Schnarchen, ich brauch meinen Schlaf, begann er und nun waren nur noch zwei Finger ausgestreckt.

Damenbesuch muss rechtzeitig angekündigt werden.

Ein einziger Finger noch.

Dieses Zimmer ist wie Vegas – was hier passiert, bleibt hier.

Es waren Regeln, mit denen ich keine Probleme hatte.

Nun gut, sagte er dann und warf sich eine Bomberjacke sich. Lass uns nicht zu viel Zeit vergeuden. Der Plan lautet, wie folgt: Frühstücken, ich brauche einen verdammten Kaffee oder zwei, danach Schlüsselabgabe und die Tabletten für heute bis 20.00 Uhr bei der Ärztin holen und dann geht's ab in die Freiheit, auch wenn nur kurz.

Als wir all das erledigt hatten, trafen wir mit Melanie zusammen.

Es war ein eigenartiges Gefühl die Entzugsklinik, nun endlich verlassen zu können.

Plötzlich fiel mir etwas ein, das ich tun musste, bevor ich mit Mark und Melanie den Tag verbringen würde, ich musste mich bei meiner Mutter melden.

Ich wählte ihre Nummer und sagte den Zwei, dass ich kurz telefonieren müsste.

Ein ungenierter Scherz brachte mich noch zum Schmunzeln, als Melanie mir sagte, ich sollte mich beeilen, ihr wäre kalt. Es hatte etwas mit ihrem Geschlechtsteil und einem Eiszapfen zu tun.

Bist du dir sicher?, fragte meine Mutter, als ich ihr von meinen Plänen erzählte. Soll ich dich wirklich nicht besuchen kommen? Ich bin zwar unter der Woche leider in meiner Arbeit gebunden, aber ich würde mich sehr freuen dich an einem Wochenende bei uns sehen zu bekommen.

Ich sagte ihr, dass ich Zeit für mich bräuchte und dass das hier nicht leicht für mich wäre.

Etwas, das ich Monate später mehr als nur ein wenig bereute.

Aber ich war jung, obwohl ich mich bereits alt fühlte.

Nach dem Gespräch stiegen wir in Marks Auto.

Ich kannte und kenne mich nicht gut mit Autos aus, aber sein Auto schrie förmlich nach Geld. Vielleicht ist es für einige interessant, welches Modell es war und wie viel PS es unter der Haube hatte. Denjenigen kann ich leider nur sagen, dass es ein neuer Mercedes war mit allen Ausstattungen, die zu dieser Zeit luxuriös waren.

Wir fuhren zu meiner Überraschung nicht Richtung Wien, sondern weiter nach draußen. Melanie wärmte sich an der warmen Luft, die aus den Gebläseschlitzen kam und bat Mark, die Sitzheizung aufzudrehen, während ich hinten in der Mitte saß.

Nach einer halbstündigen Fahrt parkte Mark bei einem riesigen Anwesen unter einem Carport.

Willkommen bei mir zu Hause, sagte er und stieg aus, worauf wir seinem Vorbild folgten. In der Kälte nahmen wir unsere Taschen, die wir zuvor in den Kofferraum geworfen hatten, heraus.

Das Gebäude war sichtbar alt, aber zeigte leichte Anzeichen diverser Renovierungen.

Du überrascht mich immer wieder, Markus, sagte ich.

Meine Familie hat reich geerbt, nichts weiter, meinte er und öffnete uns die Tür.

So beginnen Horrorfilme, sagte Melanie. Ein altes Anwesen in Mitten von nirgendwo.

Warst du noch nicht hier?, fragte ich sie.

Melanie schüttelte den Kopf.

Bis jetzt hatte ich noch nie die Ehre, mit Mark den Ausgang zu verbringen.

Innen fand ich mich in einem riesigen Vorraum, der altmodisch gestaltet war.

Gehörte meiner Großmutter, erklärte Mark kurz.

Von Vorraum nach rechts befand sich das Erdgeschoss. Ich sah kaum und die Zimmer waren alle irgendwie miteinander verbunden. Über eine ganze Wand war ein grüner Kachelofen, zur anderen Seite ein Wohnbereich mit einer bombastischen Ledergarnitur. Markus zündete den Kachelofen an, damit wir hier nicht erfrieren mussten. Die Küche weiter hinten war modern und passte so gar nicht zum Rest des Hauses. Mark zeigte mir die Tür zum Keller und meinte, dass er sich als Kind nie hinuntergetraut hatte. Zurück im Vorraum gingen wir eine breite Treppe hinauf, die am Ende nach links und rechts kleine Wege ausstreckte.

Nehmt irgendein Zimmer, sagte Mark.

Es sind alle ziemlich alt, aber die Betten sind alle frisch überzogen.

Kein Wichsen, sagte er zu mir und stupste mich dabei leicht an. Verstanden?

Ich lachte.

Und du, sagte er zu Melanie. Ach, mach, was du willst.

Als ich meine Sachen in eines der Zimmer verfrachtet hatte, trafen wir uns im Wohnbereich wieder. Mark lehnte gemütlich auf der Garnitur und rauchte bereits eine Kippe.

Ich schloss mich ihm an.

Warum nisten wir uns hier so ein, wenn wir am Abend wieder zurück sein müssen, fragte ich ihn.

Der Kachelofen beheizte die alten Räume bereits ein wenig.

Auf die Frage hab ich gewartet. Danke, Daniel, dass du sie stellst, sagte er und richtete sich ein wenig auf.

Meine Eltern wollen dieses Haus nicht, sagte er. Deshalb ist es meins, ich kann hier tun, was ich möchte. Aber ohne Gesellschaft ist es mir dann doch zu leer und zu unheimlich. Ich brauch die Gesellschaft und will mein Haus mit Leuten teilen, denen ich vertrauen kann. Wir werden hier unsere Ausgänge verbringen und vielleicht ist das irgendwann unsere Heimat.

Mark steckte voller Träume und Tatendrang. Er war der Beton meines Lebens, der alles zusammenhielt. Und vor allem war ihm, wie auch mir, Geld egal. Nicht weil er genug hatte, sondern aus Güte. Ich erinnere mich genau an unsere dutzenden Gespräche darüber, wie wir alle gemeinsam dieses alte Haus auf Vordermann bringen würden, um dort gemeinsam zu leben. Die Gespräche, in denen er mir von seinen Wünschen erzählte, die für ihn eher Tatsachen waren. Mark war der einzige Mensch neben meiner Mutter, der sein Leben für wahre Freunde geben würde.

Hier gibt es keinen verdammten Alkohol, schrie Melanie aus der Küche zu uns herüber. Ich hab überall gesucht.

Markus sah mich mit einem traurigen Kopfschütteln an.

Mel, schrie er, komm her, wir müssen etwas bereden.

Melanie kam leichtfüßig und zitternd zu uns getapst.

Es gibt keinen Alkohol, begann er, weil wir hier uns nicht betrinken oder mit Drogen vollpumpen wollen. Das wird unser Zufluchtsort, wo wir jeder Droge den Mittelfinger zeigen. Ich will nie wieder eine Sucht durchleben. Und wer dagegen verstößt, kann gehen.

Melanie schloss ihre Arme um ihre Brust.

Hey, sagte Markus und griff ihr auf die Schulter. Ich will, dass wir ein Team sind. Weißt du, wie hoch die Rückfallraten sind?

Warum sollte mich das interessieren?, fragte sie beleidigt.

Das sollte es euch. Weniger als Zehn Prozent schaffen es, nach dem Entzug ein drogenfreies Leben zu führen.

So wenig?, fragte ich nach.

Leider, aber es ist eben so und wenn ich eines weiß, dann, dass ich in meinem Leben wieder einer Sucht fröhne, meinte Markus mit so einem Ehrgeiz und einer Sicherheit, dass ich ihm alles glauben würde.

Melanie entzog sich Marks Hand und stürmte davon. Das letzte, was wir von ihr hörten, waren die Schritte über die Treppe nach oben und eine zuknallende Tür.

Ich weiß nicht, ob ich das schaffe, gestand ich Mark.

Du musst, sagte er, Willst du dein ganzes Leben an etwas hängen, das dir vielleicht, aber vielleicht auch nicht eine Sicherheit gibt? Denk daran, was du deiner Familie damit antust, denk daran, wie deine Mutter weint, weil du wie ein Zombie vor ihr stehst, denk daran, dein

Kind aufwachsen zu sehen und wie dieses mitbekommt, was du dir da antust. Ich will das nicht. Ich will ein normales Leben führen. Ich würde jeden beschissenen Tag jeder Droge vorziehen.

Es, sagte ich und kämpfte mit den Tränen, ist einfach so schwer.

Ich stützte meinen Kopf auf die Hände und fing an zu weinen, ich konnte einfach nicht mehr.

Markus rutschte nah zu mir herüber und umarmte mich.

Keiner sagt, dass es einfach wäre. Aber egal, was in deinem Leben passiert, es gibt immer Menschen, denen es schlechter geht als uns. Sei froh, zu leben und an keiner Krankheit zu leiden.

Ich sah verweint auf.

Markus, all das, ich machte eine ausschweifende Geste. Warum? Wie? Was bringt dich zu Aussagen wie dieser, irgendwann wieder ein normales Leben zu führen?

Markus Augenwinkel waren feucht.

Er erzählte mir von seiner Kindheit, die er unter Leistungsdrang verbrachte. Wie sein Vater wollte, dass er in seine Geschäfte einsteigen sollte, wenn er das Alter erreicht hatte. Also lief Mark davon, obwohl er alles hatte außer das, was ihm am wichtigsten war – seine Freiheit. Die Freiheit, selbst sein Leben zu bestimmen. Die Gürtelschläge seines Vaters, als sie ihn fanden. Das Geschrei, wenn seine Noten nicht gut genug waren. Wie er sich seinem Vater stellte und ihm sagte, dass das nicht das Leben ist, das er haben möchte. Wie er Jahre hier bei seiner Großmutter lebte, die ihm alles gab, was er brauchte. Er erzählte von dem Tag, an dem er seine Großmutter wecken wollte und sie einfach nicht mehr wach wurde. Wie er seiner restlichen Familie den Rücken kehrte und das machte, was er wirklich wollte. Also begann er, Jura zu studieren. Er erbte fast alles von seiner Großmutter, doch er hatte außer dem Bruder seiner Mutter kein Familienmitglied mehr, das sich um ihn scherte. Die Prüfungsängste waren das Schlimmste, meinte er und als ihm ein anderer Student eine Tablette in die Hand drückte, begann sein Weg bis hierher. Bei seiner Sponsion war niemand der klatschte, niemand außer seinem Onkel. Er nahm sich vor. alles besser zu machen, alles, was seine Familie nicht getan hatte und mehr.

Ich könnte seitenlang erzählen, wie wir gemeinsam weinten und lachten, wie wir uns gegenseitig positiv zuredeten oder wie Marks Emotionen auf mich übergingen.

Doch das ist seine Geschichte und nicht meine, deshalb erwähne ich nur das Notwendigste.

Und als wir dasaßen, jeder von uns auf eine andere Art und Weise ein gebrochener Mensch, verriet er mir etwas, das außer seinem Onkel niemand wusste. Ich musste schlucken, als er es aussprach.

Ein bösartiger Tumor, inoperabel. Die Ärzte gaben ihm einige Monate. Doch plötzlich hörte er auf zu wachsen und das war für ihn das Zeichen gewesen, sein Leben wieder in die richtigen Bahnen zu lenken, und der Auslöser, dass er sich dem Entzug stellte.

Das ganze Gespräch dauerte Stunden und Dutzende Zigaretten.

Ich denke, es ist Zeit, zurückzufahren, meinte Mark dann, als er aufstand und sich die Tränen aus dem Gesicht wischte.

Ich stand ebenfalls auf.

Danke für deine Ehrlichkeit, Markus, sagte ich ihm. Das ist nicht selbstverständlich und bedeutet mir sehr viel.

Er nickte traurig und befeuchtete seine trockenen Lippen.

Meine Freunde nennen mich Mark.

Kapitel 21

Die nächsten Tage waren merkwürdiger als sonst ab. Mark reservierte sein Zimmer täglich für einen seiner Frauenbesuche.

Melanie sahen wir immer weniger und wenn, grüßte sie uns nur, kurz bevor sie weiterging.

Samuel rannte uns noch einige Tage nach. Dann sahen wir ihn, wie er vor seiner Familie kniete. Er schwor bei Gott, dass er nie wieder spielen würde. Am nächsten Tag war er weg.

Mark und ich machten alles zu zweit und besuchten dieselben Therapien. Ich lernte, wie ich mein Graving unter Kontrolle halten konnte, sodass niemand merkte, dass ich schwach war. Dies war mir anfangs egal, sorgte aber mit der Zeit dafür, dass wir zu den Legenden wurden, als die wir uns sahen.

Sogar die Ärzte überraschten wir jeden Montag, wenn wir immer mehr als sie selbst mit den Medikamenten runtergingen.

Schließlich bekam ich so wenig, dass ich eine Woche nach Mark meinte, ich nähme gar keine mehr.

Die Reduktion des täglichen Spiegels von 50 mg auf Null war alles andere als angenehm. Trotz unserer Entzugserscheinungen waren wir ständig unterwegs. Als die ersten Sonnenstrahlen des sehr frühen Frühlings da waren, spielten wir Minigolf. Ich schmiss mir Unmengen von Neuroleptika ein, sodass ich nach drei Tagen auf einer Dosis von 350 mg Truxal war. Diese Dosis würde einen Elefanten umhauen, spaßte Mark immer.

Bei unseren Ausgängen wollte Markus nicht mit mir alleine auf sein Anwesen fahren. Also half er mir hier und da ein Mädchen aufzureißen, sodass wir immer zwei Mädels mit uns hatten. Nach einem Ausgang kam es zu einem großen Streit zwischen Mark und

Melanie. Ich beobachtete diesen nur von Weitem, aber die Gesten zeigten, dass sie ziemlich sauer war.

Am Tag darauf bekam ich Fieber. Dies war eine Begleiterscheinung des Entzugs, wenn der Arzt recht hatte. Mark brachte mir das Frühstück und das Mittag- und Abendessen aufs Zimmer, obwohl das strengsten verboten war. Und in dieser Woche wurde mir erst klar, dass Mark seit einer halben Ewigkeit keinen Besuch hatte oder von einem Besuch erzählte.

An diesem Wochenende war ich war wieder halbwegs gesund, aber nicht fit genug, um mit Mark mitzufahren. Ich dachte, er würde hier bleiben, doch dann sagte er mir, ohne genauere Details zu nennen, dass er das Wochenende mit Melanie verbringen würde.

Ist es was Ernstes?, fragte ich ihn.

Er wurde zum ersten Mal tatsächlich rot.

Noch nicht, aber vielleicht, wenn das Wochenende rum ist, antwortete er beschämt.

Ich freute mich für die zwei, die ich schon von Beginn an als ein schönes Paar sah.

Wir umarmten uns brüderlich und eine gewisse Trauer spiegelte sich darin. Am Dienstag in der folgenden Woche war sein letzter Tag hier und Melanie würde zwei Tage später gehen.

Bitte schaukel da was mit deinem Onkel, habe ich ihm schon vor einer Woche gesagt. Ich brauch einen halbwegs normalen Zimmerpartner.

Er lachte und meinte, er hat bereits dafür gesorgt, dass ich ein Einzelzimmer bekomme, wenn er weg ist. Außerdem würde er mich weiterhin besuchen und zu den Ausgängen abholen, versprach er mir.

Als ich Melanie draußen beim Rauchen antraf, lächelte ich sie an.

Sie lächelte zurück und kam mir entgegen.

Markus ist ein guter Mann, stellte ich fest.

Melanie grinste mich nur an.

Wie sehr hast du dich bereits in ihn verknallt?, fragte ich sie.

Ein bisschen, sagte sie und zeigte ein paar Zentimeter zwischen Daumen und Zeigefinger.

Ich lachte auf.

Ich wünsche euch alles Gute, wirklich, sagte ich ihr und umarmte sie fest. Viel Spaß dieses Wochenende.

Den werden wir haben, sagte sie schelmisch.

Als sie weg waren, stand ich noch eine Weile draußen und fing einen Gesprächsfetzen auf. Am nächsten Tag sollte ein Billardturnier stattfinden. Natürlich war der Preis einfach nur die Ehre, aber es war für mich eine angenehme Abwechslung.

Ich schmiss die zur Hälfte gerauchte Zigarette in den Aschenbecher, da mein Hals immer noch schmerzte und trug mich dann für das Turnier ein.

Es kam mir damals wie eine Ewigkeit vor, seit ich zuletzt gespielt hatte und als ich nach dem Mittagessen in meinem Bett lag, dachte ich über die Tipps und Tricks nach, die mir Martin beigebracht hatte. Leicht angeschlagen nutzte ich die Zeit, um noch ein wenig üben zu gehen. Mir war nicht klar, dass dies auch andere vorhatten, also war der Raum dementsprechend gefüllt. Ich spielte vier Runden, bis mich Sedat schlug. Danach hatte ich bereits genug. Also vertrat ich mir wieder die Beine und begab mich nach draußen, um mit irgendwem ein Gespräch führen zu können. Doch als ich so herumging, sah ich jemanden, von dem ich gedacht hatte, ihn nie wieder zu sehen.

Die Frau hatte sich kaum verändert, positiv gemeint.

Ihr rotes lockiges Haar war ein wenig länger geworden, seit ich sie damals an diesem Seeufer weinend hinter mich gelassen hatte. Rebecca.

Zwischenspiel 6

Daniel machte sich gerade eine Kanne Blutorangentee, als Thomas die Aufnahme beendete.

Es war bereits spät geworden und Thomas' Augen brannten vor Müdigkeit.

Ich denke, wir werden für heute eine Pause machen, sagte Daniel, als er zurückkam.

Etwas Schlaf würde mir guttun, sagte Thomas.

Daniel zündete sich eine Zigarette an, die erste seit einer halben Stunde.

Mark, begann Thomas. Er hat mir von Rebecca erzählt.

Hat er das?, fragte Daniel nach.

Er hat nie ihren Namen erwähnt oder gesagt, wie sie aussah, aber er hielt sie für die Frau, die dein Leben für immer verbessern würde.

Daniel machte einen langen Zug und kratzte sich am Kopf.

Keiner, nicht einmal Mark, vermag es, über Rebecca zu reden, sagte Daniel. Sie war viel mehr als nur eine Frau in meinem Leben. Sie war das Licht in meinen dunkelsten Jahren. Jahre, nach denen ich ohne sie nicht hier sitzen würde. Sie war so vieles, dass es unmöglich ist, es in Worte zu fassen. Deshalb ist es für mich so schwer, meine Geschichte zu erzählen. Der Leser will die Tiefe eines Menschen erfahren, doch das ist nicht immer so leicht. Du hast sie genau wie ich damals vor Jahren in dieser Schenke kennengelernt. Ich habe von ihrer Schönheit erzählt und davon, wie ich sie wegen einer anderen Frau links liegen ließ. Es ist alles so ultimativ, ich werde nie meine Fehler gut machen können. Oft träume ich davon, wie ich sie alleine an dem See zurückließ. Doch statt weiterzugehen, komme ich zu ihr zurück und nehme sie in den Arm. Das Leben ist wie dieses Feld, in dem wir damals spazierten. Irgendwann kommt ein Punkt, an dem man sich zwischen Links und Rechts entscheiden muss, ohne zu wissen, was dich an dem gewählten Weg erwartet. Was wäre gewesen, wenn ich damals zu Rebecca zurückgegangen wäre und nicht den Weg mit Jasmin gewählt hätte? Diese und noch Tausend andere Fragen kann nicht einmal mein tiefster Traum beantworten.

Thomas starrte nur auf die glühende Zigarette in Daniels Hand.

Mach nicht dieselben Fehler wie ich, sagte Daniel leise.

Mark hatte Recht, als er sagte, was das Wichtigste im Leben ist.

Das Leben ist zu kurz, um in der Vergangenheit zu leben. Verena, deine Freundin, sie ist deine Rebecca. Sieh mich an, forderte er Thomas auf.

Ich wohne hier ganz alleine, habe keine Freunde, keine Frau oder Kinder. Ich bin alleine und lebe nur noch körperlich. Ich hoffe jeden Tag, dass mein Herz irgendwann aufhört zu schlagen und dass ich langsam einschlafe, um all das, was war, ein für alle Mal zu vergessen.

Hören wir auf, uns etwas vorzuspielen, sagte er dann, nachdem er sich eine weitere Zigarette angezündet hatte.

Warum bist du wirklich hier?

Thomas fiel regelrecht in seinem Sessel in sich zusammen.

Ich weiß es nicht, antwortete er mit gesenktem Kopf.

Daniel musterte ihn mit einem eindringlichen Blick.

Darf ich?, fragte er sanft und nahm Thomas' Hand in seine.

Ich denke, du bist hier, um zu erfahren, wie ich es nach all den Schicksalsschlägen schaffte, weiterzuleben. Du bist hier, weil du denkst, ich kann dir die Antwort auf all deine Fragen geben. Du bist dir unsicher, ob es tatsächlich einen Gott gibt und wenn, warum er dann Dinge macht wie diese. Ich kann dir darauf leider keine Antwort geben. Ich kann dir nur sagen, dass du deine Antworten hier nicht finden wirst. Denn diese Antworten kann dir nur das Leben geben, kein Pfarrer, keine Kirche oder jemand anderes.

Thomas war bereits in Tränen ausgebrochen und sein Griff a Daniels Hand wurde stärker.

Ich liebe sie, seufzte er. Warum kann das Leben nicht einfach sein? Warum müssen wir erst zu Boden fallen, um dazuzulernen? All das ergibt keinen Sinn!

Der Sinn, flüsterte Daniel, ist kein Objekt, das du mit deinen Sinnen begreifen kannst, sondern etwas, das man erleben muss, um es zu verstehen.

Erzähl mir, was mit Verena vorgefallen ist, bat Daniel Thomas.

Thomas versuchte, gegen die Tränen anzukämpfen, aber erfolglos.

Ich habe sie betrogen, antwortete er.

Sie mich an, fordert Daniel ihn nun erneut auf.

Betrügen ist eine Schwäche keine Sünde. Wir leben in einer Welt, in der jede Ehe, jede Beziehung perfekt sein muss. Wie in den ganzen Filmen, in denen alles in einem Happy End endet. Das ist nicht das wahre Leben. Du willst wissen, ob Gott dir das verzeiht? Das kann ich dir nicht beantworten. Was ich dir sagen kann, ist, dass ich persönlich das, was du getan hast, nicht gutheiße. Mein Vater hat meine Mutter oft betrogen, ich selbst wurde betrogen, meine Sicht auf dieses Verhalten ist eine andere als für einen Außenstehenden. Was ich damit sagen will: Es ist nicht das Ende der Welt. Es gibt Millionen von Beziehungen, die all das überlebt haben und trotzdem glücklich weitergehen können.

Es herrschte eine angespannte Stille in der kleinen Wohnung.

Thomas rang damit, nicht weiter zu hyperventilieren, während Daniel versuchte, ihn zu beruhigen.

Wir werden jetzt schlafen gehen, sagte Daniel.

Und du wirst sehen, morgen ist auch noch ein Tag und darauf wartet bereits der nächste.

Als sich Thomas wieder halbwegs beruhigt hatte, schlenderte er ins Schlafzimmer.

Daniel trank seinen Tee aus, rauchte noch die eine oder andere Zigarette und ging dann ins Schlafzimmer trat, wo er sah, dass Thomas bereits schlief, was er dann auch tat.

Daniel nahm eine Tablette und legte sich aufs Sofa.

Morgen wird ein anstrengender Tag, dachte er, bevor er wenig später einschlief.

Haben wir was vor?, fragte Thomas, als Daniel sich nach dem Frühstück eine Jacke anzog.

In der Tat, antwortete er. Wir brauchen frische Luft und ein etwas längerer Spaziergang wird uns guttun.

Thomas zog sich an und warf sich einen Schal um den Hals.

Heißt das, wir werden heute nicht weiter an deiner Geschichte arbeiten?, fragte er, als sie die Wohnung verließen.

Nein, antwortete Daniel knapp. Ich werde meine Geschichte bis zum Ende erzählen, jetzt ist es zu spät, um einen Rückzieher zu machen. Nimm dein Handy mit und lass uns spazieren gehen.

Wohin gehen wir?, fragte Thomas neugierig.

Das wirst du schon noch früh genug erfahren.

Als sie draußen waren, war der Schnee größtenteils geschmolzen und die Sonne war am fast wolkenlosen Himmel zu erkennen. Es war nicht warm, aber auch nicht sonderlich kalt. Daniel gab die Richtung an.

Nur zu, meinte er, du kannst die Aufnahme starten.

Kapitel 22

Rebecca. Sie war wie damals wunderschön, ihre blasse Haut und diese wunderschönen grünen Augen. Die vereinzelten Sommersprossen, die sich vom linken Wangenknochen über die Nase zum rechten Wangenknochen zogen. Ich stand ihr gegenüber und das erste, was ich tat, war, sie in den Arm zu nehmen.

Verwundert sah sie mich an, nicht in der Lage, etwas zu sagen.

Eine lange Geschichte, sagte ich. Aber sag, was treibt dich an diesen unschönen Ort?

Meine Mutter, antwortete sie beschämt.

Ihr Wangen wurden rosarot.

Ist sie, begann ich vorsichtig.

Rebecca nickte nur traurig.

Das tut mir wirklich leid, sagte ich mehr aus dem Herzen als aus meinem Kehlkopf.

Muss es nicht, meinte sie. Es ist nicht das erste Mal, dass sie hier untergebracht wurde.

Dann war es für einen Augenblick so leise, dass man darin das Gemurmel von weit entfernten Patienten vernahm.

Ich würde gerne mit dir reden, unterbrach ich die Stille.

Das ist vielleicht keine gute Idee, gab Rebecca zurück.

Ich habe dich ewig nicht mehr gesehen und es ist viel passiert. Es wäre mir eine willkommene Abwechslung, hoffte ich sie überzeugen zu können.

Doch ihre Augen waren nicht auf mich, sondern an mir vorbei gerichtet.

Vielleicht, sagte sie. Ich meine. Ich weiß nicht, was ich meine. Es ist vielleicht keine gute Idee.

Meine Miene war für einen Sekundenbruchteil in Trauer gehüllt.

Ich verstehe, sagte ich. Kein Problem, wirklich. Es war schön, dich gesehen zu haben, Rebecca, wirklich.

Dann sah ich ihr zu, wie sie an mir vorbeiging und im Gebäude verschwand.

Gekränkt begab ich mich wieder zum Billardtisch, um mich abzulenken.

Er war immer noch gefüllt, aber nicht mehr so wie zuvor. Ich spielte einige Runden mit Sedat und gewann eines von insgesamt fünf Spielen. Ich bin nicht stolz darauf, aber mein Körper war bereits darauf eingestellt, dass ich, wenn ich mit Trauer zu kämpfen hatte, zu Tabletten griff. Also klopfte ich an die Tür der Ärztin.

Sie begrüßte mich mit einem Lächeln. Dann merkte sie, wie mies es mir ging.

Ich war innerhalb von fünf Wochen auf 0mg hinuntergegangen, hatte Fieber und war durch die Begegnung mit Rebecca emotional instabil.

Zu meiner Überraschung hörte sie sich all meine Probleme an, ohne mich zu unterbrechen.

Mit einem einfühlsamen Blick sah sie mich an, als wäre ich nicht einfach nur ein Patient, sondern ein Mensch, zu dem sie eine emotionale Verbindung hatte.

Wir redeten so lang, dass es mir wie eine Ewigkeit vorkam. Sie meinte, ich könne sie ruhig Sabine nennen.

Erst war es eigenartig, mit ihr wie mit einer alten Bekannten zu reden, immerhin musste ich nach Ausgängen unter ihrer Aufsicht in einen Becher pinkeln, um sicherzustellen, dass ich keine Medikamente genommen hatte. Aber mit der Zeit lockerte sich meine Stimmung.

Wir Frauen sind nicht so kompliziert, wie ihr Männer denkt, sagte sie. Alles Vorurteile. Wusstest du, dass eine Studie bewies, dass Frauen besser Auto fahren als Männer?

Ich schüttelte lächelnd den Kopf.

Du bist jung, ich selbst bin nicht alt und habe keine Beziehung. Das ergibt sich mit der Zeit und ist nicht etwas, das erzwungen werden kann.

Ich stimmte ihr zu.

Es ist nur so, begann ich. Ich werde das Gefühl nicht los, damals die falsche Entscheidung getroffen zu haben.

Du kannst mir vieles sagen, aber nicht, dass du damit gerechnet hast, sie jemals wiederzusehen. So seid ihr Männer, ihr wollt immer das, was unerreichbar scheint, und nicht das, was direkt vor eurer Nase liegt.

Das ist ebenfalls ein Vorurteil, sagte ich mit einem Grinsen.

Vielleicht, meine Sabine nachdenklich.

Aber du hast Recht, ich habe nicht damit gerechnet, sie wiederzusehen. Sie ist irgendwie wie der Deus ex machina meines Lebens.

Der was?, fragt Sabine.

Kennst du den Augenblick in Filmen, in denen der Held bereits am Ende seiner Kräfte ist und keine Chance hat, gewinnen zu können? Und plötzlich kommt ohne jede Erklärung und ohne jeden Sinn die Rettung. Das ist der Deus ex machina.

Ein Philosoph bist du wohl auch noch, das hat ja gerade noch gefehlt, meinte die Ärztin.

Wie hoch ist die Wahrscheinlichkeit, dass ich in der Welt ohne Tabletten zurechtkomme?, fragte ich sie.

Mein Beruf hat das Ziel, dass jeder hier ohne einen Rückfall weiterleben kann. Aber die Realität ist leider eine andere. Nehmen wir dich als Beispiel, du bist klug und rational veranlagt. Dennoch wirft dich die kleinste Unebenheit aus der Bahn, sodass du den Drang verspürst, wieder zu Tabletten zu greifen. Gewohnheit ist das Übel, nicht die Menschen, meistens jedenfalls.

Um zurück zu deiner Frage zu kommen, die Wahrscheinlichkeit ist gering, aber es ist nicht vollends unmöglich. Viele Gesichter sehe ich mehr als nur einmal wieder zurückkommen, manche sehe ich nie wieder.

Und so sprachen wir noch einige Zeit, bevor ich mich bei ihr herzlichst bedankte, ein offenes Ohr für mich gehabt zu haben, und ging.

Ich fühlte mich ein Stück besser als zuvor und ging wieder hinaus, um eine zu rauchen. Der Rauch kratzte dermaßen in meinem Hals, dass ich bei jedem Zug einen Hustenanfall bekam, dennoch rauchte ich noch eine weitere Zigarette, bevor ich in mein Zimmer ging und darauf wartete, dass der Tag vorüber geht.

Nach einer unruhigen Nacht, vier Zigaretten, 100 mg Truxal, 5 mg Zyprexa und einer Mexalen gegen das Fieber ging es mir einigermaßen besser. Die Verkühlung war bereits fast vollständig verschwunden und meine Entzugserscheinungen musste ich nicht mehr allzu sehr verstecken.
Als ich zu Mittag zu Sabine kam, um mir eine weitere Truxal zu holen, sah sie mich grinsend an.
Ich habe zwei Briefe für dich, sagte sie und hielt sie mir hin.
Der erste war von meiner Arbeitsstelle, vermutlich die Kündigung, mit der ich aber bereits gerechnet hatte. Der zweite jedoch war kein formaler Brief. Er war mit einem Klebeband zugeklebt und an der Vorderseite, ganz klein im rechten unteren Eck, stand: „Für Daniel, von Rebecca".
Ich konnte mir das Grinsen nicht verkneifen und rannte nach der Einnahme der Tablette in mein Zimmer.
Zuerst öffnete ich den Brief von meiner Arbeitsstelle. Einvernehmliche Kündigung und so weiter. Ich schmiss den Brief in den Müll, ich hatte bereits damit gerechnet, wie gesagt, und deshalb überraschte es mich wenig. Viel wichtiger erschien mir der Brief von Rebecca.
Ich las ihn mir selber laut vor.

Lieber Daniel,
Es tut mir unendlich leid, wie ich mich gestern verhalten habe. Dass du hier bist, ging mir sehr nahe und berührte mich zutiefst. Wir waren damals noch recht jung, oder etwa nicht? Ich habe oft an dich gedacht, wo du wohl nun sein würdest, wie es dir so gehen würde. Und als ich dich gestern sah, in dieser Entzugsklinik, war ich sehr besorgt, was

einen so netten und herzlichen Menschen hierhergetrieben haben könnte.

Mir fehlt leider die Zeit, einen längeren Brief zu verfassen. Es würde mich sehr freuen, dich am Sontag besuchen zu dürfen. Ich werde um 9.00 Uhr in der kleinen Cafeteria beim Eingang auf dich warten.

In Liebe, Rebecca.

Mein Herz schlug schneller und ich las den Brief noch zwei weitere Male. Ich verinnerlichte jede einzelne Zeile, jeden Satz, jedes Wort und jeden Buchstaben ihrer wunderschönen Handschrift.

Für viele Leser klingt das jetzt vielleicht etwas geflunkert. Plötzlich tauchte eine Frau auf, die ich seit Jahren nicht gesehen hatte, und mein Herz spielte verrückt. Es ist die Wahrheit, und vielleicht hatte Sabine tatsächlich recht, denn als ich sie gestern so sah, kam sie mir so unerreichbar vor. Doch jetzt, wo ich ihre Zuneigung habe, empfinde ich immer noch gleich. Das ist das Leben, Menschen verlieben sich aus den verschiedensten Gründen. Manchmal reicht ein Blickkontakt in einer vollen U-Bahn, manchmal reicht eine zufällige nette Unterhaltung und manchmal ein Abend in einer Kneipe bei einem Billardspiel. Die Liebe ist meist etwas, das einfach kommt, und nicht etwas, das sich langsam entwickelt.

Aber zurück zu dem damaligen Samstag. Es war ein ganz normaler Tag, rauchen, mit Leuten reden und herumspazieren. Doch diesmal war es etwas anders, ich trug ein innerliches Lächeln in meiner Brust.

Das Billardturnier startete nach dem Mittagessen. Ich hatte keinen Appetit und spielte noch ein paar Runden alleine, bevor sich langsam der Raum mit den Mitspielern füllte.

Es war keine Überraschung, dass Sedat das ganze Turnier eingefädelt hatte. Er hat zu meiner Überraschung einen ganzen Turnierplan erstellt. Es hatten sich 21 Spieler eingetragen, gekommen sind 16, was alles einfacher machte.

Sedat schrieb auf kleine Zetteln die Namen der Spieler, zerknüllte sie und gab sie in einen Hut.

Er griff in den Hut und holte einen Zettel nach dem anderen hervor, um die Spieler zu ziehen, die gegeneinander antraten.

Die Regeln waren die normalen Barregeln und der Verlierer wurde ausgeschlossen, ansonsten würde alles ewig dauern.

Ich spielte das letzte der ersten sechs Spiele gegen einen stämmigen alten Mann. Das Spiel war schnell vorbei, obwohl ich einige Fehler gemacht hatte. Sedat selbst spielte zuvor das erste Spiel, also würden wir uns erst im Finale gegenüberstehen, falls er und ich alle Spiele gewannen.

Ich will hier nicht über den Spielverlauf aller Spiele erzählen, also halte ich es so simpel wie nur möglich.

Sedat gewann jedes Spiel ohne große Probleme, sodass er im Finale stand. Ich selbst spielte das zweite Spiel verdammt gut, aber im Halbfinale stand ich gegen einen Patienten, der eine Kugel nach der anderen einlochte. Als er endlich eine verfehlte, musste ich einiges aufholen, aber lochte keine einzige ein, sodass er wieder dran war. Er lochte weitere Kugeln ein, sodass ihm nur noch die Schwarze fehlte, die er jedoch verfehlte. Irgendwie schaffte ich es dann doch noch, zu gewinnen, und stand dann mit Sedat im Finale. Er war die letzten Wochen so etwas wie ein Freund geworden, nicht wie Mark oder Melanie, aber dennoch ein Freund.

Ich machte den Anstoß und lochte zwei Volle ein. Doch die Weiße lag so schlecht, dass ich auf Sicherheit spielen musste. Sedat hatte dasselbe Problem und spielte ebenfalls auf Sicherheit. Mir gelang es, eine Kugel einzulochen und danach eine weitere. Das Spiel war ziemlich spannend, wenn ich das behaupten darf. Die Ausgeschiedenen sahen uns zu, wie wir spielten. Es war ein ziemlich ausgeglichenes Spiel und am Ende war nur noch die Schwarze am Tisch. Sedat und ich spielten die Schwarze so, dass es dem anderen schwer fiel, sie einzulochen. Doch dann machte Sedat endlich einen Fehler und ich hatte einen halbwegs guten Versuch, um das Spiel zu gewinnen. Ich musste meine Aufregung unter Kontrolle halten, um nicht zu zittern. Ich stieß die Weiße an, sie berührte die Schwarze, die schnell auf das Loch zurollte. Doch sie verfehlte das Loch knapp, prallte an der Bande ab und nun standen die Kugeln gut für Sedat. Es war eine einfache Kugel für ihn, das wusste ich. Unsere Blicke trafen sich und er zwinkerte mir zu. Er verfehlte das Loch und es war nun für mich ein Leichtes, die Schwarze einzulochen. Ich spielte die Weiße weiter oben an, wie Martin es mir beigebracht hatte, sodass die Weiße mitrollte, anstatt stehen zu bleiben. Ich lochte die Schwarze ein und kurze Zeit später rollte auch die Weiße ins Loch nach. Ich hatte verloren.

Der Raum lichtete sich und Sedat kam zu mir.

Gut gespielt, sagte er. Sagen wir Unentschieden?

Du hast gewonnen, Sedat, das wissen wir beide. So will ich nicht gewinnen, sagte ich freundschaftlich.

Er klopfte mir auf die Schulter.

Du spielst gut und es ging um den Spaß. Ich bin morgen ein freier Mann, sagte er.

Das hatte ich tatsächlich nicht gewusst.

Glückwunsch, sagte ich. Ich hoffe, du wirst nichts mehr trinken.

Ich habe Familie, meinte er. Ich kann ihnen schon jetzt schwer in die Augen sehen, nochmal tue ich s ihnen das nicht mehr an.

Dann ist das also unsere letzte Begegnung, sagte ich.

Ich wünsche dir und deiner Familie alles Gute, Sedat.

Dir auch, Daniel, bleib so, wie du bist, sagte er nach einer freundschaftlichen Umarmung.

Und dann gingen wir unsere Wege.

Kapitel 23

Trotz 150 mg Truxal hatte ich eine unruhige Nacht hinter mir.

Beim Frühstück brachte ich nur eine Semmel runter, so aufgeregt war ich.

Um Acht marschierte ich bereits über den Hof und saß draußen unter einem kleinen Vorbau, um mir eine Zigarette nach der anderen einzuverleiben. Da ich keinen Ausgang hatte, musste ich mir noch am Vortag nach dem Billardturnier eine Stange bei Peter erkaufen. Er war etwas kulanter als beim ersten Mal und verlangte den österreichischen Stangenpreis.

Um Neun setzte ich mich in die Cafeteria und bestellte mir ein stilles Wasser. Einsam saß ich da und wartete bis halb Zehn und wollte vor Frust schon wieder gehen. Doch dann sah ich, wie Rebecca hereinkam. Sie hatte sich rausgeputzt, was ich als ein gutes Omen sah.

Hey, begrüßte sie mich und nahm mir gegenüber Platz. Ihre tiefgrünen Augen stachen durch das Make-up grell hervor. Ihr helles Gesicht war unangetastet, sodass die Kälte ihre Wangen gerötet hatte. Sie sah reifer aus als damals, jetzt, wo ich sie mir genauer ansah.

Was willst du haben?, fragte ich, um die peinliche Stille zwischen uns zu brechen.

Ein Kaffee wäre nett und vielleicht ein Glas Wasser, meinte sie.

Ich bestellte es bei der Dame, die das Geschäft innehatte.

Du fragst dich, weshalb ich hier bin, stellte ich fest, als die Frau Rebecca das Bestellte servierte.

Das mit damals tut mir leid, fuhr ich fort, als die Dame wieder ging. Das war nicht sehr nett von mir, dich dort einfach alleine zu lassen.

Schon okay, meinte Rebecca, aber ich sah, dass es nicht okay war.

Ich war jung und dumm, sagte ich, und nicht in der Lage, tiefgründig zu denken.

Das war ich auch, sagte sie. Dumm und Naiv zu glauben, dass mich jemand mal wirklich gern haben könnte.

Ich hatte dich gern, sagte ich schnell.

Weißt du, wie oft ich das schon gehört habe?, fragte sie. Es ist immer das gleiche. Ich bekomme immer Gefühle für jemanden und danach bin ich nur das Mauerblümchen, das dafür geeignet ist, um über eine andere Frau zu reden.

Rebeccas Worte trafen mich hart.

Und ich habe das Problem, mich in Frauen zu verlieben, die unerreichbar zu sein scheinen, sagte ich und Rebeccas Wangen wurden röter.

Ich will keine Geheimnisse zwischen uns haben, fuhr ich fort. Ich hab dich damals für eine Frau links liegen lassen. Eine Frau, die, wie ich glaubte, meine Liebe fürs Leben ist. Man lernt durch Fehler und ich habe so viele Fehler hinter mir, dass ich kaum noch was zu lernen habe.

Rebecca schlürfte an dem rauchenden Kaffee und nahm einen kleinen Schluck Wasser.

Wieso bist du hier?, fragte sie mich.

Tabletten, antwortete ich kurz.

Sie nickte leicht.

Kein Alkohol?, fragte sie.

Ich schüttelte den Kopf und sagte: Mein Vater ist Alkoholiker. Ich greife den Scheiß nicht einmal um eine Millionen Euro an.

Ich erklärte, ihr welche Art von Tabletten ich genommen hatte und was der Grund für meine Sucht ist. Ich erzählte ihr von meinem Suizidversuch und sagte ihr, dass ich jetzt bereits clean sei.

Das Thema mit dem Suizid schien ihr sichtlich unbehaglich zu sein.

Es ist Scheiße, ein Familienmitglied zu haben, das ein Drogenproblem hat, sagte ich.

Meine Mutter, begann sie, doch ich unterbrach sie.

Es spielt keine Rolle, ich weiß, dass es schwer ist, über so etwas zu reden. Ich hoffte, dass ich mit dir reden kann.

Ich sah die Erleichterung an ihrer Körperhaltung.

Hast du hier eine Freundin?, fragte sie.

Ich habe keine Freundin, weder hier noch sonst wo, aber ich werde nicht lügen und sagen, dass ich in Keuschheit lebe, sagte ich. Wie sieht's bei dir aus?

Wie gesagt, ich bin immer nur die gute Freundin, bei der man sich meldet, wenn man Tipps für eine andere Frau braucht, sagte sie.

Dann bin ich ja bei dir richtig, sagte ich erfreut.

Rebeccas Miene verdunkelte sich.

Ich hab hier eine Frau kennengelernt. Sie ist wunderschön, doch ich sehe sie viel zu selten. Und immer, wenn ich versuche, ihr klar zu machen, dass ich Gefühle für sie habe, denkt sie, ich würde nur mit ihr spielen. Hast du da einen Tipp für mich?, fragte ich sie.

Rebecca versuchte, ein grinsen zu unterdrücken.

Wie wäre es, wenn du ihr deine Gefühle offenbarst?, sagte sie.

Keine Andeutungen, keine Umschreibungen, sondern klare Worte.

Ich tat so, als würde ich über ihren Tipp nachdenken.

Denkst du, ich dürfte sie dann küssen und in meinen Armen halten für den Rest meines Lebens?, fragte ich nach.

Das kann ich dir nicht beantworten, aber es wäre mal ein guter Ausgangspunkt, meinte sie.

Rebecca, sagte ich. Ich habe mich hoffnungslos in dich verliebt.

Es wurde still, Rebeccas Miene war wie versteinert.

Frag nicht nach dem Warum, sagte ich. Es ist so und ich frage dich jetzt nicht aus Verzweiflung, sondern aus tiefstem Herzen: Darf ich dich küssen?

Rebecca stand auf und umrundete den kleinen Tisch.

Sie küsste mich einmal, dann ein zweites Mal, diesmal länger.

Dann setzte sie sich wieder hin.

Ich wartete, dass sie etwas sagte, doch sie blieb still.

Womit habe ich das verdient?, fragte ich.

Für deine Ehrlichkeit, meinte sie. Aber das „ich liebe dich" ging mir zu schnell.

Ich lächelte sie an.

Es ist die Wahrheit. Die Frage ist: Lässt du es zu, es dir zu beweisen.

Wie?, fragte sie.

Nächste Woche von Freitag bis Sontag habe ich Ausgang und ich habe hier Freunde kennengelernt, mit denen ich das Wochenende immer in einem Haus nicht weit weg von hier verbringe.

Das klingt sehr suspekt, sagte sie.

Da gebe ich dir Recht, meinte ich. Deshalb will ich, dass du sie zuerst mal kennenlernst. Hättest du morgen Zeit, mich zu besuchen?

Rebecca überlegte etwas und sagte dann zu.

Im restlichen Gespräch verriet sie mir, was sie beruflich machte. Sie studierte Veterinärmedizin und ist durch die vielen Prüfungen gestresst. Sie sagte, dass sie, egal, wie viel sie lerne, immer denke, sie würde den Test nicht bestehen, doch hatte dennoch ständig nur Einsen und Zweier. Ich musste mich zusammenzureißen, um nicht in die Rolle des Therapeuten zu wechseln. Ihr Vater hatte eine Firma, die Gartenarbeiten verrichtete.

In Großen und Ganzen war es ein angenehmes Gespräch. Sie wurde immer offener und ich merkte, dass sie mich manchmal, genau wie ich es selbst bei ihr tat, einfach nur ansah. Zum Abschied bekam ich einen dritten Kuss, der noch länger war. Er war schön, es steckte mehr als nur ein Kuss dahinter, nämlich unausgesprochene Gefühle ihrerseits.

Alle guten Dinge sind drei, lachte sie. Kannst du mir was versprechen, auch wenn ich nicht in der Position bin, das von dir zu verlangen?, fragte sie.

Alles, was du willst, erwiderte ich.

Küsse oder liebe keine andere Frau, sagte sie ernst.

Ich schwöre es bei allem, was mir lieb ist. Ich mache keinen Fehler zweimal, sagte ich.

Sie sah mich herzlich an und verabschiedete sich dann.

Bis morgen, Daniel, Sagte sie.

Mark und Melanie kamen am Abend händchenhaltend zu unserem Treffpunkt bei der Kegelbahn. Sie suchten ständig den Körperkontakt und lachten. Auch ich musste grinsen, als ich die zwei sah, wie sie endlich zueinander gefunden hatten.

Ein angenehmes Wochenende gehabt?, fragte ich, als ich sie begrüßte.

Ich hatte noch nie solche Schmerzen in dieser Region, witzelte Mark und fing sich einen Grinser von Melanie ein.

Was soll ich dann sagen?, fragte sie. Auch wir Frauen haben damit Probleme.

Wir lachten.

Erzähl, hast du das Turnier gewonnen?, fragte Mark. Melanie setzte sich auf seinen Schoss.

Sedat war im Finale leider besser, antwortete ich.

Und deine Grippe?

Ich muss hier und da bisschen husten, aber sonst alles gut, sagte ich.

Ich muss dir was zeigen.

Mark holte aus seiner Tasche vier Stangen Zigaretten heraus.

Dein Gesundheitsgeschenk, meinte er.

Irgendwie ironisch, Zigaretten als Gesundheitsgeschenk zu bezeichnen, sagte ich. Dennoch bekommst du das Geld, du Idiot, die kosten ja nicht nichts.

Ist unser Geschenk, beharrte Mark felsenfest. Nimm es oder ich stopfe es dir nachts, wenn du schläfst, in jede Körperöffnung, sagte er.

So wie bei Melanie dieses Wochenende, konterte ich.

Mark und ich konnten über den Witz lachen, doch Melanie verdrehte nur die Augen über unseren Humor.

Gibt's was Neues?, fragte Melanie mich.

In der Tat. Ich hab die schriftliche Kündigung erhalten.

Das tut mir leid, sagte Melanie bedauernd.

Ich machte eine wegwerfende Bewegung.

War nur eine Frage der Zeit, sagte ich.

Aber ich hab da noch was, das ich euch erzählen muss.

Ich habe euch ja erzählt, wie ich damals meine Ex kennengelernt habe.

Beide nickten interessiert.

Könnt ihr euch an das andere Mädchen erinnern?, fragte ich.

Renate, sagte Melanie laut.

Nein, sagte Mark, sie hieß Rebecca.

Ich lachte und gab Mark ein High Five.

Du hörst ja tatsächlich zu, wenn ich rede, meinte ich.

Das war doch diese Rothaarige, oder? Die du einfach fallen lassen hast, als wäre sie Müll, sagte Melanie.

Schweig, Hexe, sagte ich und machte ein Kreuz mit meinen Zeigefingern. Jeder hat schon mal Fehler gemacht, aber ja, man könnte es so sagen.

Was ist mit ihr?, fragte Mark.

Ihre Mutter ist hier und ich hab sie gesehen.

Und?

Nichts und! Zuerst war sie ziemlich abweisend und ließ mich einfach stehen. Dann hat sie mir einen Brief hinterlassen und wir haben uns heute bei der Cafeteria getroffen.

Das freut mich für dich, sagte Melanie und berührte mich an der Schulter. Ist sie nett? Hast du dich bisschen in sie verschossen?

Ja, ist sie, sie ist so zierlich und schüchtern, so besonders. Und ich hab mich nicht in sie verschossen, ich habe mich verliebt, sagte ich.

Ich wünschte, du würdest so über mich reden, sagte Melanie zu Mark.

Mark warf mir einen belustigten strengen Blick zu.

Na toll, jetzt brauche ich jeden Tag ein neues Kompliment, danke, Daniel.

Kein Problem, lachte ich.

Wann werden wir sie kennenlernen?, fragte Melanie neugierig.

Freut mich, dass du das jetzt schon fragst. Ich habe sie gefragt, ob sie morgen kommt, um euch kennenzulernen, ich möchte sie am Wochenende zu Mark einladen.

Das ist eine schöne Idee, meinte Melanie. Was sagst du, Mark?

Was soll ich sagen?, fragte er. Daniel, du weißt, du bist jederzeit willkommen und wenn du sie mitnehmen willst, ist es kein Problem.

Danke, Mark, sagte ich. Und natürlich auch Mel.

Wir saßen noch einige rauchend da und unterhielten uns über Klatsch und Tratsch, der hier herumerzählt wurde.

Kapitel 24

Das Gespräch zwischen Rebecca, Mark, Melanie und mir verlief ganz gut. Der Anfang war ein bisschen stockend, doch dann lockerte sich durch Marks und meine Witze die Situation.

Ich will hier nicht um den heißen Brei herumreden. Sagen wir der Einfachheit halber, wir haben uns darauf geeinigt, das Wochenende auf Marks Anwesen zu verbringen. Ich bekam den einen oder anderen Kuss bei der Verabschiedung, was zu einer euphorischen Gefühlslage führte.

Melanie und Mark beanspruchten das Zimmer jeden Tag für einige Stunden, bis Marks Zeit hier vorbei war und er mit seinen Sachen auszog. Wie versprochen zog ich dann in ein Einzelzimmer um. Melanies letzten Tage waren ebenfalls simpel und dann kam auch ihre Zeit, zu gehen.

Die Tage vergingen langsam, aber so sicher wie das Krähen eines Hahns am Morgen.

Ich verbrachte die Tage, damit Billard zu spielen, zu rauchen. Hier und da hatte ich vereinzelte Therapiestunden.

Als das Wochenende da war, verzichtete ich auf das Frühstück und begab mich sofort zum Ausgang, wo Mark und Melanie bereits auf mich warteten. Wenig später war auch Rebecca da und wir fuhren los.

Wir sangen laut die Lieder aus dem Radio mit. Marks Hand auf Melanies Oberschenkel, Rebeccas Finger mit meinen verschränkt.

Die Tage verbrachten wir damit, Marks Gitarre zu lauschen und nach einigen Liedern begann auch Rebecca mitzusingen. Ihre Singstimme war so anders, so schön, dass ich das Gefühl hatte, mich immer mehr in sie zu verlieben. Nachts schliefen wir gemeinsam in einem Bett und kuschelten. Wir küssten uns leidenschaftlich und redeten über unsere

Träume. Doch ich merkte, wie Rebecca immer noch einen kleinen Abstand hielt. Wie eine kleine Kluft, über die sie sich nicht traut zu springen. Ich nahm es ihr nicht übel und konnte es verstehen. Sie entschuldigte sich, dass wir keinen Sex hatten.

Das ist kein Problem, ich liebe es, mit dir einzuschlafen und wieder aufzuwachen. Alles Weitere wäre nur eine Draufgabe, die ich als unwichtig empfand.

Und so schliefen wir umklammert ein und wachten genauso wieder auf.

So vergingen meine letzten zwei Wochen. Mark und Melanie nahmen uns immer mittwochs und übers Wochenende mit aufs Anwesen. Rebecca besuchte mich, so oft es ihr Studium zuließ.

Das letzte Wochenende bot Mark uns an, bei ihm einziehen zu können. Wir sagten, wir müssten noch überlegen. An diesem Abend zeigte mir Mark einen Verlobungsring.

Nächste Woche geht's nach Venedig, sagte er. Und dann werde ich sie bitten, meine Frau zu werden.

Ich freute mich für ihn und Melanie.

Er gab mir einen Zweitschlüssel für das Anwesen und den seines Autos, falls wir hierher wollen. Wie gesagt, Mark war ein herzensguter Mensch und er hätte sich für mich vor eine Kugel geschmissen.

Es war eigenartig, zurück in meine Wohnung zu kommen, für die ich zwar Miete zahlte, die aber seit Wochen nicht mehr besucht hatte.

Schön hast du's hier, meinte Rebecca.

Doch es waren zu viele Erinnerungen mit dieser Wohnung verbunden und jetzt, wo ich sie wieder betrat, wurde mir klar, dass ich sie verlassen musste. Rebecca verstand es und so schliefen wir dann im Anwesen.

Der Frühling war nun endlich angekommen und die Bäume und Pflanzen wurden wieder grün und bunt.

Ich stellte Rebecca meiner Familie vor. Meine Mutter und meine Oma waren entzückt von ihr.

Ich konnte die Tränen in den Augen meiner Mutter sehen, als sie beobachtete, wie glücklich Rebecca und ich waren.

Ich liebe dich, meinte meine Mutter. Rebecca ist die eine, das sage ich dir als deine Mutter. Lass diese Frau nie wieder gehen.

Das habe ich nicht vor, sagte ich zu ihr und küsste sie auf die feuchte Wange.

Ich liebe dich auch, sagte ich.

Wir saßen im Wohnzimmer und rauchten, während wir uns irgendeine Dokumentation über das Weltall im Fernseher ansahen. Die Eingangstür wurde aufgerissen und Melanie stürmte zuerst hinein. Sie zeigte uns den Ring. Er war schmal und aus Gelbgold mit einem mittelgroßen echten Diamanten.

Wir freuten uns mit ihr. Dann frage ich nach Mark.

Der ist von der Fahrt vollkommen kaputt und ist noch draußen. Mark saß mit schmerzverzehrtem Gesicht im Auto, als ich hinausging.

Das Auto war ein gemieteter Golf, wie ich wusste.

Alles okay?, fragte ich ihn, als ich die Türe aufmachte.

Ja, hab nur so Schmerzen vom Sitzen, meinte er. Hast du eine Zigarette?

Ich gab ihm eine und er tat sich sichtlich schwer, aus dem Auto zu kommen.

Daniel, sagte er an der Zigarette ziehend. Kannst du das Gepäck ins Haus bringen?

Natürlich, antwortete ich.

Und bitte hol mir aus dem roten Rucksack meine Schmerztabletten, sagte er.

Kein Ding, sagte ich und machte, was er sagte.

Als er am Abend ins Bad ging, folgte ich ihm, um ihn zur Rede zu stellen.

Tramadol?, fragte ich. Dein Ernst? Du musst doch wissen, dass ich weiß, dass das Opiate sind.

Sein Gesicht verriet nichts.

Das sind die Tabletten, die ich von meinem Arzt bekommen habe. Ich missbrauche sie nicht, glaube mir, ich würde lieber Seractil oder Parkemed nehmen, wenn sie helfen würden, sagte er.

Ich glaubte ihm. Mark war ein schlechter Lügner und ich wusste, dass er hin und wieder aufgrund der damaligen Diagnose Schmerzen hatte.

Wir verbrachten den Abend auf der Couch und schauten eine Reality Show, um lustige Kommentare abzugeben und darüber zu lachen, als plötzlich mein Handy läutete.

Ich hob ab und lauschte der traurigen Stimme. Ich stand wie in Trance auf und riss ein wenig an meinen Haaren, während der Mann am anderen Ende der Leitung mit mir sprach. Rebecca griff nach meinem Arm, doch ich entzog mich ihrem Griff. Dann brach ich zusammen und konnte mich nicht mehr bewegen. Um mich herum wurde alles schwarz und dann wieder blendend weiß.

Zwischenspiel 7

Thomas' Schuhe knirschten auf dem schneebedeckten Friedhofspfad. Er zog sich seinen Mantel enger. Daniel ging vor ihm stumm weiter und nahm dann eine Biegung und blieb vor einem Grab stehen. Thomas stoppte die Aufnahme.

Das Grab deiner Mutter, sagte Thomas.

Daniel zündete sich eine weitere Zigarette an.

Ich dachte, du bist nicht gläubig?, fragte er.

Und ich sagst, auch der größte Atheist wird irgendwann zu Gott beten, sagte Daniel.

Es tut mir leid, sagte Thomas. Ich hoffe, Gott wacht gut über sie.

Das hoffe ich auch, meinte Daniel.

Er stellt eine Grabkerze in eine kleine Laterne, nachdem er sie angezündet hatte.

Woran ist sie gestorben, wenn du es mir erlaubst, danach zu fragen?, sagte Thomas.

Autounfall, antwortete er. Daniel lachte kurz auf.

In was für einer scheiß Welt leben wir eigentlich? Man lebt nur, um irgendwann zu sterben. Dann trauern alle um einen und man muss die Wahrheit akzeptieren.

Wenn du an Gott glauben würdest, sagte Thomas, würdest du sehen, dass es mehr gibt als das Leben. Danach geht es weiter, davon bin ich überzeugt.

Und was, wenn das Leben danach der gleiche Haufen Mist ist wie diese Welt?, fragte Daniel.

Thomas musste eingestehen, dass er keine Antwort darauf hatte und auch wenn würde es bei Daniel immer eine Gegenfrage geben.

Tränen standen in Daniels Augen, als er auf das Grab blickte, so als würde das alles besser machen.

Bist du froh, den Suizidversuch überlebt zu haben?, fragte Thomas.

Daniel überlegte eine Weile.

Ich weiß es nicht, meinte er dann.

Wenn ich nicht überlebt hätte, würde ich Mark und Melanie und alle anderen nie kennengelernt haben. Aber ich hätte auch nicht den Tod meiner Mutter erlebt. Schlussendlich ist die Waage im Gleichgewicht und das seit Jahren. Doch seit du da bist, wird eine Seite immer schwerer.

Daniel wischte sich die Tränen aus den Augen.

Thomas ging zu ihm hin und legte seine Hand auf Daniels Schulter.

Verena hat mich, seit wir am Weg hierher waren, vier Mal angerufen, sagte er.

Ruf sie zurück!, antwortete Daniel streng.

Was soll ich ihr sagen? Ich habe keine Ahnung, wie sie reagiert, oder...

Daniel unterbrach ihn mit einem Finger auf seinem Mund.

Sag ihr die Wahrheit, dass du sie liebst und dass du deinen Fehler einsiehst und ihn zutiefst bereust. Sag ihr, es gäbe nur sie und du würdest alles dafür geben, um mit ihr den Rest deines Lebens verbringen zu können.

Thomas starrte auf den Zeigefinger vor ihm.

Dann holte er das Handy heraus und wählte Verenas Nummer. Er ging weit genug weg, dass Daniel ihn nicht hören konnte, und wartete darauf, dass sie abhebt.

Daniel kniete sich vor das Grab seiner Mutter und starrte es weiter an.

Als Thomas zurückkam, stand er auf.

Sie will mich sehen. sagte er nur.

Du wärst ein Idiot, nicht hinzufahren, erwiderte Daniel.

Aber deine Geschichte, begann Thomas.

Vergiss die Geschichte, unterbrach ihn Daniel. Ich werde sie weitererzählen und mit meinem Handy aufnehmen, während du weg bist, versprochen.

Daniel hielt Thomas die Hand hin. Er nahm sie entgegen und spürte etwas Kleines darin.

Thomas löste den Griff und sah auf den Gegenstand, der auf seiner Handfläche lag.

Ein Ring?, fragte er.

Mach ihr einen Antrag, sei nicht so dumm, wie ich es damals war.

Das kann ich nicht annehmen, sagte Thomas und hielt den Ring zurück in Daniels Richtung.

Daniel machte keine Anstalten, ihn wieder zu nehmen.

Nimm ihn, vertrau mir, sagte er und ging an ihm vorbei.

Danke, Daniel, schrie er ihm nach. Danke für Alles.

Kapitel 25

Es ist irgendwie eigenartig, hier alleine zu sitzen und meiner Stimme zu lauschen, die von Trauer und Schmerz berichtet.

Ich sitze hier, wie ich es seit Jahren tue. Ich rauche, um meinem Körper Schmerzen zu bereiten, und hoffe, dadurch endlich zugrunde zu gehen. Ich schlucke Tabletten, die mich wie eine Maschine einen Komapatienten am Leben halten. Ihr fragt euch bestimmt, wie es zu all dem gekommen ist, wie aus dem jungen Erwachsenen, der eine Frau wie Rebecca und Freunde fürs Leben hatte, der wurde, der ich jetzt hier mein Leben verbringe.

Nach dem Tod meiner Mutter war ich, wie zu erwarten, in meiner tiefsten Depression, nicht einmal Jasmins Betrug kam dieser nahe. Hätte ich nicht meine Freunde gehabt und vor allem Rebecca, die mir durch diese dunkle Zeit halfen, säße ich nicht hier.

Ich war wieder in einen Zustand der Leere gefallen, einen Zustand, den man auch als Ego-Tod bezeichnen könnte.

Es ist so, als würde man sich auflösen, bis nur noch das Gewissen im Hier und Jetzt ist. Man verliert jede Art von Bedeutung von Dingen oder Gefühlen.

Es war ein Auf und Ab dieses Zustandes bis zur Beerdigung meiner Mutter.

Ich sah zum ersten Mal in meinem ganzen Leben meinen Großvater weinen. Mark und Melanie waren ebenfalls anwesend. Rebecca stand neben mir und hielt meine Hand ganz fest, während der Sarg meiner Mutter in die dunkle Grube hinabgelassen wurde. Der Pfarrer sprach, doch ich konnte seiner Stimme nicht lauschen. Mein ganzer Körper zitterte, als die Anwesenden blaue Rosen, die Lieblingsblume meiner Mutter, auf den Sarg warfen.

Ich spürte, wie alle Blicke auf mir ruhten, als mich Rebecca zu dem Grab führte. Ich sah auf den mahagonifarbenen Sarg, der auf frischer Erde lag, und spürte nichts außer die Trauer. Ich griff nach der Rose und sah sie mir genauer an. Sie war perfekt, Mutter hätte sie geliebt. Mein Griff wurde fester, sodass sich ein Dorn in mein Fleisch bohrte. Ich warf die blutige Rose in das Grab. Jetzt sahen alle meine blutige Hand an. Mehr kann und will ich nicht mehr über diesen schwarzen Tag sagen.

Ich wohnte mit Rebecca bei Mark. Sie half mir bei den simpelsten Dingen wie beim Waschen oder beim Umziehen. Sie kümmerte sich darum, dass ich eine gute psychiatrische und psychotherapeutische Behandlung bekam. Als mein Zustand sich nicht besserte, fuhr sie mich zu zwei Tageskliniken, in denen ich jeweils acht Wochen verbracht. Mark kümmerte sich ebenfalls darum, dass es mir vielleicht irgendwann besser gehen würde. Doch all diese Versuche waren vergeblich.

Ich wusste, dass Mark, Melanie, Rebecca und meine Mutter nie wollten, dass ich wieder einen Rückfall habe. Doch als sich nach einem halben Jahr meine Stimmung nicht gebessert hatte, fragte ich meinen Psychiater nach Benzodiazepinen. Er verschrieb sie mir und ich nahm sie ein, als wären sie Süßigkeiten. Marks Blick durchbohrte mich als er Wind davon bekam. Rebecca war mit ihrem Latein am Ende und wusste nicht mehr, was sie tun könnte, damit es mir besser gehen würde. Also war ich wieder täglich auf Beruhigungsmittel, die meine Stimmung zwar nicht anhoben, aber zumindest meine Trauer unterdrückten. Ich kaufte auf der Straße alles, was die Dealer anboten. Praxiten waren die Tabletten, die ich am häufigsten bekam. Ab und zu hatte ich das Glück, Xanor oder Psychopax abzugreifen, was ich auch tat.

Rebecca sagte mir, wie sehr sie es hasste, mich in diesem Zustand von kompletter Benommenheit zu sehen.

In derselben Nacht wurde mir bewusst, dass es nicht so weitergehen konnte. Also plante ich einen weiteren Suizidversuch, der aber ein

Fehlschlag war, da Rebecca das irgendwie ahnte. Sie sagte, sie wolle mich nicht verlieren, da sie mich liebe.

Dennoch musste ich etwas tun, um meinen Mitmenschen nicht länger das Leben schwerer zu machen, als es eh schon war.

Also verschwand ich in einer Nacht- und Nebelaktion einfach aus dem Anwesen.

Melanie war kurz aufgewacht und starrte mich an, als ich mit meinem Gepäck vor ihr stand.

Sie nahm mich in den Arm und flüsterte mir ins Ohr, dass ich immer willkommen sei, dass sie aber meine Entscheidung verstehe.

Die Nacht schlief ich in meinem Auto. Ich bettelte, dass ich eine einfache Wohnung bekommen konnte. Es war alles nicht so leicht, erst mit Hilfe eines Therapeuten wurde mir Wochen später eine Wohnung gegeben. Die Nächte in meinem Auto waren halb so schlimm, aber ich war froh darüber, in eine vielleicht nicht schöne, aber dafür voll eingerichtete Wohnung ziehen zu können.

Natürlich ließ ich Rebecca und meine Freunde nicht einfach so hinter mir. Ich hatte, bevor ich verschwand, Briefe hinterlassen, die ich hier gerne stellenweise zitieren würde.

Meine echte große Liebe Rebecca,

Du warst und wirst immer die Frau meines Lebens sein. Damals, als Chris dich mir vorstellte, war ich blind, wie blind ich doch nur war. Mein Leben wäre nicht so verlaufen, hätte ich damals den richtigen Weg eingeschlagen. Ich bin ein Junkie, ein Haufen Fleisch, der es nicht verdient, dich Sein zu nennen. Du verdienst jemand besseren, der mit dir Urlaube macht, der sich um dich kümmert und dir all das geben kann, was ich nicht vermag. Trauer nicht über mein Verschwinden, wir beide wissen, dass wir in eine Sackgasse geraten sind, aus der es keinen Weg hinaus gibt. Ich liebe dich mehr als alles andere, und das wird sich niemals ändern. Bitte suche nicht nach mir und versuche nicht, mich aufzusuchen, die Realität würde dir nicht gefallen. Ich sagte dir, dass mein größter Wunsch wäre, neben dir einzuschlafen und mit dir wieder aufzuwachen, den hast du mir bereits erfüllt. Trauer nicht über deinen Verlust, sondern sieh es als eine Chance. Egal, was passiert, du wirst immer die Frau sein, die mich in meinen Träumen besucht, bis zu meinem Tod.

Ich liebe dich! Den Geruch deines Atems, wenn wir uns küssten, den Geruch deiner Haare. Ich liebe alle deine vierzehn Sommersprossen und noch viel mehr.

Doch ich bin ein gebrochener Mensch, dem das Leben nicht gerade freundschaftlich gegenübersteht. Ich bin nicht alt, dennoch fühle ich mich so. Wie soll ein Herz wie meines so vieles ertragen? Wie soll ein Herz wie meines je wieder repariert werden können?

Mit all dem Rest meines gebrochenen Herzens, ich liebe dich.

Dein Daniel.

Der zweite Brief war für Mark und Melanie bestimmt. Auch diesen werde ich auszugsweise zitieren.

Ich liebe euch beide so sehr, wie ihr euch liebt.

Ihr seid keine Freunde, sondern Familie für mich. Bitte kümmert euch um Rebecca und darum, dass sie alles hat, was ich ihr nicht bieten konnte. Melanie, du bist etwas ganz Besonderes und ich bin so verdammt stolz auf dich, dass du dich aus so einem dunklem Leben erhoben hast wie ein Phönix aus der Asche.

Nur durch dich lernte ich Mark kennen. Was mich zu dir bringt, mein Bruder von einer anderen Mutter.

Verzeih mir meine Schwäche und all meine Probleme, die du mit dir schleppen musstest. Ich werde dich und Melanie nie vergessen, ihr seid alles, was ich damals brauchte, um wenigstens für einige Monate ein schönes Leben zu führen, was ich nie wieder zu erleben glaubte.

Ich werde nie vergessen, wie ich dich, Mark, damals in der Nacht in der Klinik Gitarre spielen und singen gehört habe. Ich werde nie vergessen, wie du mir das Leben beibrachtest. Du warst mein Mentor, auch wenn ich trotz deiner ganzen Ratschläge und Weisheiten dennoch versagt habe.

Bitte sucht nicht nach mir. Lebt euer Leben und verschwendet es nicht an den Gedanken meiner Wenigkeit. Ohne euch wäre ich nicht der, der ich heute bin.

All meine Liebe an meine Familie, euer Daniel.

Jetzt kennt ihr meine Geschichte, die Geschichte, die ich nie erzählen wollte, bis Thomas mit dem Brief von Mark bei mir anläutete. Er denkt, ich wüsste nicht, was darin stehe, doch ich wusste es von Beginn an. Ich brauche ihm nicht zu öffnen, weil ich weiß, was darin steht, das habe ich ihm des Öfteren gesagt. Aber da meine Geschichte hier zu Ende ist, will ich euch nicht länger auf die Folter spannen und ihn mit euch gemeinsam öffnen. Ich bin auch nur ein Mensch und trotz meiner Tabletten noch bei klarem Verstand und weine.

Ich habe den Titel „Der letzte Abschiedsbrief der Welt„ nicht umsonst gewählt. Ich wusste, worauf ich mich hier einließ. Von Beginn an war mir klar, womit das Ganze enden würde und zwar mit den Öffnen dieses Briefes.

Ich erspare euch den genauen Text auf dem Zettel, auf den ich nun blicke.

Seit dem Tag, als Mark aus seinem Urlaub in Venedig zurückkam und mit Schmerzen im Auto saß, hatte der Tumor angefangen, wieder zu wachsen, natürlich wusste damals keiner davon, nicht mal Melanie. Er hat es mir kurz nach unserem Gespräch im Badezimmer gestanden.

Es war eine Frage der Zeit, bis der Tag kommen musste, das ich den Patenzettel in meinen Händen halten werde.

Das Begräbnis ist bereits Wochen her und ich will mir gar nicht vorstellen, wie Melanie und vermutlich auch Rebecca dort waren und vor Trauer weinten, während ich hier war und nichts tat.

Ein weiterer Verlust meines Lebens, ein Verlust zu viel, als dass mein gebrochenes Herz ertragen könnte. Nicht einmal mit Tabletten.

Das ist das Leben. Es spielt keine Rolle, wie lange es gut läuft, irgendwann kommt der Punkt, an dem es einen zerbricht. Die meisten Menschen ertragen den Schmerz und können das Geschehene verarbeiten.

Doch wer bin ich schon? Ich habe alles aufgegeben, weil ich dachte, ich könnte damit das Leben aller verbessern. Vielleicht habe ich das, vielleicht war ich aber auch nur egoistisch. Egal, wie man das Puzzleteil dreht und wendet, es spielt keine Rolle mehr. Mein Schicksal ist besiegelt.

Ich habe mir vor einigen Minuten ein Dutzend Schlaftabletten in meinen Tee gemixt. Kein angenehmer Tod, aber dafür ein sicherer. Das sind die letzten Zeilen eines Toten, der endlich frei sein oder für immer verdammt sein wird. Ob es einen Gott und einen Himmel gibt, einen Teufel oder eine Hölle, werde ich euch nicht mehr berichten können.

Ich spüre, wie müde ich werde, und warte nur darauf, dass mein verdammtes Herz aufhört zu schlagen. Das Herz, das so schwarz ist wie die das Grab meiner Mutter oder das Grab meines Bruders Mark.

Ich rauche mir meine letzte Zigarette an, bevor ich mich ins Bett lege und auf den Tod warte.

Meine letzten Worte? Jasmin, ich verzeihe dir, Mark und Melanie, ich liebe euch, Mutter, ich vermisse deine Wärme, deine Herzensgüte und alles, ich danke dir für alles, was du für mich getan hast, und es tut mir leid, dass ich nicht der Sohn sein konnte, den du verdient hast. Und Rebecca, ich hoffe, dir geht es gut, in den Armen eines Mannes, der deiner würdig ist. Ich werde dich für immer lieben, auch wenn mein Tod so kurz bevorsteht. Vergiss mich nicht, aber denke nicht daran, wie schlecht es mir ging, sondern wie gut du mir tatst.

Auf Wiedersehen, Daniel.

Zwischenspiel 8

Thomas rief den Rettungswagen, als Daniel die Türe nicht aufmachte. Er sah zu, wie die Sanitäter versuchten, ihn zu reanimieren, vergeblich.

Er stand draußen in der eisigen Kälte wie am ersten Tag und hielt Marks Patenzettel in der Hand. Er weinte um einen Freund, zumindest dachte er, es wäre sein Freund. Nachdem der Rettungswagen mit den Leichnam von Daniel weggefahren war, wurde er von der Polizei befragt. Es war eindeutig Suizid ohne Fremdeinwirkung, stellte sie schnell fest.

Nach Wochen Arbeit und Zusammentragen der einzelnen aufgenommenen Memos und weiterer Korrekturen und der Korrektur einer teuren Lektorin brachte er Daniels Geschichte mithilfe eines Verlags auf den Markt. Es wurde kein Bestseller. Nicht einmal die Kosten für den Aufwand machten die Verkäufe wett. Aber für Thomas war es ein Versprechen, das er Daniel schuldig blieb. Den Titel hatte er nicht verändert, denn auch dies war etwas, was er Daniel schuldete, wie er dachte.

Es gab da nur noch einiges zu erledigen, was ihm an Herzen lag, bevor die Beisetzung Daniels bevorstand. Er selbst machte nebenbei eine Ausbildung zum Streetworker, um Kinder und Jugendlichen zu helfen, die mit Drogenproblemen zu kämpfen haben. Mit Mark als Vorbild und den Erfahrungen, die er mit dem Schreiben des Buches gesammelt hatte, wollte er der Welt etwas Gutes tun. Einer Welt, in der wie er hoffte, dass es tatsächlich einen Gott gibt, der nun über alle Verstorbenen wacht.

Vor allem ein Jugendlicher hatte es ihm sehr angetan, er erinnerte ihn an Daniel. Auch er hatte Schicksalsschläge erfahren und hatte einen

Suizidversuch hinter sich, sodass er sich in Opiate und Benzodiazepine geflüchtet hatte. Er verdiente keine Unmengen an Geld, aber das, was er besaß, reichte für ihn und seine zukünftige Familie.

Epilog

Thomas schritt im warmen Frühling zum Begräbnis.

Er trug einen schwarzen, etwas zu großen Anzug und hakte sich bei seiner Verlobten Verena ein. Sie trug Daniels Ring.

Verena hatte Daniel nicht gekannt, doch nachdem sie alles von Thomas erfahren hatte, dachte sie, auch eine Verpflichtung ihm gegenüber zu haben. Ohne ihn würden sie wahrscheinlich jetzt kein Paar sein. Die Ansprache zuvor hatten nur die Angehörigen, Daniels Großeltern, mitangehört. Dann wurde der Sarg ins Grab hinabgelassen.

Es waren nicht viele gekommen. Doch etwas anderes hatte Thomas auch nicht erwartet. Er hatte handgeschriebene Briefe versandt. Es war leichter, den Aufenthalt von Melanie und Rebecca ausfindig zu machen als Daniels Wohnung.

Melanie erkannte er an der Narbe an einer Augenbraue, auch sie trug ein schwarzes Kleid und einen schwarzen Schleier und stand etwas abseits alleine da. Thomas und Verena begrüßten sie und tauschten noch einige Worte, bevor der Sarg am Grab angekommen war. Daniel Helmut Meisl stand auf dem Grabstein. Doch jetzt, wo er endlich seinen zweiten Vornamen hatte, spielte es eigentlich keine Rolle mehr. Rebecca, ebenfalls in einem schlichten schwarzen Kleid und mit einem großen modischen Hut stand mit einem anderen Mann auf der gegenüberliegenden Seite.

Der Pfarrer sprach einige Sätze über den Verstorbenen und als er zu Ende gesprochen hatte. sagten alle Amen.

Der Sarg wurde hinabgelassen und jeder warf eine blaue Rose in das Grab hinab.

Alles ging so schnell und die Gäste verließen Daniels Grab.

Thomas weinte leise vor sich hin und folgte dann den anderen.

Am Weg zum Auto sah er, wie sich Melanie und Rebecca unterhielten.

Störe ich die Damen?, fragte er sanft.

Sie sahen erschrocken auf.

Keineswegs, sagte Rebecca.

Ihr tiefrotes Haar hing aus dem Hut und er erkannte, was Daniel so attraktiv an ihr fand.

Du hast doch sein Buch geschrieben, oder?, fragte Melanie.

Ja, antworte er mit einem unbehaglichen Gefühl.

Hast dir sehr viel Mühe gegeben und ich fand es wirklich gut, danke.

Nun ja, begann Thomas. Ich habe nur das niedergeschrieben, was Daniel mir von seiner Geschichte preisgegeben hat.

Dieser Idiot weiß, wie man mit Worten umzugehen hat, sagte sie darauf.

Verena stupste Thomas leicht mit dem Ellenbogen an.

Oh, Verzeihung. Das ist Melanie. Er deutete auf sie. Melanie, das ist meine Verlobte Verena.

Schön, dich kennenzulernen, sagte Melanie und reichte ihr die Hand.

Es tut mir leid, was mit deinem Mann passiert ist, ich weiß, wir kennen uns kaum, aber wenn du jemanden zum Reden brauchst, wären wir jederzeit für dich da.

Melanie nickte nur traurig und sagte: Danke, ich werde darüber nachdenken.

Und du musst Rebecca sein?, fragte Verena und hielt der blassen Frau die Hand hin.

Diese ergriff sie rasch.

Ja, die bin ich und das ist mein Freund Christoph.

Dem Mann an ihrer Seite war das Gespräch sichtlich unangenehm.

Der Chris?, dachte ich laut.

Er reichte zuerst Verena die Hand und dann ihm.

Der Chris, lachte er leicht.

Es ist schön, die Gesichter hinter der Geschichte zu sehen, meinte Thomas dann.

Melanie rauchte sich eine Zigarette an und hielt die Packung in die Runde, aber nur Rebecca griff dankend zu.

Ich fand das Buch auch sehr emotional, sagte nun Rebecca in die Runde.

Habt ihr es alle gelesen?, fragte Thomas erstaunt.

Sie nickten.

Wie wäre es, wenn wir uns in ein Restaurant setzten und ein bisschen reden, ich glaube, Mark und Daniel hätten das so gewollt. Keine traurigen Geschichten, nur das Schöne und Gute, denn wir hatten eine Menge davon, schlug Melanie vor.

Gerne, sagten Rebecca und Chris einstimmig.

Wir würden uns ebenfalls freuen, übernahm Verena.

Es gibt da noch einige Fragen, die ich gerne beantwortet hätte, sagte Thomas dann. Wofür sparte Peter das Geld, das er mit den Zigaretten verdiente.

Diese Frage kann ich dir nicht beantworten, wie so vieles bleibt dies wohl immer ein Rätsel, antwortete Melanie und drückte die Zigarette am Boden aus.

Lose Fäden, lächelte Rebecca. So hätte Daniel es wohl genannt.

Nach einer kurzen Stille suchten sie nach einem Restaurant in der Nähe und planten, sich dort zu treffen.

Danach ging jeder seinen Weg zum Auto.

Thomas ließ sich mit einem erleichterten Geräusch auf den Fahrersitz fallen.

Daniel hat nicht übertrieben, als er über seine Freunde sprach, meinte Verena, nachdem sie sich angeschnallt hatte.

Familie, korrigierte sie Thomas. Es war seine Familie, nicht seine Freunde.

Dann beugte er sich zu Verenas Bauch hinunter und lauschte.

Verena sah ihm dabei verliebt zu.

Da, sagte er, ich habe da etwas gehört.

Das war mein Magen, ich habe Hunger, scherzte sie. Mach dir keine Sorgen um unseren kleinen Schatz, dem geht es gut.

Ich liebe dich, sagte Thomas und küsste den Bauch. Mein kleiner Daniel.